林格伦作品选集·美绘版

亲爱的所有中国孩子:
　　我多么想给你们每一个人都直接写信,表达对你们阅读我的书的喜悦。但是此时此刻,我只能说:祝你们阅读愉快。继续读吧,直到把我的书全部读完。
致热烈的问候!

阿斯特丽德·林格伦

LINGELUN
FENGYATOUMADIGEN
MeiHuiBan

疯丫头马迪根

〔瑞典〕阿斯特丽德·林格伦 ◆ 著
〔瑞典〕伊隆·维克兰德 ◆ 画
李之义 ◆ 译

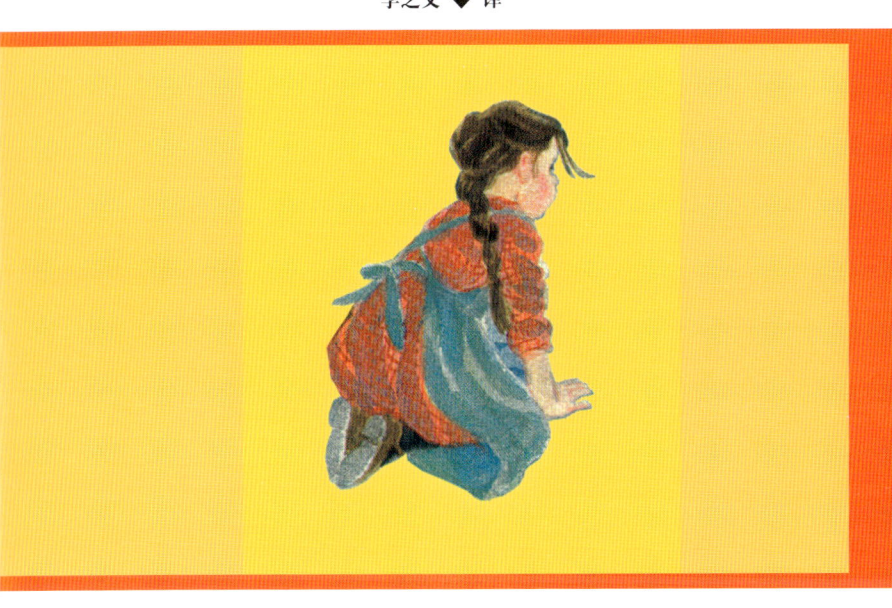

中国少年儿童新闻出版总社
中国少年儿童出版社
北京

LINGELUN
FENGYATOUMADIGEN
MeiHuiBan
疯丫头马迪根
林格伦作品选集【美绘版】
〔瑞典〕阿斯特丽德·林格伦 ◆ 著
〔瑞典〕伊隆·维克兰德 ◆ 画
李之义 ◆ 译

原版书名：**Allas vår Madicken** (Madicken, Madicken och Junibackens Pims);
原出版人：Rabén & Sjogren Bokförlag AB, Stockholm, Sweden
© Saltkrakan AB/Astrid Lindgren 1983 (1960, 1976)
Illustrations © Ilon Wikland
All foreign rights are handled by Saltkrakan AB, Sweden, info@saltkrakan.se
For information about Astrid Lindgren's books, see www.astridlindgren.com

图书在版编目（CIP）数据

疯丫头马迪根 /（瑞典）林格伦（Lindgren,A.）著；李之义译. —北京：中国少年儿童出版社，2009.10（2024.1 重印）
（林格伦作品选集）
ISBN 978-7-5007-9407-3

Ⅰ. 疯… Ⅱ. ①林… ②李… Ⅲ. 儿童文学－长篇小说－瑞典－现代 Ⅳ. ① I532.84

中国版本图书馆 CIP 数据核字 (2009) 第 173863 号
著作权合同登记　图字：01-2017-6638

FENG YA TOU MA DI GEN
（林格伦作品选集）

出版发行：中国少年儿童新闻出版总社
　　　　　中国少年儿童出版社

执行出版人：马兴民

策　　划：	徐寒梅　缪　惟　高秀华	装帧设计：	缪　惟
责任编辑：	徐寒梅　缪　惟　高秀华　安今金	责任校对：	赵聪兰
美术编辑：	缪　惟	责任印制：	厉　静
社　　址：	北京市朝阳区建国门外大街丙 12 号	邮政编码：	100022
总 编 室：	010-57526070	发 行 部：	010-57526568
官方网址：	www.ccppg.cn	编 辑 部：	010-57526320
印刷：	北京华宇信诺印刷有限公司		
开本：	880mm×1230mm　1/32	印张：	13
版次：	2009 年 10 月第 1 版	印次：	2024 年 1 月第 25 次印刷
字数：	220 千字	印数：	191001－196000 册
ISBN 978-7-5007-9407-3		定价：	43.00 元

图书出版质量投诉电话：010-57526069　电子邮箱：cbzlts@ccppg.com.cn

序

在当今世界上，有两项文学大奖是全球儿童文学作家的梦想：一项是国际安徒生文学奖，由国际儿童读物联盟(IBBY)设立，两年颁发一次；另一项则是由瑞典王国设立的林格伦文学奖，每年评选一次，奖金500万瑞典克朗，是全球奖金额最高的奖项。

瑞典儿童文学大师阿斯特丽德·林格伦女士(1907—2002)，是一位著作等身的国际世纪名人，被誉为"童话外婆"。林格伦童话用讲故事的笔法、通俗的风格和神秘的想象，使作品充满童心童趣和人性的真善美，在儿童文学界独树一帜。1994年，中国少年儿童出版社把引进《林格伦作品集》列入了"地球村"图书工程出版规划，由资深编辑徐寒梅做责任编辑，由新锐画家缪惟做美编，并诚邀中国最著名的瑞典文学翻译家李之义做翻译。在瑞典驻华大使馆的全力支持下，经过5年多的努力，1999年6月9日，首批4册《林格伦作品集》(《长袜子皮皮》《小飞人卡尔松》《狮心兄弟》《米欧，我的米欧》)在瑞典驻华大使馆举行了首发式，时年92岁高龄的林格伦女士还给中国小读者亲切致函。中国图书市场对《林格伦作品集》表现了应有的热情，首版5个月就销售一空。在再版的同时，中国少年儿童出版社又开始了《林格伦作品集》第二批作品(《大侦探小卡莱》《吵闹村的孩子》《疯丫头马迪根》《淘气包埃米尔》)的翻译出版。可是，就在后4册图书即将出版前夕，2002年1月28日，94岁高龄的阿斯特丽德·林格伦女士

在斯德哥尔摩家中，在睡梦中平静去世。2002年5月，中少版《林格伦作品集》第二批4册图书正式出版。至此，中国少年儿童出版社以整整8年的时间，完成了150万字之巨的《林格伦作品集》8册的出版规划，为广大中国少年儿童读者奉献了一套相对完整、系统的世界儿童文学精品巨著，奉献了一个美丽神奇的林格伦童话星空。

由地球作为载体的人类世界是千姿百态、丰富多彩的。可以是物质的，也可以是精神的；可以是科学的，也可以是文学的。少年儿童作为人类的未来和希望，从小就应该用世界文明的一流成果来启蒙，来熏陶，来滋润。让中国的少年儿童从小就拥有一个多彩的"文学地球"，与国外的小朋友站在阅读的同一起跑线上，是我们中国少年儿童出版社的神圣职责。在人类进入多媒体时代的今天，中国少年儿童出版社倾力打造了高格调、高品质的皇冠书系，该书系的图书均以"美绘版"形式呈献。皇冠书系"美绘版"图书自上市以来迅速得到了广大青少年读者的认可，取得了良好的社会效益和经济效益。今天，中国少年儿童出版社将《林格伦作品选集》纳入皇冠书系，以"美绘版"形式再次出版林格伦女士最具代表性的作品，它们分别是《长袜子皮皮》《淘气包埃米尔》《小飞人卡尔松》《大侦探小卡莱》《米欧，我的米欧》《狮心兄弟》《吵闹村的孩子》《疯丫头马迪根》《绿林女儿罗妮娅》《海滨乌鸦岛》《叮当响的大街》《铁哥们儿擒贼记》《小小流浪汉》《姐妹花》。此次中国少年儿童出版社倾力打造的"美绘版"《林格伦作品选集》，就是要让世界名著以更美的现代化形式走近少年儿童读者，就是要让林格伦的童话星空更加绚丽多彩。

愿《林格伦作品选集》(美绘版)陪伴广大的少年儿童朋友快乐成长，美丽成长。

林格伦和她创造的儿童世界

—— 李之义 ——

早在世纪之初著名作家埃伦·凯伊（1849—1926）就曾预言，20世纪将成为儿童世纪。这句话是否应验，这里不去讨论，但是林格伦在1945年步入儿童文坛就标志着世纪儿童已经诞生。这就是皮皮露达·维多利亚·鲁尔加迪娅·克鲁斯蒙达·埃弗拉伊姆·长袜子。起这个名字的人是林格伦的女儿卡琳。1941年女作家七岁的女儿卡琳因肺炎住在医院，她守在床边。女儿每天晚上请妈妈讲故事。有一天她实在不知道讲什么好了，就问女儿："我讲什么呢？"女儿顺口回答："讲长袜子皮皮。"是女儿在这一瞬间想出了这个名字。她没有追问女儿谁是长袜子皮皮，而是按着这个奇怪的名字讲了一个奇怪的小姑娘的故事。最初是给自己的女儿讲，后来邻居的小孩也来听。1944年卡琳十岁了，林格伦把这个故事写出来作为赠给女儿的生日礼物。后来她把稿子寄给伯尼尔出版公司，但是被退了回来。此举构成了这家最大的瑞典出版公司最大的失误。1945年作者对故事做了一些修改，以它参加拉本和舍格伦出版公司举办的儿童书籍比赛，获得一等奖。《长袜子皮皮》一出版立即获得成功，此事绝非偶然。当时关于瑞典儿童的教育问题的辩论正进行得如火如荼——以昔日的权威性教育为一方，以现代自由教育思想为另一方。早在20世纪30年代，人们就开始对童年教育感兴趣，并有新的儿童教育信号出现。很多人提出，对儿童进行严厉、无条件服从的教育会使儿童产生压抑和自卑感。人们揭露和批判当局推行的类似德国纳粹主义和意大利法西斯主义的绝对

权威和盲从的教育思想。

《长袜子皮皮》这部作品讲一位小姑娘,她一个人住在一栋小房子里,生活完全自理,富得像一位财神,壮得像一匹马。她所做的一切几乎都违背成年人的意志,不去学校上学,满嘴的瞎话,与警察开玩笑,戏弄流浪汉。她花钱买一大堆糖果,分发给所有的孩子。她的爸爸有点儿不可思议,是南海一个岛上的国王。这位小姑娘自然成了孩子们的新偶像。关于皮皮的书共有三本,多次再版,成为瑞典有史以来儿童书籍中最大的畅销书。目前该书已出版 90 多种版本,总发行量达到 1.3 亿册。对全世界的儿童来说,皮皮是一个令人喜爱、近乎神秘主义的形象,可与福尔摩斯、唐老鸭、米老鼠、小红帽和白雪公主相媲美。

在 2004 年 5 月 26 日阿斯特丽德·林格伦儿童文学奖第二次颁奖大会上,瑞典首相约兰·佩尔松在致辞时这样评论《长袜子皮皮》这部作品:"长袜子皮皮之书的出版带有革命性的意义。林格伦用长袜子皮皮这个人物形象在某种程度上把儿童和儿童文学从传统、迷信权威和道德主义中解放出来,在皮皮身上很少有这类东西。皮皮变成了自由人类的象征。"

在儿童文学领域里,林格伦创造了两种风格:通俗和想象,两种风格以不同的方式体现她的创作特征。通俗的故事有时候接近琐碎,有时候带有喜剧色彩。比如以女作家自己的成长环境和自己的兄弟姐妹为原型的《吵闹村的孩子》《吵架人大街》和《疯丫头马迪根》。富于想象的作品是以《尼尔斯·卡尔松—小精灵》为开端。主人公是个小精灵,住在地板底下,后来成了一位孤单的小男孩的好伙伴,使阴郁、沉重的生活变成多彩的梦幻之国。《南草地》中的故事采用民间故事的创作手法,把昔日人间的残酷、疾病和忧伤变成了想象中的美

梦、善良和温暖。

但是用富于想象的手法创作的作品应首推三部伟大的小说:《米欧,我的米欧》(1954)、《狮心兄弟》(1973)和《绿林女儿罗妮娅》(1981)。第一部作品表面上非常通俗,主人公布·维尔赫尔姆·奥尔松是一位被领养的小男孩。他坐在长凳上,想着自己极不温暖的家庭生活。突然他的梦变成了现实,他搬到了童话世界——玫瑰之国,他的父亲是那里的国王,他变成了米欧王子。他用一把带魔法的宝剑把他父亲的臣民从残暴的骑士卡托的统治下解救出来。作品有着民间故事的所有特征。《狮心兄弟》也描写善与恶的矛盾。主人公是一位胆小的小男孩斯科尔班,但是在危险时刻他克服了自己的恐惧,勇敢地与邪恶进行斗争,并取得了胜利。斯科尔班身体虚弱、胆小怕事,这一点与他和哥哥一起把南极亚拉从暴君滕格尔、恶魔卡特拉手里解放出来的壮举形成鲜明对比。作品中有这样的情节:兄弟俩从悬崖上跳下去,以便从南极亚拉到另一个国家南极里马。他们去了另外一个世界以后变得强壮、勇敢和健康。一部分人把这一描写解释成儿童自杀,但多数人把这段解释成一种故事情节的升华,由一个想象的世界到另一个想象的世界。我还听到有第三种解释,即瑞典是一个福利社会,人们没有物质生活方面的困难,老人和孩子都很怕死。老人可以用基督教的来世梦想和进入天国之类的事求得安慰。孩子们怎么办?他们经常给报社或电视台写信、打电话,问"人为什么要死?"专家们用科学的方法给孩子们讲解生与死的辩证关系、新陈代谢等,说明死并不都是坏事。作家通过自己富于想象的作品不是也可以起到相同的作用,甚至效果更好吗?《绿林女儿罗妮娅》比上边提到的两部作品有更多的现实主义成分,书中所描写的问题有更多的可能性。女孩罗妮娅和男孩毕尔克分属两个世代为仇的绿林家庭。两个人对自己家庭传统进行造

反，一种真挚的友谊在他们之间迅速建立，他们拒绝再过到处抢劫的绿林生活。人们称这部作品为瑞典式的《罗密欧与朱丽叶》。两个孩子在山洞里过着与世隔绝的生活，这也有点儿像《鲁滨孙漂流记》。但作品有着林格伦自己的特征：紧张的情节、通俗的现实主义和幽默风趣。罗妮娅和毕尔克生活在充满可怕和喜剧性生灵的世界里，如人面野鹰和小人熊等。他们的父亲都是魁梧、健壮、心地善良的绿林首领，但他们不知道除了劫富济贫的绿林生活外，还有其他什么选择。

林格伦的另一部分作品介于通俗与想象两种风格之间。《淘气包埃米尔》(1963)中很多故事相当粗犷和非理性，有着伟大的喜剧风格，但一切都植根于世纪之交的斯莫兰的日常生活。一部分内容有点儿像古代的英雄萨迦，如埃米尔在风雪中把病入膏肓的阿尔弗雷德送到医院，以及请穷苦的人们吃圣诞饭。

当《小飞人卡尔松》(1955)中的卡尔松飞进小弟的中产阶级家庭生活时，起初人们都把他看作是孤单儿童的虚幻中的伙伴。但卡尔松是一个极富有个性的小家伙，有着人类的各种特征——他爱说大话、自私自利、不诚实和爱翻别人的东西，还不停地给小弟制造麻烦。但是小弟和其他读过这本书的孩子都喜欢他——"不胖不瘦、风华正茂"。如果人们偶尔还把他当作虚幻的人物的话，那么在小弟把他介绍给其他家庭成员时，这种感觉马上消失了，他成了一个实实在在的人。

林格伦的作品还包括侦探小说，如《大侦探小卡莱》(1946)；专门描写女孩子的作品，如《布丽特－马利亚心情舒畅了》(1944)、《夏士婷和我》(1945)。作品幽默、大方，很少有道德说教。

林格伦1907年出生在瑞典斯莫兰省一个农民家里。20世纪20年代到斯德哥尔摩求学，毕业后做过一两年秘书工作。她有30多部作品，获得过各种荣誉和奖励。1950年获瑞典图书馆协会颁发的

"尼尔斯·豪尔耶松金匾"；1957年获瑞典"高级文学标准作家"国家奖；1958年获"安徒生金质奖章"，1970年获瑞典《快报》"儿童文学和促进文学事业金船奖"，1971年获瑞典文学院"金质大奖章"。此外，她还获得过1959年《纽约先驱论坛报》春季奖和1957年德国青年书籍比赛的特别奖。她在1946年——1970年将近1/4世纪里担任拉本和舍格伦出版公司儿童部主编，对创造这个时期的瑞典儿童文学的黄金时代做出了很大贡献。

2002年，林格伦女士以94岁高龄辞世，瑞典为她举行了国葬，人们称她为民族英雄。在我送的花圈上写着："你的中文译者向你致最后的敬意！"她走了，却给世界留下了宝贵的文学遗产。她的作品被译成多国文字，发行量达到1.3亿册。把她的书摞起来有175个埃菲尔铁塔那么高，把它们排成行可以绕地球三圈。

瑞典文学院院士阿托尔·隆德克维斯特在1971年瑞典文学院授予她"金质大奖章"的授奖仪式上说：

尊敬的夫人，在目前从事文艺活动的瑞典人中，大概除了英玛尔·伯格曼之外，没有一个人像您那样蜚声世界。

您在这个世界上选择了自己的世界，这个世界是属于儿童的，他们是我们当中的天外来客，而您似乎有着特殊的能力和令人惊异的方法认识他们和了解他们。瑞典文学院表彰您在一个困难的文学领域里所做的贡献，您赋予这个领域一种新的艺术风格，即充分的心理描写、幽默和叙事情趣。

目录

第一部 马迪根 / 1

于尼巴根的夏日 / 3

理查德 / 22

马迪根和丽莎贝特在家里远足 / 31

一个相当有趣的悲伤日子 / 49

丽莎贝特把一粒豌豆塞进鼻子里 / 69

马迪根检验自己是否有火眼金睛 / 87

此时暴风雪已经来临 / 110

目录

于尼巴根的圣诞节 / 133

井中的约瑟 / 151

第二部 马迪根和于尼巴根的小不点 / 173

马迪根内心充满激情 / 175

贫穷无奈,什么意思? / 199

妈妈的生日 / 222

米娅 / 249

目录

夏日灭虱子 / 277

乡村的生活不像妈妈想象的那么可怕 / 304

舞会上的阿尔娃 / 327

我的儿子——飞行男爵 / 350

马迪根和丽莎贝特得到天赐的礼物 / 373

啊，五月的太阳笑得多么灿烂 / 387

译者后记 / 400

第一部

马迪根

疯丫头马迪根

Fengyatoumadigen

于尼巴根的夏日

在一条小河的河边，有一座红色的大房子，那里住着马迪根。妈妈、爸爸、小妹妹丽莎贝特、一只叫萨苏的黑色卷毛小狗、一只叫古山的小猫，还有阿尔娃，也住在那里。马迪根和丽莎贝特住在儿童卧室，阿尔娃住在仆人卧室，萨苏住在前廊的一个筐里，古山睡在炉灶前面。妈妈占了几乎整个房子，爸爸也是这样，除了他到报社上班在那里写文章的时间。城里人一定要有报纸看。

本来马迪根叫马卡丽达，但是她小的时候，自己管自己叫马迪根。虽然她现在已经长大，差不多7岁了，但仍然这么叫。只有她做了错事挨批评的时候，别人才叫她马卡丽达，不过她经常被人叫马卡丽达。丽莎贝特则被人亲昵地称作丽莎贝特，也很少挨批评。但是马迪根经常突发奇想，做出一些蠢事，而事后才……加小心。她后悔、伤心。她很想学乖听话，但是很遗憾，她总是做不到。

"这小家伙一会儿一个鬼主意,快得跟小猪眨眼一样。"里努丝-伊达说,她说得对。

里努丝-伊达每礼拜五来洗衣服和打扫卫生。

今天是礼拜五,马迪根坐在河边洗衣台上看里努丝-伊达洗衣服。她很高兴,连衣裙的口袋里装满黄色的甜李子,不时地掏出来吃。她把脚丫儿放在河水里拍水,还给里努丝-伊达唱歌:

A B C D,
路没走好,
母猫摔倒在地,我的朋友——
只因爱情不如意。

E F G H,

她诉说,

她诉说,我的朋友,

只因爱情不顺利。

　　这支歌差不多是马迪根自己作的。有一段是妈妈的 ABC 之书里的,另一段是阿尔娃在洗碗池子旁边洗碗时经常唱的。马迪根认为,当人们洗衣服、吃李子时,唱一唱这支歌也挺开

心的，但是里努丝－伊达却不这样看。

"啊，天呀，这叫什么歌，"她说，"马迪根能唱几首好听的歌吗？"

"我觉得这是一首很好听的歌，"马迪根说，"不过你唱的歌可能更好听。好伊达，请你唱那首'耶稣通向苍天的铁路'吧。"

但是里努丝－伊达不愿意，她洗衣服的时候不唱歌。尽管马迪根爱听关于耶稣铁路的歌，但是那首歌总会使她伤心掉泪。她只要想到那首歌，马上就会沉默，眼里充满泪花。那是一首让人听了心酸的歌，讲一位小姑娘相信自己能坐火车到天上去看已经死去的妈妈……啊，马迪根现在可禁不住想这事。里努丝－伊达唱的歌都很令人悲伤。都是妈妈死了，爸爸整天坐在酒馆里喝得酩酊大醉，最后所有的孩子都死了。这时候爸爸回家了，大哭一场，发誓再也不酗酒了……但是到时候照喝不误！

马迪根长叹一声，而后又吃了一个李子。感到高兴的是，她的妈妈活着，还在那个红色的大房子里！每天晚上，当她躺在床上的时候，读完"上帝恩泽无边"以后，还要另加一次祈祷，丽莎贝特、她自己、妈妈、爸爸、阿尔娃、里努丝－伊达和阿贝·尼尔松要去天国就一块去。马迪根认为，最好他们永远也不去那里，他们在这个家里过得很愉快。不过她不敢向上

帝祈求这件事，因为他会伤心的。

里努丝-伊达认为有人为她讲的故事而掉泪是好事。

"听了故事你可以知道，马迪根，"伊达说，"听了你就可以知道，穷人家的孩子生活是多么悲惨。这样你对于你过的像蜜一样的生活就会产生感激之情。"

马迪根的生活确实像蜜一样甜。她有妈妈、爸爸、丽莎贝特、阿尔娃、里努丝-伊达和阿贝·尼尔松。没有比这里更好的住处。如果有人问马迪根，于尼巴根是什么样儿，她可能会

这样回答：

"啊，那是一栋普通的红房子！当然是一栋房子。厨房最开心，丽莎贝特和我在木柴箱上玩，阿尔娃烤面包时，我们帮助她。啊，还有，阁楼也是最开心的地方，丽莎贝特和我在里面捉迷藏，有时候我们装成吃人的魔鬼，我们玩吃活人的游戏。前廊也挺有意思，我们从窗子爬出爬进，我们装作海盗，一会儿上船一会儿下船。房子周围长满桦树，我能爬上去，但是丽莎贝特不能，因为她太小，才5岁。有时候我也爬到木柴屋屋顶。木柴屋、木工房、熨衣房和洗衣房都靠近尼尔松家围栏的一排红房子，如果你坐在木柴屋的屋顶上，就可以看见尼尔松家的厨房，可有意思了。当阿尔娃和里努丝－伊达在熨衣房里熨衣服的时候，看熨衣服也很有意思。但是最好的地方是那条小河，我们可以到码头上去，因为那里的水不深，而往河里面走就深了。河的对面是大街，我们有一道丁香树篱，所以别人看不见我们做什么。但是我们趴在树篱后边，听得见过路的行人说话，这大概不错吧？"

如果你问马迪根，于尼巴根是什么样子，她大体上会这么说。

还真有这样的事情发生过。她藏在树篱后边，听过路的人说话。

有时候她听见过路人这样说：

"哎呀，看呀，多甜的小孩子！"

这时候马迪根知道了，他们看见了站在大门口、满脸微笑的丽莎贝特。马迪根不觉得自己是很甜的孩子，可是别人说丽莎贝特很甜时她却很满意。大家都认为丽莎贝特很甜，里努丝－伊达也这样认为。

"天啊，天啊，她真是太美了。"里努丝－伊达说。

"也很香。"马迪根一边说一边咬一下丽莎贝特的胳膊，只是轻轻的。这时候丽莎贝特咯咯笑了，就像马迪根胳肢她一样。丽莎贝特浑身上下都显得柔软、光滑和甜美，不过她的小牙齿很锋利，她使劲咬马迪根的脸颊。

"你香得像一条黄瓜。"她说，笑得比刚才更灿烂了。

在马迪根身上，找不到柔软、光滑和甜美的感觉。但是她有一张开朗、黝黑的小脸，一双炯炯有神的蓝眼睛和一头厚厚的棕色头发。她苗条、挺拔，矫健得像只猫。

"真没办法说她是一个姑娘，"里努丝－伊达说，"天啊，天啊，她倒像个男孩子，千真万确。"

马迪根本人对自己的样子特别满意。

"我像爸爸，"她说，"真不错。因为那样的话我就可以结婚了。"

丽莎贝特马上不安起来，哎呀，如果她不能结婚怎么办，她像妈妈，大家都这么说。不结婚她倒不是很在乎，但是如果马迪根要结婚,丽莎贝特也要结婚。她要和马迪根完全一样。

"你考虑这些事还太小,"马迪根一边说一边抚摩她的头,"等你长大了,像我一样开始上学再说吧。"

马迪根说已经上学不是很正确,但是她已经注册,再过一个月就开学了,她差不多成了一名女学生。

"顺便说一句,可能我也不结婚。"马迪根安慰丽莎贝特说。她内心并不真知道结婚的含义。但是如果必须得结婚的话,她就跟阿贝·尼尔松结婚。而阿贝对此一无所知。

里努丝-伊达洗完了衣服,马迪根也把所有的李子吃完了。这时候丽莎贝特朝码头跑来。她刚才在前廊里跟小猫古山玩了半天,现在她玩腻了,她想知道马迪根在做什么。

"马迪根,"丽莎贝特说,"我们做什么?"

捉来几只猫当马赶,
径直过大海,
揪住一个猫尾巴当缰绳。

马迪根说:"一定要这么回答,阿贝就一直这么回答。"

"哈哈,我已经这样做了,"丽莎贝特说,"跟古山玩……在前廊……就拿它的尾巴当……缰绳!"

"那我就得打你,"马迪根说,"如果你揪古山的尾巴,

我就打你,你要知道。"

"我当然没有,"丽莎贝特说,"我一点儿也没揪它。我只是拿着它的尾巴,是它自己使劲挣脱,所以才揪了,揪得很厉害。"

这时候连里努丝-伊达都严厉地看着丽莎贝特。

"当小孩子虐待动物时,上帝的天使就哭,天就要下雨,你知道吗,丽莎贝特?"

"哈哈,那时候天要下雨,"丽莎贝特说,"而现在没有下雨。"

对,现在没有下雨。艳阳高照,圆形花坛里飘来沁人肺腑的花草香味儿,黄蜂在绿草上面飞来飞去,小河缓缓地流过于尼巴根。马迪根整个身心都感受到,这是夏天了,她用双脚拍打着温暖的河水。

"天啊,天啊,这么热的天气很不正常,"里努丝-伊达一边说一边擦额头上的汗水,"我好像在非洲的尼罗河洗衣服,而不是在我们瑞典。"

里努丝-伊达没有再多说,也用不着过多地说什么。而马迪根的突发奇想之快,就像小猪眨眼一样。

"丽莎贝特,我知道我们该做什么了,"马迪根说,"我们玩摩西在芦苇里!"

丽莎贝特高兴地跳起来。

"那我能当摩西吗?"

里努丝-伊达笑了。

"好,肯定是一个非常漂亮的摩西!"

这时候里努丝-伊达去晾衣服了,河边只剩下马迪根和丽莎贝特。

每当晚上儿童卧室熄灯以后,屋里静悄悄的。马迪根经常用这段时间给丽莎贝特讲故事。她有时候讲"幽灵、杀人

犯和战争",这时候丽莎贝特一定要躺到马迪根床上去,否则她不敢听。有时候马迪根也讲《圣经》中的故事,她是从里努丝-伊达那里听来的。因此丽莎贝特已经知道摩西是谁。她知道,摩西躺在水中的一个篮子里,这时候埃及的公主、法老的女儿来了,捡到了他。芦苇中的摩西是一个非常有意思的故事!正巧河边放着一个洗衣服用的空木盆,这对摩西来说真是太好了……丽莎贝特马上跳到里边去了。

"不行,"马迪根说,"木盆不能放在陆地上,那样就没法玩摩西在芦苇中了。快从木盆里出来,丽莎贝特!"

丽莎贝特照她说的出来了。河里长的芦苇不多,但是靠洗衣房的山墙下边长了一大片。如果没有这片芦苇,就可以从于尼巴根的码头上看到尼尔松家的码头,但是现在看不到。马迪根认为非常可惜,妈妈却认为这样很不错。妈妈认为,看见尼尔松家越少越好,为什么呢?没人知道。人长着眼睛,不就是要尽可能多地看东西吗?不过现在有这片芦苇倒很好,不然的话,摩西就不能待在芦苇里了。

把木盆搬到水里很费力气。马迪根和丽莎贝特抬着盆,累得满脸通红,但是最后总算把盆弄到芦苇中去了。丽莎贝特马上跳进去,端端正正地坐在那里,可是接着她不说话了,看样子有些不安。

"马迪根,你知道吗?"她说,"水进到裤子里去了。"

"没关系，很快会干的，"马迪根说，"我把你救出来时就干了。"

"那你快一点儿救我。"丽莎贝特说，马迪根答应了。本来她应该马上开始玩，但是突然她看见了自己的花格布连衣裙，她想：法老的女儿不可能穿这样的衣服，不真实。

"等一会儿，丽莎贝特，"马迪根说，"我很快就回来，我去跟妈妈说一声。"

但是妈妈没在家，她到市场买东西去了，阿尔娃在地下室。马迪根想尽量找到适合公主穿的衣服。她朝四周看了看，发现卧室的衣钩上挂着妈妈的睡袍。睡袍是浅蓝色的，丝绸料子。马迪根穿在身上试了试，啊，真是美极了！很久以前，真正法老的女儿到河边去那次，大概就穿这样一件衣服。她头上可能还有一块薄纱……马迪根翻箱倒柜，找到一块很薄的白色窗帘布，她把窗帘布蒙在头上，然后在卧室的镜子前照了照，啊！真美，把她自己吓了一跳。法老的女儿肯定就是这样。

丽莎贝特在此期间也感到很不错，尽管木盆里相当湿。芦苇随风飘动，蜻蜓在蓝天下飞来飞去，一群小欧白鱼在木盆周围游动，丽莎贝特从盆沿看着它们。

这时候马迪根穿着妈妈的睡袍从水中走来，她手提着睡袍。丽莎贝特也认为，她的样子跟法老的女儿一模一样，她满意地笑了。现在游戏开始。

"请你躺在那里,小摩西。"马迪根说。

"好好,我躺下,"丽莎贝特说,"我能成为你的小男孩吗?"

"你大概可以吧,"马迪根说,"但是首先我要把你从木盆里救出来,谁把你放在那儿的?"

"是我自己呀。"丽莎贝特说。这时候马迪根狠狠地瞪了

她一眼,并小声说:

"是我妈妈,为了不让法老把我害死。"

丽莎贝特照她说的重复了一遍。

"你可以跟我去,你自由了,小摩西,现在你该高兴了吧?"

"对,我很高兴。"丽莎贝特肯定地说。

"你也要打扮得漂漂亮亮。"马迪根说,"穿新衣服。"

"还要穿干的裤子,"丽莎贝特说,"马迪根,你知道吗?我觉得木盆上有一个洞。"

"别说话,"马迪根说,"鳄鱼很快就要来,你知道吧,摩西,它们吃小孩子。我得赶快救你。"

"绝对。"丽莎贝特说。

但是从尼罗河里救孩子可不容易,马迪根很快发现了这一点。丽莎贝特像一个秤砣垂在她后背上,过长的睡袍在水里裹来裹去。

"这里有相当多的鳄鱼,"马迪根一边说一边磕磕绊绊地往岸上走,"我觉得我还是把你救到尼尔松家的码头上好,这里离那儿近。"

"阿贝站在那儿。"丽莎贝特说。

这时候马迪根立即停住了脚步。

"他真的站在那儿?"她说,"快下去,丽莎贝特,你自

己去吧!"

但是丽莎贝特不愿意。

"我是摩西,我不能走。"

她用双手使劲搂住马迪根的脖子,搂得紧紧的。

"我害怕鳄鱼。"她肯定地说。

"这儿没有鳄鱼,"马迪根说,"我们不再玩了,你下来吧!"

但是丽莎贝特还是不愿意下来,这时候马迪根生气了。丽莎贝特紧紧搂着她的脖子,如果马迪根身上没穿妈妈的睡袍的话,挣脱开丽莎贝特并不困难,但是睡袍在水里裹来裹去,她必须用双手提着。因此,为了把丽莎贝特从身上摇下去,她只能一连串地跳。阿贝站在尼尔松家的码头上,开心地看着这一切。

"别往深坑这边跳。"他一边说一边往水里吐吐沫。

马迪根知道,在尼尔松家码头附近的地方水很深,她当然知道那个地方叫深渊。但是现在她生气了,只想快点儿甩掉丽莎贝特。所以她又蹦又跳,像一匹发疯的小马驹,根本不管什么方向不方向。

"我害怕鳄鱼……"丽莎贝特又喊叫起来。扑通响了一声以后,再也没听到喊叫声。马迪根和丽莎贝特消失在深坑里。

如果不是阿贝正巧站在那里,她们可能还陷在深渊里,也

可能于尼巴根不再有这两位姑娘。

这时候阿贝不慌不忙地把码头上的船篙伸到深渊里。他像在钓鱼。当他拉上船篙时,上面紧紧地把着两个湿得像落汤鸡似的小姑娘。她们迅速爬到码头上,丽莎贝特像魔鬼一样地叫起来。

"别叫,"马迪根说,"别叫,丽莎贝特,不然我们再也不能到河边玩了。"

"你为什么背着我跳到深渊里?"丽莎贝特喊叫着。她一点儿也不想止住哭闹,好像还没开始。她愤怒地瞪着马迪根。

"我去告诉妈妈!"

"你可不能。"阿贝说。

"嚼舌鬼，喝凉水，乓乓。"马迪根说，但是她突然想起，自己身上还穿着妈妈的睡袍，拖在地上，还流着水，即使丽莎贝特不告状，它也会告诉妈妈。

"过来，每人一个面包圈。"阿贝说。

阿贝的奇特，不仅仅是因为他15岁就能用船篙把人从河里拉上来，而且他会烤面包圈在市场上卖。本来应该他的爸爸烤，他的妈妈在市场上卖，但实际上这些事主要是阿贝做。马迪根很同情他。阿贝本来想当海员，航行在惊涛骇浪的大海上。他一点儿也不愿意烤面包，但是他不得不烤，因为他的爸

爸更不愿意烤。当里努丝－伊达唱穷苦人家孩子的歌谣时，当她唱到"他们的爸爸整天泡在酒馆里"时，马迪根心里觉得，歌谣讲的就是尼尔松叔叔，尽管只有礼拜六尼尔松叔叔才整天泡在酒馆里，但是阿贝还是整天都得烤面包，而不能航行在惊涛骇浪的大海上，可怜的阿贝！

如果有谁掉进了深渊，上来以后能吃上一个面包圈，那简直太好了。丽莎贝特不再吵闹了，她嚼着面包圈，神气十足地看着自己湿漉漉的连衣裙。

"马迪根，你说，当你把我救上来时，我身上的衣服就干了……啊，我觉得现在就是！"

过了一会儿，当妈妈回到家里时，她发现自己的两个小姑娘穿着新换的干净衣服正坐在厨房里，身边是阿尔娃。她们把萨苏放在木柴箱上，把它当马戏团里的狮子玩。马迪根用它给阿尔娃和丽莎贝特表演。看马戏团的狮子表演要花2厄尔，但不是真钱，只是裤子扣儿。"因为表演的也不是真狮子，"丽莎贝特说，"那就只能给扣子了。"

在苹果树中间拉的晾衣服绳上，挂着里努丝－伊达洗的枕套和毛巾，还有两件小连衣裙和一件蓝色睡袍。

妈妈亲马迪根，又亲丽莎贝特，然后拿出篮子里的东西。

"我觉得我们晚饭应该做汤，"她一边对阿尔娃说，一边把胡萝卜、菜花和洋葱放到餐桌上，"尾食我们吃小点心！"

然后她又转向自己的小姑娘。

"你们一整天都做什么啦?"

这时候厨房里鸦雀无声。丽莎贝特不好意思地看着马迪根。而马迪根低着头,眼睛看着自己的大脚拇指,好像她过去从来没有见过。

"喂,你们都做什么啦?"妈妈又问了一遍。

"就洗了洗我们的衣服,"马迪根不情愿地说,"把你的睡袍也洗了……难道不好?"

"马卡丽达。"妈妈严厉地说。

晾在绳上的衣服在夏日的微风中轻轻飘动,从尼尔松家传来快乐的歌声:

多么美好,在蓝色的海洋乘风破浪,
就像鸟儿在空中自由飞翔……

这是阿贝,他一边烤面包圈,一边歌唱。

理查德

马迪根已经上学了,上学真开心。学校发了一本《ABC之书》,绿色的精美封面很好看,上面贴了一个标签:"马卡丽达,一年级"。"马卡丽达",而不是"马迪根",一名女学生不能叫"马迪根"。发了一块石板也不错,上面用细绳子拴了一块橡皮,还有一个用过的洗发水瓶子,里边装满水,往石板上滴一些水可以把上面的字擦掉。学校还发了石笔和装石笔的盒子,盒子装在一个帆布书包里,真好。但是最好的是……《ABC之书》里有一只公鸡!如果女学生的作业做得特别好,公鸡就咚的一声给她下出5厄尔的一枚硬币。

啊,上学确实不错,但是从开学第一天马迪根就叹息说:

"啊,真应该放一放圣诞节假!"

当然,离放假还有四个月,不过想想也可以!

马迪根把《ABC之书》、石板和笔盒给丽莎贝特、妈妈、爸爸、里努丝-伊达、阿尔娃和阿贝·尼尔松看。她允许

丽莎贝特翻一翻《ABC之书》，在石板上写一写字，但是她千嘱咐万叮咛，可别弄坏了。每天早晨马迪根上学的时候，丽莎贝特都站在前廊里，企盼着自己也能背着漂亮的书包去上学。丽莎贝特每天都觉得，马迪根在学校里待很长很长时间才回家。总算把她盼回来了，她还得做作业。马迪根坐在儿童卧室里朗读，声音大得整个房子都能听到。

"IUO"，她读着，"IUO！"

丽莎贝特不明白，为什么一定要花那么长时间念 IUO，不过没关系，反正她也不是女学生。

爸爸每天在晚饭的餐桌旁问：

"喂，马迪根，你在学校过得怎么样？"

"好极了，"马迪根说，"我是班上第一名。"

"谁说的？"妈妈问，"是你自己还是女教师？"

"我们俩都这么认为。"马迪根说。

妈妈和爸爸满意地互相看了看。看到了吧！他们的担心完全是多余的，学校甚至能够将马迪根这样的疯闹孩子教育好。

不过随着时间的流逝，马迪根读书的新鲜劲儿渐渐过去。妈妈必须提醒她才做算术题。大家再也听不到从儿童卧室传出"IUO"的读书声。能听到的仅仅是马迪根和丽莎贝特爬家具和推翻儿童卧室椅子的噪声。不过有一天传出了另外的声音，马迪根在唱歌。

"快过来吧,阿道尔芬娜,快过来吧,阿道尔芬娜,请搂住我的脖子。"她唱道。

妈妈很不喜欢这首歌。

"哎呀,马迪根,"她说,"这首愚蠢的流行歌曲是谁教给你的?"

妈妈对此一无所知,她!她不知道,在尼尔松家里有一个东西真棒……一个留声机!上面有一个很大很大的喇叭。尼尔松叔叔每天在留声机上放"快过来吧,阿道尔芬娜",还跟尼尔松阿姨跳舞。留声机的声音沙哑,还有很大的噪声,但是人们还是能听到从喇叭里传出的"阿道尔芬娜"。

现在的情况是，看来妈妈对尼尔松家有些不满意。她不愿意马迪根到那里去，没有人明白为什么。

"喂，马迪根，"妈妈又说了一遍，"谁教你唱的那首愚蠢的歌？"

马迪根脸红了。

"是……是理查德。"她说。因为她不愿意说，她是在尼尔松家学的。

"谁是理查德？"丽莎贝特问。

"理查德……是我们班的同学。"马迪根慌忙说。

"是这样，"妈妈说，"这个男孩子，我不希望你跟他一起玩。"

过了几天《ABC之书》里的那只公鸡给马迪根下了5厄尔钱，尽管她最近确实不怎么努力读书。用5厄尔可以到学校附近的小商店里买5块糖。马迪根答应，丽莎贝特将得到其中的两块。丽莎贝特在家等呀等，等了一整天。啊，马迪根总算放学了，丽莎贝特跑到前廊里迎接她。

"可怜的丽莎贝特，"马迪根说，"理查德把你的糖全给吃了。"

"理查德该打。"丽莎贝特一边说一边伤心地哭了。

对，理查德肯定该挨一顿好打，因为这不是他最后一次做蠢事。

有一天马迪根放学回家,脚上只穿一只鞋,另一只不见了。那是一只漂亮的鞋,又黑又亮,还带红边儿。

"你另一只鞋哪儿去啦?"妈妈问。

"理查德抢去,把它扔到河里去了。"马迪根说。

"理查德该打。"丽莎贝特说。

妈妈真的生那个理查德的气了。

"班里有这么一个男孩子真是不幸,"她说,"我真得到学校跟女教师谈谈。"

但是妈妈有很多事要做,一直也没跟女教师谈。理查德继续做他的蠢事,几乎每天都有新花样。

马迪根放学回家的时候,布连衣裙上有一大块墨水……当然又是理查德所为!马迪根的石板也摔成两半了……对了,因为理查德抢过去,把它摔到墙上了。他想看一看,石板是否结实。当然不行,不是特别结实。

马迪根的书里有一张皇后的照片,皇后很早以前住在瑞典,现在已经死了,但是书里有她的像。有一天这位皇后长了胡子。

"啊,马卡丽达,你为什么要在书上乱涂呢?"妈妈严厉地说。

"不是我涂的,"马迪根说,"是理查德。"

"理查德该打。"丽莎贝特说。

马迪根每天吃晚饭时都要讲那个可怕的理查德和他所有的恶作剧。女教师简直拿他没办法,要管他你不知道有多麻烦。他不停地大声吵闹,不停地到墙角罚站反省。

"你想一想,"马迪根说,"今天他吃了我的橡皮。"

"他吃了你的橡皮?"妈妈生气地说。

"那个男孩子的脑子肯定有问题。"爸爸说。

有一天马迪根放学回来,有了一个新的发型。又是理查德,他在回家的路上借了马迪根做手工的剪子,把马迪根的头发给剪了。然后就成了这个样子!

这时候妈妈再也不能容忍了,一天也不能再这样下去。

"明天我就去学校,跟女教师好好谈谈。"她坚决地说。

"理查德该……"丽莎贝特刚开口。

"你闭嘴,"马迪根生气地叫起来,"理查德打不着了,因为从今天起他不来上学了。"

"他真的不来了?"妈妈惊奇地问。

"对,他……不愿意上学了。"马迪根说。

"愿意还是愿意,"妈妈说,"不像你说的。他可能转到另外一个学校去了,你应该明白。"

"对,他可能转到另外一个学校去吃橡皮。"丽莎贝特满意地说。

过了几天露丹阿姨过生日。露丹阿姨住在靠近学校的一座

黄色小房子里。妈妈带着两个女儿去祝贺。

在露丹阿姨家外面正好碰上女教师。没办法，妈妈停住了脚步，马迪根赶紧拉妈妈的裙子。她非常不愿意妈妈跟女教师谈话，但是妈妈愿意。

"小马卡丽达在学校怎么样？"妈妈说，本来她用不着问，马迪根自己不是已经说了嘛，很不错。但是妈妈认为，如果女教师真的说，马迪根是班里第一名，那该多开心呀。

女教师没有这么说，真奇怪。

"啊，啊，马卡丽达再熟悉一段学校生活，可能会好一

林格伦作品选集
LINGELUN ZUOPINXUANJI

些,"女教师说,"有一些孩子很难一下子适应。"

妈妈似乎在考虑什么……难道女教师认为,马迪根不是一个好孩子?那她对理查德可能更不喜欢吧!

"啊,想一想那个理查德多淘气,"妈妈说,"他不在这个学校上学倒好了。没有这个调皮鬼一定很不错。"

"理查德?"女教师吃惊地说,"我们班没有哪个男孩子叫理查德呀。"

"怎么回事……"妈妈刚一开口,就停下了,她严厉地看着马迪根。

"理查德该打。"丽莎贝特说。

马迪根脸红了,她低头看着自己的鞋。"该打。"丽莎贝特说。有人可能是该打,是谁呢?啊,没有了理查德,显得多寂寞呀!

马迪根和丽莎贝特在家里远足

马迪根再也不提理查德了,丽莎贝特对此很失望。她不知道理查德完全消失了,什么地方也不再有这个人。特别是饭桌上,没有他显得很寂寞,有时候丽莎贝特说:

"我不知道,理查德现在在新学校里做什么?"

这时候马迪根生气地瞪她。妈妈装作没听见。有时候爸爸笑一笑,轻轻地揪一下马迪根的头发。

"对对,'好极了'小姐,你可以再编点儿故事!讲一讲,你在学校里的情况……没有理查德了。"

马迪根开始讲,女教师有一块漂亮的金表,表链子长长的;米娅满头都是虱子;男孩子们每天在校园里打闹;吃早饭时坐在走廊里吃三明治感觉好极了。

"孩子们的三明治里夹什么东西?"丽莎贝特问。她对学校里发生的所有事情都想知道。

"香肠和奶酪。"马迪根说。

丽莎贝特叹息了，你想一想，学校里的孩子是那么幸福！他们坐在走廊里吃夹着香肠和奶酪的三明治，他们还有铅笔盒、石板和书包，啊，这真把丽莎贝特气坏了，她怎么就不能上学呢！

爸爸继续提问题。第二天餐桌上他又一次问：

"喂，'好极了'小姐，今天学校怎么样？"

马迪根想了想。没有理查德以后，可讲的东西也不多了。但是她总可以编一些。

"米娅浑身都是虱子，它们爬到椅子上，"马迪根说，"我希望我身上也有几只。"

"可别有，谢天谢地。"妈妈说。

丽莎贝特刚要把一勺土豆泥放到嘴里，但是这时候她突然放下勺子。

"在我们学校，"她用不甘示弱的语气说，"在我们学校所有的孩子头发上都长虱子。"

"嘘嘘嘘，"马迪根说，"你连学校还没上呢。"

"我当然上学了。"丽莎贝特一边说一边露出固执的表情。

不能光让马迪根讲有趣的故事。

爸爸笑了。

"啊，你也上学啦？我想，你的学校就是理查德转学去的那个学校吧。"

丽莎贝特满脸笑容,故事编得多精彩啊!她不仅继承了马迪根的连衣裙和鞋,还继承了理查德,还跟他一个学校。丽莎贝特一边笑,一边点头。

"对,理查德去了我们学校,头发上也长了很多虱子。"她信誓旦旦地说。

"你真幼稚,丽莎贝特。"马迪根说。

时间一周一周地过去。九月的一个星期六,马迪根风风火火地从学校回来,眼睛里闪着兴奋的光。

"妈妈在家吗?"她像往常一样,刚到门口就喊。然后一口气地说:

"妈妈,我们要去远足……星期三……全校。我们先坐火车,然后步行很远一段路,然后我们爬山,坐在山上吃三明治,看风景,啊,真幸福!"

她高兴得跳来跳去,双手搂着妈妈,满脸笑容,但是站在旁边的丽莎贝特却阴沉着脸。她默默地站了一会儿,然后加重语气说:

"我们学校也要去远足,我们坐火车,然后爬一座更高的山。"

"你们一边儿待着吧。"马迪根说。

"你讨厌。"丽莎贝特喊叫着,然后一头扎在妈妈的膝盖上,撕心裂肺般地喊了起来。

"我也想远足,也想在山顶上吃三明治。"

这时候马迪根非常可怜丽莎贝特。

"我们可以做一次远足,就你和我。"她说。

为了保险,丽莎贝特又哭了一小会儿,然后含着泪水站了起来。

"是坐在一个山上吗?"她问。

"可能,"马迪根说,"如果我们能找到的话。"

"这还差不多,马迪根,"妈妈说,"你们俩做一次远足,

开心了吧，丽莎贝特？"

妈妈认为今天正合适，因为爸爸和她应邀到贝里隆德家去吃午饭。

"我们把饭装进一个篮子里，你们把它带到一个开心的地方去吃。"妈妈一边说一边抚摩丽莎贝特的脸颊。

"到一个开心的山上。"丽莎贝特纠正妈妈的话。

妈妈从食品柜的架子上取下一个红色的木条篮子，往里边放了很多好吃的东西，小肉丸子、小王子香肠、几个煮熟的鸡蛋、一块苹果派、一瓶牛奶和两个肉桂面包。

"妈妈和爸爸在贝里隆德家也吃不到这么多好东西。"马迪根说。

妈妈很忙，她一边戴帽子、穿大衣，一边嘱咐马迪根：

"不要走得太远，到什么地方去跟阿尔娃说一声。"

妈妈对阿尔娃说：

"亲爱的阿尔娃，我不在家的时候，你要看好孩子。"

"好，夫人，这我肯定会。"阿尔娃说。

随后妈妈走了。

马迪根和丽莎贝特抬着红木条篮子，开始远足。

"什么地方有山？"丽莎贝特想知道。

马迪根静静地站在前廊的台阶上思索着。附近确实没有什么山，妈妈又说了，不能走得太远。不过马迪根不需要很多时

间考虑,她的鬼主意一想就出来,就像小猪眨眼睛一样。这时候她想起了什么?她想起了妈妈给她们读过的一个故事。讲的是几个孩子想去远足,跟马迪根和丽莎贝特现在的情况完全一样,篮子里装满甜饼。他们没有去森林,而是爬上了猪圈的屋顶,所有的甜饼都掉进猪圈里喂猪了。这是一个很有意思的故事。

"你,丽莎贝特,"马迪根说,"山我们是找不到了,但是我们可以爬到木柴屋顶。"

丽莎贝特高兴地跳起来。

"跟那些孩子一样,"她满意地说,"尽管我们没有甜饼。"

"没有,也没有小猪,"马迪根说,"如果我们把篮子掉下去也没关系。"

"妈妈会同意吗?"丽莎贝特问。

马迪根想了想。

"妈妈说我们可以到一个开心的地方去,不要太远。木柴屋顶是一个很开心的地方,知道吧,那儿还可以看到风景。跟我们星期三要去的地方完全一样。"

正在这时候阿尔娃来了。

"你们到哪儿去?"她问,"我一定要知道。"

"不远,"马迪根说,"我们就待在家里。"

丽莎贝特怪笑起来。

"一点儿也不远。因为我们一定……"

"闭嘴,"马迪根说,"我不是说过了,我们就待在家里。"

阿尔娃认为很好,这样她就可以继续安心熨她的衣服。

木柴屋的山墙旁边立着一个梯子,马迪根多次用它爬上屋顶。她经常像走平衡木一样从那里走到洗衣房,因为尼尔松家有一棵梨树,树枝一直伸到洗衣房屋顶,树上的小梨到了八月特别好吃,马迪根很喜欢吃。

丽莎贝特也经常爬梯子,但只爬下面几节。现在她要爬到头,坐在屋顶上,真是美妙、惊险,丽莎贝特认为,远足就应该这样。马迪根先爬,她提着篮子,但仍然快捷、轻松。丽莎贝特顾虑重重地跟在后边,越往上爬越磨蹭。最后她总算接近了屋脊,看到马迪根已经坐在那里,并把好吃的东西都摆好了。可是这时候丽莎贝特认为,屋顶并不是开心的地方。她突然觉得,一座山可能会更好。

"马迪根,你知道吗?"她说,"这个屋顶我不想爬。"

"别成心闹,你一闹就不是什么远足了,"马迪根说,"别忙,我去帮助你。"

丽莎贝特害怕了,她直哆嗦,但是马迪根连拉带拽,最后总算把她弄到了屋顶,尽管丽莎贝特自始至终吵吵嚷嚷的:

"你真不聪明,马迪根,你绝对不聪明。"

直到她们把两腿分开、骑在屋脊上并把篮子放在中间的时候,丽莎贝特才开始适应。

"看呀,我们能看到尼尔松家的厨房。"她说。

马迪根满意地点点头。

"我说什么来着?能看到风景……尼尔松家的人做什么,都能看得一清二楚。我已经看过很多次了。"

她们坐了很长时间,专门往尼尔松家看。阿贝像往常一样站在烤炉旁边,尼尔松阿姨不在家,尼尔松叔叔躺在厨房的沙

发上睡觉。

"他肯定是喝醉了,"马迪根说,"因为礼拜六他总是喝醉酒。"

阿贝一抬头看见了她们,这时候他马上放下手里的活儿,跑到窗子跟前,开始做可怕的鬼脸,逗得她们都笑死了。马迪根不明白,为什么阿贝能把脸变成那个样子。马迪根认为,阿贝平时很漂亮,浅色的头发、蓝色的眼睛、宽宽的大嘴,啊,真帅。但是现在他把脸皱着,看起来就像一个魔鬼,不再漂亮,但是惹人笑得要从屋顶上掉下去。

过了一会儿阿贝出来了。

"你们好,"阿贝一边说一边向上看着马迪根和丽莎贝特,"你们总是很开心对吗?"

"对,我们非常开心。"马迪根说。

没有什么比坐在屋顶上跟阿贝聊天更开心了!

"我们在做远足。"丽莎贝特说,她生怕别人不知道。

"对,看出来了,"阿贝说,"你们篮子里装的是什么东西?"

"肉丸子、王子香肠,什么好吃的都有。"马迪根说。

"相当好吃。"丽莎贝特说。

阿贝靠在把于尼巴根和隆纳特隔开的围栏上,后者是尼尔松家院子的名字。他默默地站在那里,好像有点儿心事。

"我们打个赌吧,"他最后说,"不管你们怎么努力,都无法把肉丸子准确投到我的嘴里,我们打个赌怎么样?"

"哈哈,那你就等着瞧吧,"马迪根说,并马上掏出一个肉丸子。她仔仔细细地瞄准,然后朝下面张开嘴的阿贝投去,可是肉丸子正好击中了阿贝的前额,肉丸子滚到地上,在一堆黄色的秋季落叶上停下来。突然阿贝把它捡起来,并塞到了嘴里。

"我说什么来着!你们投不准,现在证实了。"

"真有点儿奇怪,"马迪根一边说一边又拿了一个肉丸子,"你等着瞧!"

这个肉丸子紧擦着阿贝的眼睛而过,又滚到了地上,阿贝捡起来,也把它塞进嘴里。

"好啦,好啦,现在已经证实了,"他说,"你不可能投准,马迪根。"

"现在该轮到我了,"丽莎贝特说,"我也想投肉丸子。"

她没有瞄准就投下去,肉丸子连围栏都没碰着。

"两个一样笨。"阿贝说。他把一只沾满面粉的手伸进围栏的空当把肉丸子抓过来。

马迪根和丽莎贝特又试了一次。几次都不成功,最后马迪根说:

"我们不能再试了,因为肉丸子没了。"

"用王子香肠可能更好一些,"阿贝说,"香肠比较容易控制方向,让我们试试看!"

马迪根和丽莎贝特很愿意拿香肠试。有一回马迪根成功地把一根香肠投到阿贝的两只眼睛中间,但还是没有掉进嘴里。"现在就剩两根香肠了,"马迪根说,"我们自己还要吃呢。"

"好啦,你们不要以为我有时间整天站在这儿,陪着你们练习投王子香肠,"阿贝说,"再见吧,小豆包们,现在你们可以找一些别的事情做。"

阿贝消失在厨房里。

"现在我们必须远足。"丽莎贝特说。这意味着她想吃饭。

她们吃剩下的王子香肠、煮鸡蛋、苹果派和肉桂面包,真香!尽管她们所有的肉丸子和几乎所有的王子香肠都练习投掷了,她们还是吃得很饱很饱。她们也喝了牛奶,但是丽莎贝特晃了一下杯子,牛奶像一条白色的小河沿着瓦片流向雨漏里。

"想想看,如果麻雀飞过来看见雨漏里有牛奶,一定大吃一惊。"马迪根说。

"对,还会很高兴,"丽莎贝特认为,"我们现在干什么?马迪根!"

"我们必须尽可能多地看风景,因为这是远足的目的。"马迪根肯定地说。

"真的吗?"丽莎贝特说。

"对,女教师说过,我们星期三就去远足。不过男孩子们说,他们才不在乎风景不风景呢,他们只想开心。"

但是马迪根和丽莎贝特不是男孩子,她们要尽可能多地看风景。仅仅是尼尔松家的厨房不行,她们仰着头朝四面八方看,真像是远足一样。她们看到那条河流向远方,直到拐弯,看到垂柳掩映着河水与沿河的院落。黄色和红色的秋季落叶,蔚蓝的天空,真是美极了。她们把头朝后仰着,看着天空,以便饱览一切美景。这时候她们看到一只鸟儿在蓝天飞翔。

"想想看,它能看到多少美景啊,"马迪根说,"我真希望也能飞。"

"人是不能飞的。"丽莎贝特说。

阿贝曾经跟她讲过飞机的事。在战争中就有飞机,在瑞典也有很多飞机。马迪根曾千方百计想看一看飞机。不过里努丝-伊达说,在空中飞是一种罪恶。

"天啊,天啊,如果上帝想让人能够飞,他就把他们创造成鸟了。"里努丝-伊达说。

丽莎贝特认为,飞机真够奇怪的,但是确实有些人能够飞。

"马迪根,你知道吗?"她说,"勇·布伦德[①],他靠一把

[①] 传说中的睡神,他靠一把伞飞翔。晚上他一家接一家地飞,飞到哪个孩子身边,哪个小孩子就能马上入睡。

伞就能飞。"

马迪根对此冷冷一笑。

"你真幼稚，丽莎贝特。"

可是就在这时候，马迪根想起来，阿贝曾经说过，在一次战争中，有一个人靠一把伞从飞机上跳下来。马迪根当然知道，靠一把伞不能像勇·布伦德那样，想飞到哪儿就飞到哪儿，但是如果从飞机上跳到地上可能还行。或者……从其他高处跳下来可能还行！

马迪根思索着。木柴屋不就是一个高处吗？

"我觉得，我可以试一试。"马迪根说。

"试什么？"丽莎贝特问。

"用一把伞。"马迪根说。

当丽莎贝特真的弄清楚了马迪根的想法时，她笑起来，笑得咯咯响。

"你真不聪明，马迪根，"她说，"你一定要当勇·布伦德吗？"

"不不，我们可不能那样做，"马迪根说，"不能太幼稚。我只是假装从一架飞机上跳下来，知道了吧！"

"你真不聪明，马迪根。"丽莎贝特又说了一遍。

但是现在的问题是，怎么样取来爸爸的大雨伞，而又不让阿尔娃发现。不能肯定，阿尔娃是否明白飞机要配备伞。她可

能会吵，因为她从来没有听说过，打仗时从飞机上跳伞。

当丽莎贝特要一个人留在屋顶上的时候，她可没有笑，但是马迪根使劲安慰她。

"哎呀，我很快就回来。这段时间你可以再看一会儿尼尔松家的厨房，像木头墩子一样安静地坐着，不然你会骨碌下去。"

随后马迪根沿着梯子消失了。

她必须得走进厨房。阿尔娃站在那里熨衣服，汗流满面。她必须把炉子里的火烧得旺旺的，以便保持烙铁有足够的温度。所以厨房里热得像一个烤箱，尽管窗子都开着。

阿尔娃看到马迪根很高兴。

"很好。这样我就不用跑到外边盯着你们，你们的远足怎么样了？"

"很好。"马迪根说。

"丽莎贝特在哪儿？"阿尔娃问。

"她还在……远足。"马迪根一边说一边溜进前廊，免得阿尔娃提出更多的问题。伞架上放着爸爸的雨伞。当阿尔娃打开门时，马迪根正好摘下雨伞。

"小狗萨苏跟你们在一起吗？"阿尔娃问。

"没。"马迪根说，并竭力把雨伞藏在身后。

"它又跑到哪里去了，"阿尔娃说，"你拿伞干什么呀？"

"我想……可能会下雨吧。"马迪根说。

"下雨？今天？不会，绝对不会，"阿尔娃说，"把伞放回去！"

马迪根生气了。她没有时间站在这里大谈天气，她要去实现平生第一次飞翔。

"人们远足的时候，一定要带伞。"她刻薄地说，"你想一想，如果天气突变，就站在那里挨雨淋？"

阿尔娃笑了。

"啊，天气变得再快，你们也来得及躲进前廊，"她说，"天啊，要拿伞就拿吧。不过想着拿回来，不然你爸爸会生气。"

"好，好，好。"马迪根不耐烦地说，并从前廊的门跑了出去。

四周一片寂静。人们以为，整个于尼巴根没有一个人。这里将进行一次绝无仅有的空中飞行，除了丽莎贝特之外，没有一个人有机会目睹这一幕。阿尔娃所在的厨房对着一个完全相反的方向，阿贝当时没在隆纳特，尼尔松叔叔则躺在沙发上睡觉。

因此，当马迪根像在战争中人们做的那样，做空中跳伞的时候，只有丽莎贝特在场。只有丽莎贝特看见了，马迪根怎么样站在屋脊的顶端，撑开那把大黑伞；只有丽莎贝特看见了，

马迪根怎么样把伞高高举过头顶，作跳跃的准备。

"你真不聪明，马迪根，"丽莎贝特说，"你绝对不聪明。"

"哎呀，不危险。"马迪根说，不过她还是认为，到地面的距离够长的。既然人们借助伞可以在几千米高的天空从飞机上跳下来，她无论如何也能从木柴屋顶跳到地面上。

她举着雨伞在上面站了一会儿作准备，尽量做得像个飞机。阿贝曾经教她应该怎么做。实际上阿贝自己从来没有看见过飞机或者听见过飞机响，但是他仍然知道飞机应该怎么响，阿贝无所不知。

"扑噜特，扑噜特，扑噜特。"马迪根嘴里说着。

"哎哟。"丽莎贝特说。

这时候马迪根飞下去了。确确实实跳向天空。随后听到咚的一声。

"真可怕，下降得真快，"丽莎贝特喊叫着。她趴在屋脊边上，看着倒在地上的马迪根。只见马迪根脸朝地一动不动地趴在那里，没有回答。她的旁边是那把伞，伞把儿已经折成了两截。

"你怎么样？"丽莎贝特高声说，"你死了吗？"

她还是没有得到回答。

"马迪根，你说话呀，你是不是死了？"丽莎贝特不安地喊叫着。

但是马迪根仍然没有回答。这时候丽莎贝特号啕大哭起来。

"妈妈呀,"她喊叫着,"妈妈!"

那声音听起来好像这世界就她一个人了,她也不能从屋顶上下来了。正当她叫得起劲时,尼尔松叔叔把头从窗子伸出来。

"你在上边干什么呢?你叫什么?"

"马迪根死了,"丽莎贝特高声说,"她死了!"

这时候尼尔松叔叔直接从窗子跳出来,跳过围栏。他跪在马迪根旁边的草地上,翻过来她苍白的脸,她额头上有血。

转眼间阿尔娃也来了。当她看见马迪根时,立即停住脚步,撕心裂肺般号叫起来。

"我的老天爷,发生什么事啦?"

尼尔松叔叔沮丧地点一点头。

"过去了，"他沉重地说，"于尼巴根的小马迪根过去了！"

一个相当有趣的悲伤日子

马迪根头上打着绷带,一动不动地躺在床上。

"只有你一定要吐的时候,"丽莎贝特说,"你才可以动一下。"

马迪根没有死,丽莎贝特对此感到很高兴。她只是脑震荡,不过也不厉害。她只是恶心想吐,但不会死,这是贝里隆德叔叔说的,他是医生。

但是马迪根进行跳伞并摔在地上很长时间昏迷不醒之事,还是使于尼巴根热闹起来。妈妈哭,爸爸也哭,尽管不如妈妈哭得厉害。阿尔娃比妈妈和爸爸哭得都厉害。

"这是我的错儿,"阿尔娃说,"不过我应该能意识到,她拿雨伞是为了飞翔用!"

此时马迪根躺在那里,一点儿也不记得跳伞时的感受,想起来真让人生气!这样她的行动就一无所获,此外她还留下了灾难性的脑震荡。贝里隆德叔叔说,她至少要在床上躺四天。

当妈妈这样说的时候,马迪根叫了一声。

"四天……这可不行!礼拜三我们去远足,到时候我一定……"

"你肯定不行,"妈妈说,"你有这次远足就足够了。"

丽莎贝特点头表示赞成:

"你已经做了远足,足够了!你现在只能躺在床上吐。"

这时候马迪根闹起了"大地震"。这是爸爸说的,她听了以后大发雷霆,只有马迪根才做得出来。眼泪夺眶而出,她喊叫的声音那么大,整个家都能听到:

"我要参加!我一定要参加!啊,我真想早点儿死!"

丽莎贝特乐滋滋地看着她,并竭力安慰说:

"在我们学校,所有得脑震荡的孩子,想参加什么远足,没门儿!"

妈妈也想方设法安抚马迪根。

"如果你这样哭闹,你的头会更痛。"

"我不管,"马迪根喊叫着,"我真想早点儿死了!"

这时候妈妈很生气,她转身走了。里努丝-伊达待在厨房里,帮着阿尔娃煮苹果酱。她听见马迪根大喊大叫便走进儿童卧室,严厉地看着马迪根。

"天啊,天啊,你太有悖神灵了,马迪根!你年纪轻轻的要想一想创造你的上帝,《圣经》上写着呢,怎么可以不好好躺着而想死呢。"

但是马迪根除了远足,别的什么也不愿意想,她冲里努丝-伊达高声喊叫:

"让我安静安静吧!"

这时候里努丝-伊达不安地摇了摇头。

"哎哟,这是怎么回事?"她说,"我们已经把赛巴斯蒂安·尼克请来了,这我看得出来!"

赛巴斯蒂安·尼克是里努丝-伊达知道的最可怕的人物,当马迪根和丽莎贝特在里努丝-伊达心目中不够听话的时候,他就来访问了。她大概认为,表面上看,是马迪根躺在那边的床上大喊大叫,但实际上是赛巴斯蒂安在喊叫,真正的和听话

的马迪根此时正坐在烟囱顶上,直到赛巴斯蒂安想走为止。

"这真是不幸,他今天正好来。"里努丝-伊达说。

"不对,我认为这样很不错,"丽莎贝特说,"因为这样可以让他头痛和呕吐,马迪根反而坐在烟囱顶上,要有多开心就有多开心。"

但是马迪根酸溜溜地看着丽莎贝特和里努丝-伊达二人。那位赛巴斯蒂安可能适合丽莎贝特,马迪根自己对这类幼稚的说法显得太大了。

"好吧,现在她总算平静下来,"里努丝-伊达说,"马迪根还活着,真让人高兴,说实话,她差一点儿就被摔死了。"

但是马迪根并不高兴。她把被子拉到头上,又哭起来。每天早晨她醒来的时候,总是希望有奇迹发生。妈妈走进来,能说这样的话那该多好:

"嗨,一点儿脑震荡,有什么了不起?此外,进行远足对脑震荡还有好处呢……你难道不相信,你礼拜三能跟大家一起去远足吗?"

但是妈妈没有说这样的话。她只是鼓励性地笑了笑,用手抚摩着马迪根的面颊。

"你用不着伤心,"她说,"我们一定能找到其他开心的事情做。"

其他开心的事情!听起来好像整个世界还有比远足更开心

的事情!

星期二晚上,马迪根向上帝祈祷,请他一定帮忙。她躺在被子底下,小声说,免得让丽莎贝特听见。

"亲爱的上帝,救救我!因为我非常愿意参加远足。请你指使贝里隆德叔叔给妈妈打个电话,说我已经恢复健康,因为我真的很健康。但是时间紧迫,再晚就来不及准备了。我要带三明治和巧克力,阿尔娃一定要把我的新海军服熨好。快告诉贝里隆德叔叔,现在就立即打电话,快去,亲爱的上帝,因为我特别想参加远足,阿门!"

然后马迪根就躺在那里,心情紧张地听电话铃响。但是她没有听到。她只听到了丽莎贝特在自己的床上喊:

"请给我讲幽灵、杀人犯和战争的故事!"

马迪根不愿意讲这些东西。她躺了很长时间想听电话铃响,但一直没响。她在被子底下小声哭了,然后就睡着了。

礼拜三早晨她醒得很早。太阳高照,天空晴朗无云,对于所有幸福的学生来说都是一个好日子,有脑震荡的孩子例外。她赶紧看表,快八点钟了,正是该走的时候。她所有的同学大概都集中在火车站,她似乎看到,他们在她眼前一边笑一边跑上车厢,兴高采烈地挤在窗子旁边,等着火车开动。

马迪根用痛苦的眼睛看着挂在床头墙上的杜鹃钟。她看到,表针在动,滴答滴答地接近八点。杜鹃跳出来鸣叫,它令

人生厌地叫了八声。这时候马迪根哭了,因为她知道,现在火车已经开走了。而她躺在这里,永远永远没有开心的事情了。

睡在旁边床上的丽莎贝特醒了,她马上精神起来。她不知道,这是多么悲惨的一天,她甚至唱起歌来:

A B C D,
路没走好,
母猫摔倒在地,我的朋友,
只因爱情不如意。

她唱的歌谣正是马迪根教给她的,但是马迪根却吼叫起来:

"闭嘴,臭孩子,闭嘴,闭嘴!"

"哎哟,这是怎么回事。我们已经让赛巴斯蒂安·尼克来过了。"丽莎贝特说,她的口气跟里努丝-伊达一样。

正在这个时候门开了,妈妈走进来。她手里端着一个盘子,里边放了很多好吃的东西:两个蓝色的大杯子,一壶热巧克力,一盘新烙的摊饼。

丽莎贝特睁大了眼睛。

"今天是我的生日吗?"她问。

"不是,"妈妈说,"不是生日有时候也可以吃好东西。"

坐起来，马迪根，快喝热巧克力，吃摊饼。"

马迪根慢慢地从被子底下爬起来，她的眼睛湿乎乎的。妈妈亲了一下她的面颊，递给她热巧克力和摊饼。马迪根一句话没说便吃起来。她静静地坐在那里，一块接一块地吃着摊饼，眼皮上挂着泪珠。这当然是悲伤的一天，不过摊饼和热巧克力还是挺香的。

丽莎贝特也有同感。

"吃起来跟平常过生日时一样香。"她说。

"对，我相信是这样。"妈妈说完就走了。

丽莎贝特很快吃完了。她舔干净手指上的糖和油星儿，从床上爬下来，她要穿衣服了。她刚刚穿好，下边的门铃响了。

"送信的来了。"丽莎贝特说，"马迪根，你同意我去看看有我们什么东西吗？"

平时通过邮局送给丽莎贝特和马迪根的东西很少，但是她们每天早晨还是要看一看信筒，万一要有呢。但是此时此刻马迪根耸了耸肩。今天是一个悲伤的日子，为什么现在会有邮品来呢？

丽莎贝特还是去了。马迪根一个人的时候，又想起了远足的事。她看着时钟……火车早开走了。现在她的所有同学可能正行进在大路上，唱着歌。她似乎清楚地看着他们从她眼前经过，两个人一排，并很快到达山脚下，永远也不会有什么不开

心的事!

这时候丽莎贝特从楼梯上上气不接下气地跑上来。

"你真聪明,马迪根,"她喊叫着,"你有三张明信片和一个包裹。"

"我真的有?"马迪根一边说一边急切地从床上坐起来。

事情是这样的,马迪根和丽莎贝特都在收集明信片。她们两个人的集邮册差不多都满了。谁过生日或命名日的时候,谁都可以得到稀有的明信片。有的明信片上有花草,有的明信片上有小猫或小狗,也有的明信片上有仪表堂堂的叔叔手挽衣着华丽的女士。有的明信片绚丽多彩,它们是精品。现在马迪根一下子就得到三张绚丽多彩的明信片,尽管她既不是过生日,也不是过命名日,只是得了脑震荡。当马迪根看到自己的明信片时,脸上立即露出了笑容,啊,多么漂亮的明信片。第一张明信片上有一只白鸽子,长着红嘴巴;第二张明信片上有一个穿着粉红色衣服的小天使,她在布满金光闪闪的星星的蔚蓝色天空飞旋;第三张明信片上有一个穿天鹅绒衣服的少年,他胸前抱着一束黄色的玫瑰花。马迪根看着它们,兴奋得叹了口气,一句话也说不出来,明信片太漂亮了,真正盖了帽儿!

"看看是谁给你寄的。"丽莎贝特提醒她,马迪根马上翻过明信片来。

"寄自一位朋友。"三个明信片都这么写着。

"天啊，这是怎么回事？"马迪根说。

明信片一般来自外祖母或是表姐妹，很少来自朋友。从一个陌生人那里收到明信片真有点儿新奇。

"可能是阿贝。"丽莎贝特猜测说。

"寄三张明信片。"马迪根说，"他大概还没疯到这个程度！"

她对明信片欣喜若狂，几乎忘了那件包裹。但是这时候她急忙打开它。

这是一个纸盒，里边放着很多粉色的亮光纸。马迪根和丽莎贝特对视了一下，紧张得直打战。那粉纸底下可能是什么东西，谜底揭开之前的感觉特别美好。马迪根弯下腰闻了闻。

"你觉得可能是什么东西？"

丽莎贝特也闻了闻。

"啊，我不知道。"

"你觉得我应该打开看一看吗？"马迪根问。

"绝对。"丽莎贝特说。

亮光纸在马迪根激动的手指下哗哗地响着，丽莎贝特屏住呼吸。

最上边是一封信。信封上写着"外祖母致马迪根"。但是外祖母不仅仅写了一封信，不是，确实不是！纸盒里还有一个很小很小的芭比娃娃，一个给娃娃洗澡用的小澡盆，一个给娃

娃用的小奶瓶，一小块给娃娃洗脸用的肥皂。里边还有一包珍珠，可以用来做项链。两个绿色的礼品盒，盖上绘有漂亮的图案，每个里边有几块粉色的鸡糖和一个精致的戒指。

当丽莎贝特看到马迪根一下子收到这么多礼物时，眼睛瞪得圆圆的。想呀想呀，最后她大声说：

"我也想得脑震荡！"

这时候马迪根把礼品盒拿了起来，一只手一个。

"你想要哪一个？"她说，"想要有红宝石戒指的还是想要有蓝宝石戒指的？"

"绿宝石的。"丽莎贝特说。

"笨蛋，没有绿宝石的。"马迪根说。

"那我就要蓝宝石的，"丽莎贝特说，"啊，你真好，马迪根！"

马迪根自己认为她很公正，真不错。马迪根觉得很开心，不再忧伤，也不再想远足的事。

"有山当然不错，"她对丽莎贝特说，"不过我觉得，我们从木柴屋顶能看到更好的风景。"

"绝对，"丽莎贝特说，"因为我们可以看到尼尔松家的厨房。"

马迪根和丽莎贝特各自戴上自己的戒指。她们伸着自己的手指头，两个人都觉得自己像贵妇人一样。

"我的宝石看起来像一滴血,"马迪根说,"你的看起来像什么,丽莎贝特?"

"我的看起来像蓝色的血。"丽莎贝特说,她说得对。

她们用很长时间比戒指。她们把手放在一起,比呀比呀,看哪个最漂亮。比的结果是,马迪根认为红宝石最漂亮,因为看起来像一滴血;而丽莎贝特认为蓝宝石最漂亮,因为看起来像蓝色的血。

"哎呀,我忘记读外祖母的信了。"马迪根突然想起来,并马上打开信封。

信是外祖母用印刷体写的,因为马迪根还不认识手写字体。丽莎贝特不明白,马迪根只看看信上蜘蛛爬似的小字母就明白了外祖母的意思。

"你真的能看懂吗?"她问。

马迪根当然看懂了。她把信通读一遍以后,就能准确地知道外祖母的意思。她希望马迪根今后再也不要从屋顶上往下飞翔,要把其中的一个礼品盒和一半珍珠给丽莎贝特。

"你想一想,我多么好,丽莎贝特,我在读信以前,就给了你礼品盒。"马迪根说。

"对,你真好,"丽莎贝特一边说一边抢过珍珠包,"把我的珍珠拿过来,我现在要做项链!"

但是马迪根又从她手里夺回来。

"别动,"她说,"你先别忙,等我有时间分了再说。"

"你现在就有时间。"丽莎贝特说。

"哎呀,我现在没有。"马迪根说。

她把放在床边桌子上的凉瓶拿过来,为自己倒上水,小口小口地喝着,直到把水都喝完。这时候她拿起亮光纸,开始认真地折起来。她折呀,折呀,每一个人都可以看到,她不是坐在那里数珍珠,她是在干别的事情。在此期间她在考虑问题。马迪根认为,一个礼品盒要比一包珍珠好,但是把礼品盒给丽莎贝特比与她共同分享珍珠容易得多。很明显,马迪根想独吞珍珠,但是她知道,如果丽莎贝特得不到珍珠,她会找妈妈告状,那样的话马迪根还得被迫分给她。

马迪根把亮光纸小心翼翼地放进盒里,然后她叹了一口气说:

"现在我有时间了。"

她把珍珠倒在一个盘子里,公平地分成两堆。可是还多出来一颗很大的黄珍珠,她把它给了丽莎贝特。

"给你吧。"她说,因为马迪根除了个别的时候,一般不小气。

然后马迪根和丽莎贝特分别做自己的项链,比过去更开心。她们也玩芭比娃娃,给她在小澡盆里洗澡,还用那块很香很香的小肥皂给她洗脸,然后让她躺在一个烟盒里,让她吸吮

奶瓶。

"本来这是一个悲伤的日子,"马迪根说,"但实际上还是很开心的。"

丽莎贝特赞成她的说法。

"对,这是一个既相当开心又悲伤的日子。"她说。

但是最后丽莎贝特玩烦了,她想出去。

"我必须带小狗萨苏转一圈。"她说,转眼间就不见了。

一个人玩没有意思。马迪根打不起精神,很长时间不知道干什么好。但这时候爸爸回家吃早饭,他到儿童卧室看了看。

"感觉怎么样?"他问。

"好极了。"马迪根说,"但是我没有什么事情做。"

"你可以看一看报纸,"爸爸一边说一边从口袋里掏出一张报纸,"这里还有一本图画纸,你给我在上面画一张画儿,我回来吃午饭的时候要。"

马迪根的阅读能力很强,连女教师都感到很吃惊。爸爸走了以后,她顺从地打开报纸,但是上面写的东西她不懂。大部分内容是关于战争的,还有卖猪和牛的广告,婚丧嫁娶以及高级女装。也有其他内容,但都是一些乏味的琐事。马迪根厌烦地读着各种标题。她在一个地方读到"逝水流年"这样一个栏目,可能有点儿意思,开始马迪根不知道"逝水流年"是什么东西,不过她很快就明白了。所有的内容都是描写过去人们做

什么，可怜的人，他们肯定不是很开心！马迪根叹了一口气，放下手中的报纸。爸爸本人非常幽默有趣，他怎么会编这样乏味的报纸呢，真是奇怪。他是编辑，他可以决定报纸刊登什么，他为什么不找点儿开心的东西登呢？不过报纸上的文章可能很难写……那就自己办一个报纸吧，试试看，马迪根想。她马上决定办一份自己的报纸。自己的报纸当然不能印，但是可以写在图画纸上，标题从爸爸的报纸上剪，这样看起来就跟真报纸差不多。

马迪根马上动手，她眼前的盘子里放着图画纸、笔、剪刀

和糨糊瓶。纸上最上面的标题是"逝水流年"。标题已经从爸爸的报纸上剪下来了。现在的问题是,要在标题下填上所需要的内容。马迪根叼着笔想了想然后写:

逝水流年

现在我要讲一讲过去孩子们的所作所为。他们对妈妈很好。但有一些孩子淘气不那么好。他们有石斧,但是他们学会了用枪射击。

然后马迪根对逝水流年再也想不出别的词儿。她拿起剪刀,从爸爸的报纸上又剪下新的标题:"战地见闻"。她把这个标题贴在一张新的画纸上,然后又叼着笔想。她写道:

战地见闻

战争非常可怕,战士躺在战壕里,双脚冻得很痛。但是有一个战士跳了伞,得了脑震荡。他是从一架飞机上跳下来的。

到此马迪根的战地报道就写完了。现在她看着爸爸的报纸,想获得新的灵感。还有广告……这类东西大概也必须有,如果想办成一份真正的报纸的话。

她剪下"逝者"这个标题,把它贴在一张图画纸上,然后她又叼着笔想。她想了很长时间,最后满意地点了点头,开始写字。

这则广告编好以后,她在文章四周加了一个黑框。这时候她突然感到,她不想再编报纸了,画画儿更开心。她给爸爸画了一张画,表现她自己从木柴屋顶跳下来的情形,画儿画得很好。

爸爸回家吃午饭时,马迪根把画交给了他,他也很喜欢。

马迪根穿着睡衣坐在餐桌旁边,虽然远足她可能还不行,但是吃土豆泥和苹果酱还是行的。

到了晚上,马迪根和丽莎贝特躺在床上。这时候妈妈和爸

爸走进儿童卧室说晚安……妈妈给她们讲"地下的哈特王子",爸爸为她们在墙上做手影表演。儿童卧室的煤油灯光线柔和,爸爸把灯罩取下,这时候灯光强烈了很多,映在墙上的手影也更清楚了。手影在墙上晃来晃去,有时候像长着两只犄角的山羊,有时候像跳舞的女孩,其实都是爸爸两只手的影子,没有其他东西。

爸爸、妈妈两个人同时来儿童卧室是很开心的。马迪根希望把他们留住很长很长时间。但是最后妈妈说:

"不行啊,你们现在确实该睡觉了!"

啊,丽莎贝特很快就睡着了,但是马迪根这个晚上很久很久不能入睡。她又想起了远足的事。尽管远足的事已经过去,但还是忘不了!后天她一定要上学,她知道,她的所有同班同学会说什么。不外乎是多么开心,他们玩得前所未有的开心之类的话。但是马迪根很不开心。啊,为什么她不能参加呢?

那天晚上天上的星星特别大。她从窗帘的缝儿看到了一大堆星星。它们差不多与她的小天使明信片上的星星一样漂亮。她想数一数有多少颗,但是数不过来,一数星星人就困了。

河水静静地流着,现在位于河边的整个于尼巴根都在沉睡。在漆黑的房子里,除了妈妈以外都睡觉了。她很快也要睡,但是她先要到儿童卧室转一圈,给自己女儿盖好被子。

她用绿色的小围灯照了照丽莎贝特的床。丽莎贝特像往常

那样趴在床上,她只能看见丽莎贝特棕色的脖颈和一头厚厚的卷曲头发。当妈妈低下头看着她时,她小声地说起了梦话:

"你真不聪明,马迪根!"

妈妈又来到大女儿身边,她的大女儿熟睡时显得又小又乖,黑黑的眼睫毛与面颊形成鲜明对比。她床边的地板上有一张纸,妈妈把纸捡起来,借助围灯亮光看了看。

逝　者

我们那个讨厌鬼赛巴斯蒂安·尼克死了。

不想被埋葬!

礼拜五早晨马迪根去上学。她拖拖拉拉地走着,相当不愿意。她不想上学听别人讲远足的事。

20分钟以后,她一溜烟儿似的跑回家。她跑进……不对,她飞进厨房里,把妈妈吓了一跳,妈妈以为又发生了什么可怕的事情,否则的话,为什么马迪根中途从学校回来,而且风风火火的呢?

"妈妈,"马迪根上气不接下气地说,"妈妈……我们现在……今天……去远足,礼拜三没去……因为女教师在台阶上摔了一跤,啊,我真幸福……她也得了脑震荡……我要一瓶巧克力水……我的海军服在哪儿?快点儿,妈妈……快点儿!"

过了一会儿,当里努丝-伊达礼拜五来洗衣服时,在于尼巴根的大门口遇到了马迪根。马迪根穿着新海军服,头上戴着海员帽,啊,她神采奕奕,背包在她身后跳来跳去,因为她高兴得一边走一边跳。

"我去远足,"马迪根说,"我真是太高兴了!"

"是吗,"里努丝-伊达说,"不是那天躺在床上,又哭又闹,要死要活的马迪根了?今天太阳从西边出来了。"

"哈哈,"马迪根说,"要死要活的是赛巴斯蒂安。他已经死了,都登报了。"

"哪个报上登的?"里努丝-伊达问。

"哈哈,"马迪根说,"这我可不能说。"

马迪根去远足了。她要坐火车,坐在山上吃三明治,她肯定会玩得非常开心。

丽莎贝特把一粒豌豆塞进鼻子里

此时已经是秋天,于尼巴根每礼拜四吃豌豆汤。不是每个礼拜四丽莎贝特都往鼻子里塞一粒豌豆,她只塞了一次。她喜欢把一些东西乱塞。女仆房的钥匙她给塞进了信箱,妈妈的戒指她给塞进了猪形储币罐,没办法,只得砸碎了储币罐才能拿出来。爸爸骑自行车时夹在裤腿上的夹子,她给塞进一个空瓶子里。她这样做不是存心淘气,她只是想看一看能不能塞进去。人们认为不能塞进东西的地方其实能塞进去,知道了是很开心的。这时候她从厨房的地板上捡到一粒豌豆,突然把它塞进鼻子里。她只是想看一看,是否塞得进去。能塞进去,能塞到相当深的地方。

随后丽莎贝特要把豌豆弄出来。豌豆在里边动也不动。丽莎贝特掏呀掏呀,但那粒豌豆就是不出来。丽莎贝特请马迪根帮忙,马迪根也试过了。但是不行,那粒豌豆就是不出来。

"它可能想在里边生根发芽,"马迪根说,"你等着瞧吧,

说不定什么时候从你的鼻子里长出豌豆花儿来……我希望至少能变成一棵香豌豆。"

这时候丽莎贝特大喊起来。香豌豆她很喜欢,但是她希望它长在菜园里,而不是从她鼻孔里长出来。她高声叫喊着去找妈妈。

"妈妈,我的鼻子里有一粒豌豆,请你把它弄出来!我不想要它了!"

"哎哟,"妈妈说,"哎哟!"

妈妈正好今天头痛得厉害,她很想躺在床上闭眼休息,没心思从丽莎贝特的鼻孔里掏那粒豌豆。

"我不想要那粒豌豆,"丽莎贝特高声叫着,"快把它弄出来!"

妈妈拿了一根发卡,想把那粒倒霉的豌豆掏出来。她掏呀掏呀,但是不起什么作用。那粒豌豆还是卡在那里不动。

"马迪根,你带丽莎贝特去找贝里隆德叔叔,"妈妈说,"他大概可以把豌豆取出来。"

"他肯定能取出来吗?"丽莎贝特问。

"肯定。"妈妈说,然后她又躺到床上去了,她的头很痛。

"走,马迪根,我们快一点儿。"丽莎贝特说。她不知道,香豌豆长得有多快,如果她们走在大街上时,豌豆正好发芽,那该有多么可怕。丽莎贝特担心,那时候别人会笑话她。

不过马迪根竭力安慰她。即使那里真的长出来一棵香豌豆，也不是什么了不起的不幸。

"你可以把它拔下来，那样别人就看不见了，然后把它栽到扣眼里。"马迪根说。

丽莎贝特不是那种对一粒豌豆这类区区小事都长期放在心上的人。现在她刚要去找医生，就把豌豆的事忘了，跟马迪根一起进城可不是每天都有的好事。

"这可真开心，"丽莎贝特说，"走，马迪根！"

到贝里隆德叔叔那里要走很长的路。他住在市中心大广场附近，于尼巴根在城边上。

马迪根使劲拉着丽莎贝特的手。如果妈妈能看到她们亲切地走在一起一定会很高兴。

"你可以找一些愚蠢的事情做一做。"马迪根说，她感到自己很伟大很理智。她完全忘记，在这个家庭里，是谁经常找一些蠢事做。不过马迪根认为，能到城里走一走也很开心，丽莎贝特也用不着听那些千叮咛万嘱咐。

街上堆满了干树枝，用脚一踢，树叶发出愉快的响声。马迪根和丽莎贝特在厚厚的树叶中踏出一条路。她们用力踢着树叶，用力甩着胳膊，累得面颊通红。天气晴朗、凉爽，公园里的花已经枯萎。让丽莎贝特感到欣慰的是……花季已经过去，她的鼻孔里不会再长出香豌豆，这一点谁都可以看到。

"我们一会儿去看看里努丝－伊达好不好?"马迪根建议,"我们来得及。"

"好吧,我们来得及。"丽莎贝特说,她已经很久没到过里努丝－伊达的家了,那粒豌豆就让它在鼻子里再待一会儿吧。

马迪根和丽莎贝特很喜欢里努丝－伊达,但更喜欢她的小房子。她有全城最小的房子。房子很低,里努丝－伊达刚能站起来。她只有一个小房间和一个很小很小的厨房,但是里边很温馨。窗台上摆着花,床头墙上挂着两幅奇特而恐怖的画儿。她有一个开口式炉子,她经常在那里给马迪根和丽莎贝特烤苹果吃。所以路过她的家门而不进去看一看她是愚蠢的。

马迪根和丽莎贝特刚要敲门,这时候她们看见里努丝－伊达贴在门上的一张纸条。上面写着"很快就回来",里努丝－伊达没在家。好在马迪根和丽莎贝特不是特别忙,她们可以等。门没有锁,她们一推就进去了。

里努丝－伊达家里特别舒适。她们在炉子旁边烤得暖洋洋的,她们看里努丝－伊达床头墙上那两幅恐怖的画。一幅是一座喷火的山。马迪根和丽莎贝特看了直打战,画上那些可怜的人们为了逃避火焰而四处奔跑。真不错,瑞典没有喷火的山。另外一幅同样恐怖。河里有很多正要淹死的男人,他们多么想爬到岸上,但河水汹涌澎湃,让人感到奇怪的是河水来自倒在地面上的一个小瓶子。画的下边写着"烧酒河也会淹死你吧?"

马迪根和丽莎贝特吓了一跳,啊,她们想,一定要多加小心,不能掉进烧酒河里。

"这是我一生中看到的最好的画儿。"马迪根说。

"绝对。"丽莎贝特说。

然后她们看艾斯特和茹特的照片,她们是里努丝－伊达的女儿。照片寄自美国,茹特和艾斯特现在住在那里。她们是贵夫人,穿着美丽的花连衣裙,头发梳成鸟窝形。她们的照片放在里努丝－伊达的柜子上,但是她们本人住在芝加哥,永远也不会回家。

柜子旁边挂着里努丝－伊达的吉他。马迪根按了按琴弦,声音听起来很美。啊,如果能像里努丝－伊达一样会演奏吉他,马迪根愿意付出任何代价。

但是丽莎贝特不关心什么音乐。她站在窗子旁边朝外看,想在院子里找一点儿有意思的东西,还真有。院子里有几个垃圾桶,一小块草坪,一棵大树,院子周围有一排小房子,和里努丝－伊达的房子几乎一样。不过这一切都不是特别有意思。真有点儿意思的是那位长着红头发的姑娘,她坐在一栋房子的台阶上。那个姑娘肯定是马蒂丝,里努丝－伊达提起过她,丽莎贝特很有兴趣,想走过去跟她说话。

"我马上就回来。"她对马迪根说。但是马迪根已经把吉他拿下来开始演奏,她既没听见,也没看见。她每弹一个音

阶,都要闭上眼睛仔细听。她听到琴声在心灵里回响,她完全陶醉了。

丽莎贝特已经走到院子里。那个马蒂丝坐在自家房子外边,她手里拿一把刀,正在削一块木头,她假装没有看见丽莎贝特。丽莎贝特慢慢走近她,然而站在不远不近的地方,得体而有礼貌。她静静地站在那里等待,这时候马蒂丝抬起头来。

"大鼻涕佬儿。"她刻薄地叫了一声,然后继续削木头。

丽莎贝特生气了。如果说谁是大鼻涕佬儿而又该擤鼻涕的话,那恰恰是马蒂丝。

"大鼻涕佬儿是你,大粪妞儿。"丽莎贝特说。她说的时候相当害怕,诚然马蒂丝比她大不了多少,但是她的样子很凶。

"你是不是想让我拿刀子扎你?"马蒂丝问。

丽莎贝特没有回答。她只是向后退了几步,然后吐了吐舌头。马蒂丝也吐了吐舌头,最后她说:

"我有两只家兔,哈哈,活该,你没有!"

丽莎贝特从来没听说过"活该"这个词,但是她知道,马蒂丝对她说的"活该",肯定是某种嘲笑,丽莎贝特立即学会了一个新词儿。

"我有一只猫,叫古山,哈哈,活该,你没有。"她说。

"哈哈,这里来了两只猫,真让人感到丧气,"马蒂丝说,

"我不想要猫,你白给我也不要!"

双方沉默了一会儿,马蒂丝和丽莎贝特虎视眈眈地对看着,然后马蒂丝说:

"我的盲肠开了刀,肚子上留了一个伤疤,哈哈,活该,你没有!"

现在轮到丽莎贝特说了,她快速地动着脑筋。难道她想不出与肚子上的伤疤相对应的词儿吗?有,有,她当然有!

"我鼻子里有一粒豌豆,哈哈,活该,你没有!"

但是马蒂丝怪笑起来。

"豌豆,我鼻子里装满了豌豆,那有什么奇怪的?"

丽莎贝特有点儿处于劣势,她自言自语地说:

"那样的话会长出一棵香豌豆……"

她说的语调很平静,因为连她自己的鼻子里也不想长出一棵,这有什么值得吹嘘的呢?

马蒂丝坐在那里,用毛衣袖子擦鼻涕……丽莎贝特看见以后,想出了好词儿。

"你知道吗?"她说,"你不能再往鼻子里塞豌豆了,因为里边早塞满了鼻涕,大鼻涕佬儿!"

这时候马蒂丝真的生气了。

"我打你这个大鼻涕佬儿。"她一边叫喊一边朝丽莎贝特冲了过去。丽莎贝特抡着胳膊自卫,但是马蒂丝很强壮。她拳

打脚踢,把丽莎贝特逼到墙边,丽莎贝特拼命喊叫。

当她有马迪根这样的姐姐在的时候,她不会吃亏。马迪根可以打架,她能打!当她生气的时候——她很容易生气——什么事都干得出来。她暴跳如雷!妈妈怎么劝都不管事。妈妈说,小姑娘不可以打架,但是马迪根总是打完架才明白,现在又遇到这种情况了。打完架以后,她一般都会后悔,并决心不再打。但是有人欺负她的小妹妹,她怎么能容忍呢!这时候她从大门跑出来,就像马蜂离开窝一样。马蒂丝还没来得及眨

眼，早挨了一巴掌，摔了个屁股蹲儿。

"哈哈，活该。"丽莎贝特这时候说。

但是马蒂丝也有一个姐姐。

"米娅，"马蒂丝喊叫着，"米娅！"

从最近的一栋房子里跑出来一个人，也像一只离开蜂窝的马蜂。她是米娅——马迪根的同班同学，不是她还能是谁呢，就是她头发上长了很多虱子。

马蒂丝一边喊，一边指着马迪根。

"她打了我，我才摔倒了！"

"大粪妞儿，是你先动手。"丽莎贝特竭力辩解，但是无济于事。马迪根和米娅早已经凶狠地打起来。米娅个子很小，反应慢，但很凶，她又拧、又撕，还抓头发。但马迪根不怕，她像男孩子一样，打得干净利落，她太强大了。很快米娅就被打倒在地，她再也不抓了，因为马迪根骑在她身上，紧紧地抓住她的胳膊。

"认输不认输？"马迪根问。

这时候米娅说出了一句可怕的话：

"才不向你认输，你这个鬼崽子。"

马迪根和丽莎贝特吃惊地看着她。人们可以说鼻涕佬儿，人们可以说大粪妞儿，但是鬼崽子可不能说，那是骂人的话。说这样话的人要进地狱，里努丝－伊达说过。

可怜的米娅！马迪根可怜起她，顺手放了她的胳膊，可不能跟一个要进地狱的人打架。这时候米娅迅速伸出拳头，正好打在马迪根的鼻子上。这一拳并不重，但是足以把马迪根的鼻子打得血流不止。马迪根的鼻子经常流血，所以丽莎贝特并不特别担心。但是当她现在看见马迪根的鼻子哗哗往外流血时，她惊叫起来，好像血是从心里流出来的。

"马迪根要死了，"她喊叫着，"马迪根要死了！"

这时候救命的天使来了，就是里努丝－伊达！

"天啊，天啊，你们简直发疯了。"

她用有力的大手抓住米娅和马迪根，并把她们分开。

"你们怎么能这样做呢！难道不害羞吗！"

马迪根和丽莎贝特马上觉得惭愧了，米娅和马蒂丝可没有，她们还像刚才那样不依不饶。尽管她们很快退进自己家的前廊，但是她们仍然站在那里，从大门伸出头来，恶狠狠地看着马迪根和丽莎贝特。天开始黑了，但是马迪根和丽莎贝特仍然能看见她们蓬乱的红头发和冷酷的表情。

"大鼻涕佬儿,找挨抽。"米娅喊叫着,马蒂丝帮腔:

"敢过来,把你们俩都抽一顿!"

"天啊,天啊,"里努丝-伊达嘟囔着,"这些孩子总有一天会蹲大狱。"

打架打累了。马迪根和丽莎贝特都想到里努丝-伊达的屋里休息一会儿。里努丝-伊达还在唠叨她们。看马迪根的样子,她的鼻子流着血,漂亮的天蓝色衣服沾满尘土和血渍。里努丝-伊达给她一块纱布,堵住鼻子,用刷子把她的衣服刷干净。然后她又往炉子里加一些木柴,她们坐在炉火前面,在火上烤苹果,里努丝-伊达弹着吉他,给她们唱歌。

"再唱一个,再唱一个。"每次里努丝-伊达结束的时候,马迪根和丽莎贝特都这么说。她给她们唱了很多伤感的歌曲,既有"寒冷的北风吹"和"从前有一个黑奴",也有"骑士圣·马提努斯骑着高头大马",最后她也唱了那首"耶稣通向苍天的铁路",这时候马迪根把那块湿纱布放到眼睛上去了。

"哈哈,你哭了,还不让我们看。"丽莎贝特说。

丽莎贝特自己听什么伤感的歌都不哭。

但是里努丝-伊达突然放下吉他。

"你们最好现在回家吧,"她说,"不然你们的妈妈可能要问你们跑到哪儿去了。"

这时候马迪根才想起来!豌豆!医生!哎呀,哎呀,哎

呀,她把一切都忘了!

"快一点儿,丽莎贝特,过来,我们快跑,这是你的衣服,快一点儿!"

里努丝-伊达一下子蒙住了。

"我没有立即把你们赶走的意思。"她说。

但是马迪根和丽莎贝特不听她说话。她们连衣服的扣子也没有扣就跑了,甚至没有说再见。

5分钟以后,她们按响了贝里隆德叔叔的门铃。这时候马迪根跑得鼻子又流血了,贝里隆德叔叔打开门时,迎接他的是一张可怕的脸,他立即转过身去。

"上帝保佑,"他说,"你们打架了吧?"

"看出来了?"马迪根说。

"对。"贝里隆德叔叔说,他说的是实话。马迪根的鼻子已经肿起来,就像脸中央放着一块红色的小土豆。她已经不像马迪根,而完全像另一个人。

贝里隆德叔叔把她们让进自己的接待室。

"我认为,这次生病的应该是丽莎贝特,"他说,"至少你们的妈妈是这么说的。"

"妈妈打过电话啦?"马迪根不安地问。

"对,不过只打了三次。"贝里隆德叔叔说。

"哎呀。"马迪根说。

"哎呀。"丽莎贝特说。

"她不知道你们跑到哪儿去了,"贝里隆德叔叔说,"她不知道你们是否还活着。"

"啊,我们当然活着。"马迪根不好意思地说。

贝里隆德把她按在椅子上,往她的鼻孔里塞进去两个大棉球儿。这时候丽莎贝特笑得上气不接下气。

"你真不聪明,马迪根,"她说,"你的样子像头上长出两只角的蜗牛。"

但是随后丽莎贝特就不笑了,因为这时候贝里隆德叔叔拿着一把有趣的钩子过来,用它掏她的鼻子。不痛,但是痒痒得要死。先掏她的右鼻孔,再掏左鼻孔,然后又掏她的右鼻孔。

"你记得吗,你把豌豆塞到哪个鼻孔里去了?"贝里隆德叔叔问。

"这个。"丽莎贝特指着左鼻孔说。

这时候贝里隆德叔叔又把钩子伸进去,掏呀掏呀,比刚才还要痒痒。

"奇怪,"他最后说,"我怎么找不到那粒豌豆。"

"啊,当然找不到,"丽莎贝特说,"那粒豌豆,我和马蒂丝打架时,它已经出来了,知道吧!"

晚上马迪根和丽莎贝特很难入睡。这一天发生了那么多事,一躺到床上就想讲一讲。

她们回到家里的时候，受到一些责备，但不是很厉害。她们并没有走失，妈妈对此很高兴。爸爸只是说：

"亲一亲，打一打，亲完打完睡觉吧！"

但是马迪根和丽莎贝特只是被亲一亲，没有挨打，也没有睡觉，尽管儿童卧室的灯已经熄灭了很久。

"我能到你的床上去吗？"丽莎贝特问。

"好吧，不过你要小心一点儿，可别碰我的鼻子。"马迪根说。

丽莎贝特保证会小心，然后跑到马迪根的床上去了。

"我能枕你的胳膊吗？"她问，她如愿了。马迪根喜欢丽莎贝特枕在她的胳膊上。这样她就觉得自己已经是大人，而丽莎贝特还是小孩子，心里觉得热乎乎的。

"那个马蒂丝找抽。"丽莎贝特说……她今天学会了几个很好的新词。

"米娅也找抽。"马迪根说。

"绝对，"丽莎贝特说，"在学校她也那么愚蠢吗？"

"还行，"马迪根说，"尽管她够笨的。有一次女教师考问《圣经》，你能猜出她说了什么吗？"

丽莎贝特猜不出。

"关于上帝创造第一个人，你知道吧。在伊甸园，你知道吧。你猜一猜，米娅是怎么回答上帝创造人的？"

猜不着,丽莎贝特还是猜不着。

"她这样回答:'上帝让那个男人沉睡,然后拿他一个筋骨,用它造了女人。'"

"难道不是吗?"丽莎贝特问。

"嘘嘘,你怎么跟米娅一样笨。他拿的不是筋骨。"

"那他拿的是什么?"丽莎贝特问。

"是肋骨,知道了吧?"

"他从什么地方拿的肋骨?"丽莎贝特追问。

"哎呀，我怎么知道？《圣经》上是这么写的。很可能有谁在伊甸园里瞎跑，摔断了肋骨。"

"人家愿意给吗？"丽莎贝特问。

"嘘嘘，我怎么知道？《圣经》上没写。"

丽莎贝特想了好半天肋骨的事，然后她说：

"米娅找抽。哈哈，把肋骨说成筋骨！"

她们姐妹俩一致认为米娅愚蠢。但是突然马迪根想起来米娅说的那个可怕的词儿，她一下子又伤心起来。她确实认为，米娅找抽，但是，嗨，让她下地狱太过分了，起因仅仅是丽莎贝特无意间把一粒豌豆塞进鼻子！这一切都是那粒豌豆的过错！没有它，她们也不会来里努丝－伊达的家，也不会打架，米娅也不会说那个可怕的词儿。马迪根把这件事解释给丽莎贝特听。

"是呀，是呀，是呀。"丽莎贝特说。

她们躺在床上，吓得不知道怎么办。

"我们请求上帝原谅米娅，可能管点儿用，"马迪根说，"我不相信，她自己会请求上帝原谅。"

马迪根和丽莎贝特合住双手，为了挽救米娅，她们会全力以赴。

"亲爱的仁慈上帝，这次就原谅米娅吧，原谅吧，原谅吧！"

马迪根又补充说：

"亲爱的上帝，这大概不是她的本意。另外，我不相信她说的是'鬼崽子'……我听她说的好像是'臭崽子'。"

随后她们的心情好了一些。她们挽救了米娅，使她不受永恒地狱之苦，现在她们要睡觉了。

丽莎贝特走回自己的床。马迪根小心地摸了摸自己的鼻子，现在感觉好多了，鼻子还不错。

"实际上今天很开心。"马迪根说，细想的话，还应该感谢那粒豌豆。

"我把它塞进鼻子还不错，"丽莎贝特说，"如果仔细想一想的话。"

"对，"马迪根说，"你应该在另一个鼻孔里也塞进一粒，那样的话，我们会双倍开心，哈哈！"

不过这时候丽莎贝特已经困了，她不再想什么开心的事。

"马迪根，你知道吗，"她迷迷糊糊地说，"在我们学校，那里的孩子都只有一个鼻孔！"

随后丽莎贝特和马迪根都睡着了。

马迪根检验自己是否有火眼金睛

妈妈确实不喜欢马迪根待在尼尔松家,马迪根自己却觉得尼尔松家比什么地方都好。有一次她听爸爸这样对妈妈说:

"让她去吧!我想让我们的孩子知道世界上有各种各样的人。不过不要急于求成,她们慢慢会明白的。"

马迪根不是有意要听的,所以她也没问爸爸,为什么不要急于求成。可能是因为尼尔松叔叔仅仅在礼拜六喝醉酒,不需要对他太生气。马迪根可不生他的气,因为尼尔松叔叔一向对她很好,总是称她为"于尼巴根的小马迪根",他对阿贝和尼尔松阿姨也从不发脾气。

"我在隆纳特家里时,也得滋润滋润,"尼尔松叔叔一边说一边躺在厨房的沙发上,"人不能为了老婆和孩子总是累死累活的,该休息也得休息!"

尼尔松阿姨明白,尼尔松叔叔需要休息,只是偶尔要打扰他一下。倒垃圾的车来的时候,尼尔松阿姨不想自己把垃圾桶

搬到大门口,这事得尼尔松叔叔做,他很不心甘情愿。送完垃圾他又躺下,好长时间不理尼尔松阿姨。他眼睛盯着天花板,自怜地说:

"我堂堂的一家之主兼庭院所有者,却不得不满院子搬垃圾桶。"

但是当尼尔松叔叔放唱片并与尼尔松阿姨跳舞,阿贝站在烤炉旁烤面包圈时,整个隆纳特弥漫着新烤的面包香味儿,这时候尼尔松家的厨房非常温馨。有时候阿尔娃到那儿找马迪根回家,她就说,这辈子没见过比那里更邋遢的地方。不过阿尔娃一共到过多少地方呢?尼尔松家确实不经常打扫卫生,不到必要时连碗都不洗,但是马迪根觉得还是很不错。尼尔松阿姨自己绣碗架的拉帘。拉帘上用红色十字针脚绣着"井井有条"和"物归原处,摆放有序"。在最长的那块帘子上绣着:"室外太阳,室内太阳,心田里的太阳和精神上的太阳"。

"过一两天我把它们取下来洗一洗,"尼尔松阿姨说,"那时候上边写的话你们就能看得更清楚了。"

"嗨,你自己也没看呀。"尼尔松叔叔说,这时候他搂着尼尔松阿姨的腰,一边跳舞一边唱:

　　快来吧,阿道尔芬娜,
　　快来吧,阿道尔芬娜,

请搂住我的脖子,

快来吧,阿道尔芬娜,

快来吧,阿道尔芬娜,

随我跳起华尔兹……

"啊,你嘴够甜的。"尼尔松阿姨一边说一边笑,笑得肚子一鼓一鼓的。阿贝站在烤炉边,打着"快来吧,阿道尔芬娜"这首曲子的口哨,同时翻着面包圈。

但是最美妙的时刻是阿贝和马迪根单独在厨房里的时候。阿贝无所不知无所不晓,他一边烤面包,一边给马迪根讲。马迪根坐在沙发上听。然后她把从阿贝那里听来的关于幽灵、杀人犯和战争的故事再讲给丽莎贝特听。

阿贝只遇见过两三个杀人犯,但幽灵他见过很多。马迪根可一个也没见过。

"因为我有火眼金睛,"阿贝说,"人要长着火眼金睛才行,不然是看不见灵魂的。"

"火眼金睛"……这个词马迪根过去从来没听说过,不过阿贝给她解释。如果有人长着火眼金睛,那意味着他有一双特别的眼睛,能够看到幽灵和魔鬼,而平常人是看不见的。阿贝自己对人与人之间有这么大的差别也感到吃惊。

"我真不明白……一个普通人和一个幽灵走对面,怎么会

一点儿也察觉不到。"

"你相信我是一个普通人吗？"马迪根急切地说，"我可能也是火眼金睛，不过我从来没有到过有幽灵的地方。"

阿贝冷笑起来。

"火眼金睛，你不是！你能看到的东西，比一个小猪强不了多少。"

他站在那里，又翻了一会儿面包圈，然后他说：

"不过没关系！我可以在夜深人静的时候带你到陵园试一试。"

马迪根听了直打战。

"陵园……那里有幽灵吗？"

"有，你放心好了，"阿贝说，"当然我在其他地方也看到过，不过陵园里最多，密密麻麻的像芦笋……一堆一堆的！走到那儿不被幽灵绊倒才怪呢。"

马迪根很想知道自己是不是火眼金睛，但是深更半夜到幽灵像芦笋一样多的陵园，她不想去。

"还有其他的地方吗？"她问，"幽灵不那么多的地方？"

"你害怕了？"

马迪根发起愁来，没有回答。让阿贝说自己胆小，很可怕，但深更半夜去陵园更可怕。

阿贝好像想了想。

"我们当然也可以到其他地方试一试，"他一边说，一边把一个面包圈抛到屋上，"比如我们家的酿造室，靠北头也闹鬼！"

"闹鬼？"马迪根惊奇地说。她去过尼尔松家的酿造室很多次，但连一个幽灵或魔鬼的影子也没有见过……难道她能看到的东西真比一个小猪强不了多少吗？

"我不知道效果是不是特别好，"阿贝说，"不过为了保

险,我们可以试一试。今天夜里行吗?"

马迪根又发愁了。

"一定要在夜里吗?"

"当然,你以为呢?你真的以为,那位幽灵老头儿待在那里会帮助我母亲干活儿?告诉你,不会。夜里 12 点钟,是幽灵准确的活动时间,到时候他就来,一分钟也不会提前。"

"他为什么要待在你们家的酿造室呢?"马迪根问。

阿贝沉默了一会儿,随后说:

"如果你想听的话,我把一切都告诉你。这确实是一个秘密,你要保证不告诉任何带气的人。"

马迪根紧张得直颤抖,她不会把这个秘密说出去,这一点阿贝知道,因此他把自家酿造室里幽灵老头儿的事仅仅告诉她。马迪根从来没听说过这么奇怪的事。幽灵老头儿竟是生活在几百年前阿贝爷爷的爷爷,真难以想象,他还是一个最富有的伯爵……阿贝自己像伯爵一样高贵,尽管他一直保守秘密。

马迪根用惊奇的圆眼睛看着他。她从来没有听说过这样的事!

"你知道吗,"阿贝说,"为什么我爷爷的爷爷不像其他的老伯爵那样安静呢?哎呀,哎呀,相反,他每天夜里都在酿造室跑来跑去,你知道为什么?"

马迪根不知道,阿贝告诉她,他是一位很有钱的伯爵,所

所以他把自己一大笔钱埋在酿造室,现在尼尔松阿姨把那里当成了洗衣房。

"就是为了找乐子,你知道吧,"阿贝说,"如果他把所有的钱都存到银行里去,那里根本放不下,这时候他想到了酿造室。他刚刚把钱埋好,突然就去世了。所以他放心不下,总是出来闹鬼。"

马迪根又长出了一口气。

"你的意思是钱还在那里?"

"在那里,这还用说。"阿贝说。

马迪根用眼睛盯着他。

"那你为什么不把它们挖出来呢?"

"你自己把它们挖出来,你就会看到,这是真的,"阿贝说,"你知道,你应该挖什么地方吗?"

不知道,这事马迪根可不知道。

"啊,好啦好啦。"阿贝说。

马迪根直愣愣地看着他,好像过去从来没有看见过他。想想看,他整天站在炉子旁边烤面包圈,而实际上他是一位伯爵,而他爷爷的爷爷也是伯爵……此外还闹鬼!

"那个幽灵叫什么名字?我的意思是说你爷爷的爷爷?"

阿贝停了一下手头的工作。当他终于作出回答的时候,他好像在背书一样。

"他的名字叫阿贝·尼尔松……克罗克。"阿贝说。

马迪根听了以后,觉得既新鲜又可怕,浑身直起鸡皮疙瘩。

"真幸运,他不怎么摆架子,"阿贝说,"尊贵的'阿贝·尼尔松·克罗克伯爵'……实际上你也应该这么叫我。不过算了吧,你继续叫我阿贝!"

"好,不然的话我永远也不能跟你讲话了,"马迪根说,"不过有时候我还是可以叫你'尊贵的阿贝',如果你愿意的话。"

但是阿贝不愿意。他唯一想做的,就是马迪根夜里12点跟他到酿造室去。如果事实证明她是火眼金睛,那也不错,她会帮助他把克罗克伯爵请进墙角……那个时候他可能跟他讲一讲钱的事。阿贝尝试过几次,但是爷爷的爷爷大声叹一口气就穿过墙消失了。

现在马迪根开始怀疑,那种火眼金睛难道非得看什么东西吗?她当然想看见一个幽灵,但是在夜里12点钟必须要追着阿贝的爷爷的爷爷在酿造室里转,她可不愿意。

"妈妈不会同意,"马迪根说,"她永远不会同意让我深更半夜出来。"

阿贝对马迪根说的蠢话很遗憾。

"笨蛋!这件事你还想告诉妈妈?这样做就等于你灰心了……那你就永远不知道你是不是火眼金睛,相信我吧!"

马迪根相信,她非常相信阿贝的话!因为妈妈才不管她是不是火眼金睛,但是马迪根夜里一定要睡觉。

这时候阿贝向马迪根提起过去她多次爬游廊屋顶的事。她确实是在白天爬的,但是她既然可以在白天爬,就可以在夜里爬,如果她不是胆小鬼的话!

"好啦,你到底来还是不来?"阿贝严厉地问。

马迪根不知道能不能出来。

"不行啊,我不敢保证到12点还不困。"

但是阿贝不肯放过她。他想了一会儿,然后说:

"我想我可以骗那个老祖宗,让他破个例,早一点儿来,你猜用什么办法?"

马迪根可猜不出,她不像阿贝有那么多心眼儿。

"我把闹钟往前拧三个小时,然后放到酿造室,你觉得行吗?闹钟一响,老祖宗肯定相信是12点钟了,其实才9点,哈哈!"

"哈哈!"马迪根也笑了,但是她笑得不是特别开心。

"好啦,你肯定来吧?"阿贝比刚才更加严厉地问。

"好、好、好吧,"马迪根说,"到时候我就来吧。"

"好极了,"阿贝说,"我完全相信你。"

马迪根和丽莎贝特每天晚上7点睡觉。睡觉前妈妈过来,在她们床边坐一会儿,给她们讲故事、唱歌。最后妈妈、马迪根和丽莎贝特一起唱一首,有时爸爸也参加,那时候他们就唱两个声部。"晚上多美好,宁静而清爽",他们唱道。每当马迪根听到这美丽的歌,就觉得特别幸福,而对歌词本身觉得更幸福,尽管她不知道为什么。丽莎贝特可能对歌词也觉得很幸福,至少跟她小时候刚刚学这些词的时候说的不一样,当时她说:

"妈妈,这首歌真难听,我们还是唱一首悠扬华尔兹吧!"

不过当时她才3岁。现在她能完整地唱下来,而且唱得要多好有多好:"晚上多美好,宁静而清光。""清爽"的音她发不准,而是唱成"清光"。马迪根认为她唱得不错,"清光"正是夜晚的特征,躺在滑溜和柔软的床上,妈妈在床边哄着睡

觉,窗外的桦树在风中发出优美的响声。

而恰恰在这个晚上不那么宁静和清爽,它让人感到有些不同。当马迪根想到她将要做的事情时,浑身直打战,但是她又喜欢这类冒险。她身上有一种东西驱使她去进行各种冒险,她喜欢惊险有趣的事情。此时她已经决定了要去尼尔松家酿造室,探知她是否有火眼金睛,情况跟她要不要去牙医那里差不多,在决定去还是不去之前是最难受的时刻。决定以后就没有什么可怕的了。如果阿贝敢看幽灵,马迪根有什么不敢呢。至少她躺到床上以后就坚定了这个信心。

妈妈和爸爸向她们道晚安已经很长时间了,现在,马迪根躺在床上等丽莎贝特入睡。这是秘密,绝对不能让丽莎贝特知道。

"你睡着了吗?"马迪根问。

"哎哟,我就是睡不着,"丽莎贝特说,"你呢?"

"哎哟,你多么愚蠢,"马迪根说,她静静地躺了一会儿,然后又问:

"丽莎贝特,你睡着了吗?"

"没怎么睡着,"丽莎贝特说,"你呢?"

啊,怎么这样一个孩子,马迪根几乎生气了。

"你真想一整夜都不睡吗?"

"绝对。"丽莎贝特说。

但是一分钟以后,她翻个身就睡着了。马迪根过去从来没有摸黑穿过衣服。她不敢点煤油灯,她怕把丽莎贝特惊醒,或者让妈妈看见儿童卧室的门底下有灯光。但是还挺幸运,马迪根晚上已经把衣服放在床边的椅子上,她很快就穿好衬衣、背心和裤子。后来又担心了一段时间……突然发现椅子上只有一只袜子。她拼命地找另一只。光着一条腿去见阿贝的爷爷的爷爷确实不怎么雅观,他可是伯爵呀。不过最后她在椅子底下找到了那只袜子,高筒靴子也在那里。摸着黑系靴子带可真费劲儿,不过她还是系上了。现在就剩下连衣裙和大毛衣,这些都是她出去玩的时候要穿的。

马迪根咬着牙……最难的事现在来了。她必须打开儿童卧室的门,必须偷偷地穿过整个大厅走到小窗子跟前,小窗子正好在前廊屋顶的中间,这一切都不能出声,不能让妈妈和爸爸发现。这时他们正坐在起居室里。当马迪根打开儿童卧室门时,她能隐约听到他们的谈话声。

她顺利地从地板上走过去,没有发生意外。她还得打开窗子,但是当她开窗的时候发出了很大的响声。起居室里顿时安静下来,马迪根站在那里,心咚咚地跳个不停……会出什么事儿?

没出什么事儿,只是妈妈坐到钢琴旁边,开始弹琴。她弹的是一首平静、安宁的短曲。当马迪根爬过前廊屋顶的时候,还能听到身后微弱的旋律。现在她身后留下的一切都是那么平静、安宁,她眼前则是黑暗和危险。

现在已经是十一月份。十一月的夜晚黑暗、寒冷,比马迪根想象的还要可怕。风吹打着树木,此时已经没有风吹树叶发出的亲切响声,只有光秃秃的树枝在摇摆,好像它们在吓人。马迪根站在阿贝窗子外面的黑暗中。她看见尼尔松家的人坐在厨房里,阿贝、他的妈妈和爸爸,她多么想走近他们、走近光明和温暖,但是阿贝已经说过,她要站在窗子外边,学猫头鹰叫。马迪根按着约定立即叫了起来。叫的声音是那么可怕,连她自己都吓坏了,坐在厨房里的尼尔松阿姨也吃了一惊。阿贝

立即来了精神，他从椅子上跳起来，戴上鸭舌帽。马迪根看着昏暗的煤油灯光中的阿贝……作为伯爵他的样子不怎么体面。裤子的膝盖处补了补丁，毛衣像口袋一样挂在身上，浑身上下瘦骨嶙峋。在马迪根的心目中，伯爵通常都比较胖，可能头发也梳得光光的。但是她只认识阿贝，其他人她不认识，所以她不敢肯定伯爵到底是什么样子。阿贝的头发就像一堆柴草，从帽子下边伸出来。但是他满意地微笑着，肯定自我感觉良好，认为自己就是一个伯爵的样子。

阿贝在漆黑的苹果树之间找到马迪根，满怀激情地冲她跑过来。

"现在时间到了，"他说，"现在时间到了，如果我们已经成功地使那位老祖宗相信现在是12点钟了。"

"对，现在时间到了，"马迪根颤抖着说，"你把闹钟放到那儿去了吗？"

"我放了，你完全可以相信。我还上了闹钟，那老祖宗不会睡过头。他不习惯这个时候起床。"

酿造室在尼尔松家院子的最里边，紧靠河边。有一条上坡的小路通向那里。阿贝有一个手电筒可以照明，所以马迪根走路不会让额头碰到长满胡须的老苹果树上，他真够细心、周到，阿贝！

"我能拉着你的手吗？"马迪根说，"那样我会看得更清

楚一些。"

"真的?"阿贝说,"那可有点儿奇怪。"

"但是老祖宗来的时候,我可要撒手,"阿贝说,"因为他肯定认为我拉着一个本身没有伯爵血缘的人是不合适的。"

酿造室周围一片漆黑,看上去就像一个幽灵窝,那里静得令人毛骨悚然。平时尼尔松阿姨在那里洗衣服时,那里温馨快乐,现在怎么成了这样,还是原来的房子吗?当尼尔松阿姨把要洗的衣服扔进煮衣服的大锅里时,衣服发出咕嘟咕嘟的响声,她用木棍在里边搅来搅去,满屋子都是水蒸气,马迪根和丽莎贝特在晾在那里的衣服之间穿来穿去,彼此谁也看不见

谁。在酿造室玩非常开心,但是最开心的地方是酿造室的阁楼。她们可以在那里尽情地跑呀、叫呀、跳呀,还可以玩"捉迷藏"和"点肚皮"游戏。在房檐下边住着猫头鹰,马迪根和丽莎贝特又跳又叫的时候,它们特别不高兴。这时候它们就从阁楼的窗子飞出去,直到马迪根和丽莎贝特走了才回来。幽灵是不是也这样呢?每次马迪根和丽莎贝特在那儿大喊大叫的时候,克罗克伯爵是不是也从阁楼的窗子飞走了。但此时此刻他大概坐在黑暗里,和猫头鹰在一块儿等待着呢。马迪根使劲拉住阿贝的手,她很害怕,他感觉到了。手电筒已经关了,此时他手里拿着那把又大又沉的钥匙,准备开门,但他没有马上动手。

"说一说你的想法,"他小声说,"我想你大概很愿意看一个幽灵,不过如果你不愿意,也可以不看。"

正在这个时候,酿造间里的闹钟响了,那声音好像要叫醒所有夜间的幽灵,并且告诉他们,马迪根现在来了。闹钟的声音听起来很可怕。

"我们可以回去,如果你愿意的话,"阿贝说,"你还来得及,因为老祖宗要过一小会儿才能穿好衣服。"

马迪根确实很害怕,她直颤抖,但是如果她不趁现在的机会,她怎么能知道自己是不是有火眼金睛呢?

"我想看他,"她小声说,"不过我就看一小会儿。"

"那好吧,"阿贝说,"不过如果你吓死了,可别怨我。"

他把钥匙伸进去,慢慢打开门。那门吱的一声开了……即使克罗克伯爵没被闹钟惊醒,现在也该醒了。

马迪根瞪着眼睛往大片的黑暗中看,并紧紧地揪住阿贝的毛衣。她感到,没有他可能要吓瘫了,她不安地乞求说:

"请打开手电筒,我们好看得清楚一些。"

但是阿贝没有打开手电筒。

"你对与幽灵打交道还不习惯,看得出来。没有任何事情比用手电筒照他们更使他们生气了。他们一生气就狂叫……他们变得……你听到过幽灵狂叫吗?"

马迪根大概从来没听见过。

"你应该感到庆幸,"阿贝说,"我认识一个人,他听到过,他至今还心有余悸。"

马迪根现在明白了,用手电筒照克罗克伯爵会是多么愚蠢,能惹他吼叫。阿贝万事通,她心悦诚服地跟着他走进黑暗。阿贝随手关上门,就像进了一个大口袋。克罗克伯爵可能正站在最黑暗的地方听着他们的动静,尽管他没有吼叫,但是也足以吓死人了。马迪根战战兢兢地贴近阿贝。他们在门口站住,好长时间沉默不语,只是等待。

这时候马迪根感觉到,阿贝浑身颤抖了一下,她听到他在大声喘气。

"在那边!他来了!在那边!在火墙附近!"

马迪根惊叫一声,紧紧抓住阿贝。紧紧靠着他,闭上眼睛。

"你看到他了吧?"阿贝小声说。

马迪根很不情愿地睁开眼,朝远处火墙看去。除了一大片黑暗,她什么也没看见。阿贝说得对,她能看到的东西比一个小猪强不了多少,不过此时此刻,她反而觉得很万幸。

"你真的没有看见他?"阿贝小声说,"你难道没有看见一个闪着亮光的可怕东西?"

"没,没有。"马迪根如实地说。

"奇怪。"阿贝说,阿贝自己清清楚楚地看见了他,他还跟他讲了话。

"尊敬的伯爵,您把金银财宝埋到哪儿啦,请回答我,如果您愿意的话。"

但是没有得到回答。伯爵大概不愿意回答。

"他还像平时那么倔。"阿贝小声对马迪根说,然后他高声说:

"我自己也是伯爵,非常需要这批金银财宝……请您发发善心老祖宗,我们是亲戚!"

然后他又对马迪根说:

"他的样子很为难……你真的没有看见他?"

"没,没有,"马迪根肯定地说,"我肯定不是火眼金睛。"

"你别灰心丧气,你呀,"阿贝说,"有的时候要过很长一段时间才行,但是突然一变,走到什么地方都能看到幽灵。"

但是马迪根确信,她不是火眼金睛,她已经试过了,她特别想马上就离开那里。

这时候阿贝浑身又一颤抖,小声对马迪根说:

"你看,他在向我招手,他希望我过去,啊,那位老祖宗,"他高声说,"我马上去。"

但是马迪根紧紧地抓住他不放。

"不行,你不能走。"她惊恐地说。

"我一定得去,"阿贝小声说,"他要告诉我金银财宝在什么地方。你站在这儿别动。"

突然黑暗中剩下马迪根自己了。她听见阿贝从地板上走过去,此时她不知道该怎么办。她既不敢跟他去,也不敢留在原地。

"阿贝,"她喊叫着,"阿贝!"

但是阿贝没有回答。他消失在黑暗中,过了几秒钟他也没有回来。对马迪根来说,这几秒钟太长了。

"阿贝,"她又叫了一声,"阿贝,我想回家!"

但是就在这一刹那她看见了!啊,危险而可怕,她看见了,她是火眼金睛……她确确实实看见了那个往四周散发着光

的可怕东西。他站在远处火墙附近，肯定是克罗克伯爵，不会有错！

这时候马迪根惊叫起来，她活这么大从来没有这样惊叫过。叫呀，叫呀，她用手去摸门，想跑出去。克罗克伯爵周围的光已经熄灭，他在哪儿也看不见了，但是马迪根还在惊叫。从黑暗中传来阿贝的声音：

"闭嘴，马迪根，别乱喊乱叫，你把克罗克伯爵都吓跑了，知道吗？"

但是马迪根什么也没听见，她疯了。她只想从那里出去……出去！

阿尔娃晚上没事，到城里去了一趟。现在正好回来。正当她用钥匙开厨房的门时，马迪根惊慌地跑过来。她一句话没说就用双手抱住阿尔娃，把头紧紧贴在她肚子上，差点儿把阿尔娃顶倒。

"我的天啊，这么晚你到外边做什么去了？"阿尔娃说。

马迪根只是抽泣，阿尔娃感到，马迪根全身都在颤抖。阿尔娃没再多问就把她拖进厨房里。她点上灯。但是费了很大的劲，因为马迪根自始至终紧紧抱着她，就像在水里捞到了一根救命稻草。

"我的天啊，到底发生了什么事？"阿尔娃说。

她把马迪根拉到沙发上,把她抱在怀里,不停地摇晃着她。

"阿尔娃,我看见幽灵了,"马迪根小声说,"啊,阿尔娃,我有火眼金睛!"

过了一会儿阿尔娃才从她嘴里知道得多了一些。马迪根几乎讲不出话来,此外阿贝也说过,她不得把这件事告诉任何带气的人。但是她只讲给一个人听。最后阿尔娃知道了关于尼尔松家酿造室里的克罗克伯爵的整个故事。

阿尔娃气坏了。

"我非得把那个阿贝的头发揪下来不可。让他吃点儿胡说八道的苦头!"

但是马迪根还护着他。

"有没有火眼金睛是天生的,他有什么办法。"

"他有什么办法?"阿尔娃生气地说,"等着吧,看我好好收拾他。我保证那时候他就没有火眼金睛了。'尊贵的阿贝',见他的鬼去吧!"

真不错,妈妈和爸爸已经睡着了,阿尔娃向马迪根保证,她一定不说出去。

"不能说,因为如果夫人知道了这件事,你今后再也不能登尼尔松家的门了。不过我得跟阿贝谈一谈,让他吸取教训。"

第二天,当马迪根放学回家的时候,阿贝站在那里,用手

扒着围栏，好像在等谁。他的头发还在。看来阿尔娃并没有揪掉他的头发。但是他肯定受过几句责备，因为他显得有点儿不好意思。

他对马迪根吹口哨，马迪根顺从地走过去。

"我真不敢相信，你也有火眼金睛，"他说，"因为过去我从来没把你带到过酿造室。"

马迪根一听到酿造室，就浑身颤抖。

"我永远也不再到那里去。"

"为什么呢？"阿贝说，"你不需要再怕老祖宗了。他不会再回来了。"

"你怎么会知道？"马迪根吃惊地问。

"他已经结束闹鬼，知道吧。我已经把金银财宝挖出来了，知道吧。"

"你已经挖出来了？"马迪根说。

"对，不过这是秘密。你可不要把这件事告诉那个阿尔娃。"

马迪根感到很害羞，她保证不会。然后她瞪着大眼睛看着阿贝。

"你现在发财了吧，阿贝？"

阿贝若有所思地向前吐了一口唾沫。

"可能吧！我确实认为老祖宗没有必要为了2克朗50厄

尔大吵大闹。"

他把手伸进口袋里，掏出两个 1 克朗和一枚 50 厄尔硬币。

"就这么多？"马迪根说。

"对，就这么多。不过请不要忘记，老祖宗生活在几百年前，那个时候 2 克朗 50 厄尔不是小数。所以你不要怀疑，他过去为什么闹鬼和心神不定。"

阿贝把 1 克朗塞到马迪根的手里。

"这是你的。作为损失费，或者叫别的什么也行。"

马迪根满脸露出微笑。阿贝真不错。

"谢谢，好阿贝！"

"不客气，"阿贝说，"这确实是幽灵的钱，不过跟普通钱一样花。"

随后尊贵的阿贝就消失在自家的厨房里。马迪根站在那里，满意地打量着自己的幽灵钱。

想想看，这钱在尼尔松家的酿造室里埋了几百年，但是仍然很光亮，跟真钱一样，肯定能用它买娃娃。钱币上刻着"为了祖国与人民同在"，还有古斯塔夫五世的头像，啊，看起来跟真钱一样。

此时暴风雪已经来临

冬天浓重的黑暗笼罩着于尼巴根,很快就要到圣诞节了。马迪根和丽莎贝特每天都说这件事。

"有圣诞节真不错,"马迪根说,"我认为,在所有的发明中,这个发明最好。"

"绝对。"丽莎贝特说。

她们摇着猪形储币罐,听着里边有多少钱。这些哗哗响的东西将会变成圣诞礼物,所以显得特别好听。

在儿童卧室的墙上有一个日历,每天早晨她们撕下一页,所以她们知道,现在又接近圣诞节一天。

学校也有了圣诞节的快乐气氛。女教师给孩子们读圣诞节的故事并教他们唱圣诞节歌曲。马迪根回到家以后就唱给丽莎贝特听。

此时暴风雪已经来临,

沿着北欧的峡谷和高山。

她唱着。

就在这时候,马迪根放圣诞假了。"啊,我多么需要圣诞假啊!"早在开学第一天她就这样说过。但是现在她已经当了整整一个学期的女学生,现在她认为,圣诞假几乎与发明圣诞节本身一样好。

阿尔娃和里努丝-伊达早已经开始了圣诞大扫除。她们摘下所有的窗帘,在最意想不到的地方放着水桶。阿尔娃拿着一把很长的掸子,在屋里转来转去,掸去墙和屋顶上的尘土。马迪根和丽莎贝特在水桶之间跳来跳去,碍手碍脚的,还成心招阿尔娃生气。

此时圆圆的阿尔娃已经来临,
沿着北欧的墙和屋顶滚。

她们冲着她唱。每唱一句丽莎贝特都笑个不停,所以差点儿摔进水桶里。

"啊,你真会瞎编歌,马迪根!"这时阿尔娃手拿掸子,一边追赶她们一边说:

此时这个小掸子已经来临,

现在它要在北欧抽打人。

不过她没有生气,阿尔娃从来不生马迪根和丽莎贝特的气。

妈妈做了香肠,腌了火腿,酿了杜松子酒,铸了蜡烛。马迪根和丽莎贝特也帮助干了很多活儿,她们制作椒盐饼,熬制太妃糖,制作杏仁蛋白猪形糖和用亮光纸剪炉灶上的顶柱装饰。每天都有很多新鲜事,大家觉得越来越像过圣诞节了。整个于尼巴根上空弥漫着椒盐饼、太妃糖和油煎饼的诱人香味儿。马迪根闭上眼睛,用鼻子使劲吸着香味儿。

"圣诞……我已经闻到圣诞的味儿了!"

晚上她们给圣诞老人写了一大串想要的礼物。

《鲁滨孙漂流记》、很多纸娃娃、锡兵、滑雪板、一朵头发上戴的浅色玫瑰。这些是马迪根清单上列的,她念给丽莎贝特听。

"你真不聪明,马迪根,"丽莎贝特说,"你真的想要一支玫瑰?"

"当然不是,"马迪根说,"我这么写是为了好听。"

她们考虑了很久,送什么圣诞节礼品给妈妈和爸爸。在她们熬制太妃糖的时候,马迪根问妈妈:

"妈妈,你最想要什么东西?"

"两个最乖最甜的女儿。"妈妈说。

这时候马迪根的眼睛一亮,声音有些颤抖。

"你把我和丽莎贝特弄到哪儿去呀?"

这时妈妈抚摩着她的头发解释说,她绝对不想要其他的女

儿,她只是希望,马迪根和丽莎贝特像以往那样继续乖和甜。

不过丽莎贝特却认为,家里再有一两个女儿也没什么不好的。

"我们可以和她们一起玩,"她说,"但是她们不能住在儿童卧室,她们活该,因为马迪根和我住在那儿。"

天气开始变冷,阿尔娃每天早晨都要在儿童卧室的壁炉里生起很旺的火。哐当哐当开关壁炉的响声总是把马迪根和丽莎贝特吵醒。然后她们躺在自己的床上,通过炉门上的小洞,看着里边的火焰,听着后边噼噼啪啪的响声。听着这种美妙的声音在床上睡懒觉真舒服。

有一天早晨她们醒得特别早。她们以为这是普通的一天，但绝对不是。这是耶稣降临节的最后一个礼拜天，摆在桌子上的烛台里点着四支蜡烛，已经生好壁炉的阿尔娃站在马迪根床边，显得特别神秘。

"昨天夜里发生了一件奇怪的事情，"她说，"你们猜是什么？"

"一个幽灵吧？"马迪根试探着说。

自从那天晚上去了尼尔松家酿造室以后，她相信，每天夜里都可能有幽灵出现。

"笨蛋，哪里有什么幽灵，"阿尔娃说，"那只是阿贝搞恶作剧，蒙着被套，在里边开着手电筒，我已经跟你说过了。"

阿尔娃多次向马迪根解释这件事的真相，但是马迪根就是不相信她。阿贝才没那么坏呢，要做这种事也是别人，阿贝绝不会！

"你最好起床再猜，"阿尔娃说，"发生了一件有趣的事。"

"幽灵就很有趣。"丽莎贝特说。

"我当然不那么认为，"阿尔娃说，"快猜！"

"是下雪了吧？"马迪根急切地问。

"不对，"阿尔娃说，"是河上结冰了。"

这时候马迪根和丽莎贝特高兴地叫了一声，迅速从床上跳

下来。壁炉还没来得及把屋子烘热，但是她们已经顾不得这些，现在她们要抓紧时间。她们穿上背带裤和厚毛衣，戴上帽子和手套，匆匆忙忙就出去了。

"过一会儿就回来，"阿尔娃在她们身后高声说，"你们一定要赶快回来吃早饭。"

"好，好。"马迪根和丽莎贝特说。

于尼巴根周围的桦树结了一层白色的霜，木柴屋上空悬着一轮红日。

"我特喜欢这样的天气。"马迪根说。

实际上她喜欢各种天气。不过在绝大多数情况下没有引起她的注意，而这种天气她注意到了。天气很美，就像音乐和诗一样美，马迪根认为，这样的天气可以使人变得很乖。

马迪根和丽莎贝特朝河边跑去。结满霜和冻得发僵的草在她们脚下哗哗作响。

"我可能要送给你两件圣诞节礼物，丽莎贝特。"马迪根一边跑一边说。

"你真不聪明，马迪根。"丽莎贝特说。

她能得到两件礼物当然好，但是此时她最关心的是河里的冰。

当一只脚踏上闪亮的黑冰试试它滑不滑的时候，那是非常美妙的一瞬间。啊，冰很滑，马迪根一下去就差点儿摔到河的

对岸。

　　说昨天夜里才结冰是不确切的。实际上冰冻已经一星期了，只是马迪根和丽莎贝特没有发现，才使得这条河一天比一天变得沉默。但是阿尔娃发现了，今天早晨，当大家都在睡觉的时候，她到过河边，用一个大棍子试了一下冰。谁走在上面都不用担心。

"如果冰面禁得住阿尔娃,那肯定也禁得住我们。"马迪根说。

"绝对。"丽莎贝特说。

马迪根和丽莎贝特开心地滑着冰。她们的双颊红红的,哈气就像从嘴里吐出的白烟。她们弄不明白,当这里非常好玩的时候,怎么还会有人躺在床上睡大觉。但是此时的隆纳特似乎没有人醒来,阿贝对此也一无所知。他不知道整条河冻得像一条可以滑冰的平坦、闪光的大道。河流弯弯曲曲,在每一个拐弯处都形成一个新的优良滑冰场,等着人们去滑。如果从隆纳特继续往前,就可以到达阿佩尔湖,那里是真正的乡村,有一个叫阿佩尔古伦的庄园。

"如果我们能借此机会拜访一下住在阿佩尔古伦庄园的佩特鲁斯·卡尔松一家该多好啊。"马迪根提议说。

"妈妈会同意吗?"丽莎贝特说。

妈妈还在睡觉,今天是礼拜天。她们用不着为了这种区区小事把她吵醒。

"当然会同意,"马迪根说,"我们不能走陆路,那样太费时间,但是如果我们滑冰去,一转眼就会到达那里。"

"那我们就滑冰吧。"丽莎贝特说。

她们俩谁也没有把阿尔娃说的吃早饭的事放在心上,她们兴致勃勃地朝阿佩尔古伦庄园滑去。

"我特别喜欢滑冰。"马迪根说。

"所有的人大概都喜欢滑冰。"丽莎贝特说。

但是马迪根何止是喜欢……她简直高兴得忘乎所以。这条冰路真是个奇迹,冬天的河水和夏天的河水各有千秋。夏天的夜晚她们经常跟爸爸、妈妈一起在河里划船,有时候一直划到阿佩尔古伦去买鸡蛋,那时候小河显得特别温驯、平稳,从绿树丛中穿流而过。柔软、苍翠的树枝在河面上摇曳,马迪根和丽莎贝特坐在船上就能够着树叶,啊,夏天的小河温柔、宜人。但是冬天的小河就像被魔化了一样。在阳光照耀下,闪亮的黑冰和结满白霜的沉默不语的树,都露出奇妙的颜色,在霜冻、寒冷和梦幻状态下呈现的美使马迪根发疯、陶醉。她滑得越来越快,变得越来越疯狂,她感到自己正飞向蓝天。丽莎贝特远远落在后面。

"等一等我。"她喊叫着。

丽莎贝特开始厌烦滑冰,这时候她想走路了,速度也越来越慢。马迪根只得等着她,直到她追上。

"到阿佩尔古伦还有多远?"丽莎贝特忧虑地问。

"没多远了,"马迪根肯定地说,"我们很快就会到那里。"

"拉着我。"丽莎贝特一边说,一边把自己的手放在马迪根手上。她们手拉手继续前进,这时候她们的速度已经很慢。

每到一个河湾，她们都渴望看到阿佩尔古伦，但是她们眼前能看到的仍然还是那条冰河。丽莎贝特开始不耐烦了。

"马迪根你知道吗？"她说，"我饿了。"

这时候她们才想起阿尔娃说的话！"你们一定要赶快回来吃早饭。"她说。此时她们站在那里，离家已经很远很远，无可奈何地互相看着。

马迪根也饿了，但是转身回家她还是不愿意。再有很短很短一段路就到阿佩尔古伦了，到那儿休息一下还是很美的。

"我们每个人从卡尔松阿姨那里买一个鸡蛋，"她说，"买了以后请求在她那里煮一煮，煮好了马上吃。"

"我们有钱吗？"丽莎贝特说。

"啊，对呀。"马迪根若有所思地说。但是她突然想起来，她身上穿着花格裙子。如果她没记错的话，裙子口袋里有一枚2厄尔硬币。

"我想我应该有2厄尔，是我昨天放进去的。"她一边说一边急切地掏口袋。

"2厄尔能买两个鸡蛋吗？"丽莎贝特问。

马迪根摇一摇头。

"实际不能。不过我们可以试一试。我们就说，我们想买2厄尔的鸡蛋，看看能给多少。"

祸不单行，口袋里的2厄尔偏偏不见了，钱丢了。

"那怎么办?"丽莎贝特问。

马迪根耸了耸肩膀。

"哎呀,就用2厄尔买鸡蛋,有没有都一样。"

丽莎贝特也这么认为。

"不过我们还是得到那里去,"马迪根说,"卡尔松阿姨可能会问,她能请我们吃早饭吗,这时候我们马上就说可以。"

想到最近的河湾后边有一顿早餐等着,她们立即来了精神。她们又滑起冰来,她们滑了很长一段时间,然后在冰上又走了很长一段,但是还是看不到阿佩尔古伦的影子。

"到了冬天,可能整个庄园都搬到其他地方去了。"丽莎贝特说。

"别太幼稚了。"马迪根说。

但是她也产生了怀疑。

"真是奇怪,"她说,"如果我们过了这个河湾,还是看不到阿佩尔古伦,我们肯定中邪了,那可就惨了。"

马迪根越想越不是滋味儿,一切都魔化了。周围的树显得特别好看,树枝上结了一层奇妙的白色冰霜,但是没有生气……只有在妖魔的森林里才长这种树。那黑色闪亮的冰能使小孩子发疯,并把他们从家里引诱出来,这条被魔化的路永无尽头。当拿着扫帚飞翔太冷的时候,那些可怕的冬季小妖魔夜里就在这儿滑冰。啊,所以他们把这里的一切都魔化了。

可是丽莎贝特坚决不愿意被魔化,她说的时候大滴大滴地流眼泪。

真的难以想象……她们刚转过一个河湾,就看到了阿佩尔古伦,那不就是有着畜圈、马厩和红色住房的阿佩尔古伦庄园吗?

丽莎贝特马上不哭了。

"阿佩尔古伦是一个好庄园。"她满意地说。

马迪根也有同感。

"我希望他们都在家,"她说,"特别是托尔和玛娅。"

托尔和玛娅是庄园里的两个孩子,马迪根特别喜欢他们,尽管他们年龄已经很大,差不多有20岁。

她们来得别提多巧了。当马迪根和丽莎贝特像两个红脸蛋儿的天使走进大门时,庄园里的人正坐在餐桌前吃早饭,有佩特鲁斯·卡尔松和卡尔松阿姨、托尔和玛娅。

"你们有鸡蛋吗?"别人还没来得及开口,丽莎贝特就抢着问。

马迪根立即拧了她一下,多愚蠢的丽莎贝特,这样说绝对错误。如果有那个2厄尔的硬币,这样说完全合适,但是现在手里没有钱啊。

"亲爱的孩子,你们大冷的天,跑这么远的路,是为了买鸡蛋?"卡尔松阿姨说,"那妈妈说要买多少?"

这下子马迪根和丽莎贝特可麻烦了。她们不知道应该怎么回答，因为妈妈根本没派她们来买鸡蛋。马迪根越来越恨丽莎贝特，谁会请买鸡蛋的人吃早饭呀，要请的话也是请到家里来的客人。

"实际上我们只是在外边走一走。"马迪根说。

"对，我们没有钱，"丽莎贝特说，"我们只是在外边走一走，没有钱。"

"啊，是这么回事，"佩特鲁斯·卡尔松一边说，一边在咖啡里蘸三明治吃，"好，这天气在外边走一走会很舒服……用不着钱！"

"非常舒服，"马迪根说，"走一走胃口也好。"

"是这样，我明白。"佩特鲁斯·卡尔松说。

但是实际上他似乎没怎么明白，卡尔松阿姨比他更明白。

"大概我可以请你们吃一点儿粥吧。"她说。

"好，谢谢。"马迪根和丽莎贝特异口同声地说。

她们迅速脱掉帽子、毛衣和手套，玛娅还没来得及给她们拿来盘子，她们已经坐在餐桌旁边了。

卡尔松一家人已经吃完早饭了，但是他们都坐在餐桌旁边跟马迪根和丽莎贝特说话。

"这么说，为了这个原因你们才在外边走一走。"佩特鲁斯·卡尔松一边说一边微笑。

马迪根和丽莎贝特满嘴都是粥，所以无法回答，只能点点头。卡尔松阿姨给了她们几大块长面包三明治。她们津津有味地吃着三明治，喝着粥，人们真正看到了，这样的天气确实会使人有好胃口。

"我觉得粥差不多是最好吃的东西，"马迪根说，"你觉得也是吧，丽莎贝特？"

"不对，不对。"丽莎贝特斩钉截铁地说。她当然觉得粥好吃，特别是现在，但是她觉得粥不是最好吃，丽莎贝特一向心里想什么就说什么。

卡尔松一家人看着她笑。阿佩尔古伦庄园的人有一种特别的笑，大家笑的方式都一样，一种沉稳、友善的微笑。

"是吗？那你觉得什么最好吃？"卡尔松阿姨问。

丽莎贝特想了想。

"鹅莓酱……和酱……和其他酱。"

这时候卡尔松一家人又笑起来。

"鹅莓酱和酱和其他酱，"佩特鲁斯·卡尔松说，"这确实应该是很多很多酱！"

马迪根进行解释。只有她知道丽莎贝特的意思。

"鹅莓酱，就是鹅莓酱；酱，就是苹果酱；其他酱，就是指所有其他的酱。"

托尔又笑起来。

"鹅莓酱和酱和其他酱！你们于尼巴根就靠吃果酱活着吧？"

"才不是呢，"丽莎贝特生气地说，"我们还吃冰激凌……我5岁生日时，我想吃多少冰激凌都行，至少5公斤！"

"哎哟，真的？"卡尔松阿姨说，"你已经5岁了？哪天是你5岁生日？"

"嗨，她自己不知道。"马迪根说。

丽莎贝特瞪了她一眼。

"我不知道？我当然知道。"

"你知道？是哪一天？"

"你是说……我的生日？"丽莎贝特一边说一边冲马迪根伸出自己的舌头。这时候马迪根立即向丽莎贝特伸出舌头，但是她们很快就想起来，在别人家可不能这样。她们马上改口，感谢主人的早餐，她们手拉着手，围着餐桌，分别向佩特鲁斯·卡尔松、卡尔松阿姨、托尔和玛娅行屈膝礼。

现在她们吃饱了，但是也有点儿累。坐在厨房里多舒服啊。她们可不愿意冒着寒冷回家。

"我觉得，我应该给你们的爸爸打个电话，"佩特鲁斯·卡尔松说，"你们家里的人可能不知道你们在这里，买鸡蛋……没带钱。"

这时候马迪根和丽莎贝特感到很不好意思，当佩特鲁斯给

于尼巴根打电话时,她们心里感到很不安。马迪根站在旁边,用手拉着他的衣袖。

"请问一问爸爸,我们能不能在这里再待一会儿,休息一下。"

佩特鲁斯照办了,他问,马迪根和丽莎贝特能不能在阿佩尔古伦再待一会儿。

"过一会儿,我用马车把她们送回家。"他说。马迪根和丽莎贝特互相看着,满意地笑了。

但是佩特鲁斯把话筒递给马迪根。

"你爸爸想跟你说话。"他说,这时候马迪根不笑了。

"你听着,'好极了'小姐,"爸爸说,"你只要稍微动脑子想一想……这么冷的天跑那么远去,将会有什么后果,如果你们的鼻子冻掉了,那时候你会怎么说?"

事后马迪根想这件事。如果真能把鼻子冻掉,那真够可怕的!想想看,如果跟丽莎贝特走着走着,突然鼻子像两小块冰冷的火腿肉一样掉在冰上……啊,那时候怎么说呢?可能"跟它们拜拜啦"……马迪根想到这里时,身上直打战。有一次女教师问,鼻子有什么用,她们班上的阿尔宾回答:"装鼻涕用。"如果真是这样,她和丽莎贝特就没有装鼻涕的地方了。鼻子冻掉了,走到哪儿,大鼻涕就会流到哪儿!她正准备为自己冻掉的鼻子大哭一场时,突然想起来,她和丽莎贝特确实没

有冻掉鼻子,多幸运!

丽莎贝特此时正在用自己的鼻子。她把鼻子伸进托尔挂在椅子背上的厚衣服里。

"这衣服真好闻,"她说,"有畜圈味儿,我们能到那儿去吗?"

托尔像自己的爸爸一样和蔼、善良。

"能,我们当然能去。"他一边说一边平和地笑,好像只有他知道那里有多好玩。

他把她们领到畜圈,指给她们看那头大公牛、所有的奶牛和小牛犊。在一个畜圈里躺着一只出生不久的小牛犊,她们最喜欢它。它刚刚能站起来,就走到门口,把柔软的鼻子伸向马迪根和丽莎贝特。她们让它舔自己的手指,丽莎贝特还告诉它,圣诞节到了,它可能不知道这件事。

随后她们跟托尔来到马厩。那里有 4 匹马:迪都斯、莫娜、弗雷娅和昆科。马迪根和丽莎贝特上次看到它们时,是夏季,当时它们在牧场上。现在它们站在马槽旁边,马迪根和丽莎贝特走进来时,它们还小声叫起来。昆科长得最丑,但是最温柔,它的毛色特别难看。

"长得难看没有关系,只要温柔就行。"马迪根说。

她们走到它的槽旁边,用手抚摩它,用刷子给它刷毛,喂它牧草和燕麦。托尔一直站在那里,看着她们,并一个人偷偷

地乐。

"小耶稣当时躺在哪个马槽里?"丽莎贝特突然问。她以为,世界上就有一个马厩,就是在阿佩尔古伦。

马迪根向她解释说,那是另一个马厩,跟这儿不沾边儿,在遥远的犹太国。

"你怎么知道的?"丽莎贝特问。

"我当然知道,是女教师说的。"

对她的说法丽莎贝特非常不满意。

"不对不对,他是躺在昆科的马槽里,我的学校是这么说的。昆科特别温柔,它不但没有咬他,还用鼻子闻他,想知道他是谁。"

马迪根朝四周看了看昏暗的马厩。实际上她也希望,耶稣降生的马槽就在阿佩尔古伦这里。

"也可能就在这儿,"她激动地说,"而玛利亚把蜡烛摆到所有的窗台,佩特鲁斯·卡尔松和卡尔松阿姨坐在厨房里,看着烛光映照着白雪,这时候卡尔松阿姨说,'我的天呀,今天晚上谁在马厩里?'"

丽莎贝特可以回答这个问题。

"是小耶稣,"她说,"他躺在昆科的马槽里,昆科用鼻子闻他,这时候耶稣笑了,因为他喜欢昆科闻他。"

"我怎么没坐在厨房里,看马厩里的烛光呢?"托尔问。

"那你就太愚蠢了,托尔,"马迪根说,"这事发生在很久很久以前,那时候你还没出生呢。"

他们待在马厩里的时候,天气已经完全变了。红色的太阳已经不见了,天空阴云密布,空中飘起雪花。

"乌啦,下雪啦。"马迪根说。

真的下雪了,下得还挺大。大雪铺天盖地般地降在整个阿佩尔古伦。

"这样的鬼天气,我无法把你们用马车送回家,"佩特鲁斯·卡尔松说,"等雪停了我们再上路。"

"好,我们等一等。"马迪根和丽莎贝特说。

等雪停了再走,她们一点儿意见也没有。玛娅留下很多她小时候玩过的娃娃,她找出来给马迪根和丽莎贝特玩。她们把娃娃摆在沙发上,给他们换衣服,玩得特别开心。外边的雪还在继续下。

"这样的天气大概应该用雪橇,"佩特鲁斯·卡尔松说,"不过要等雪停了我们再上路。"

"好,我们等一等。"马迪根和丽莎贝特说。她们继续玩娃娃,她们在阿佩尔古伦庄园里还挺自在。正在这个时候,卡尔松阿姨把丽莎贝特招呼到身边。

"喂,你最喜欢哪样儿,是鹅莓酱,是酱,还是其他酱?"

"鹅莓酱。"丽莎贝特说。

"谢天谢地,我们的尾食正好吃鹅莓酱,酱或者其他酱我们还真没有,"卡尔松阿姨说,"请过来,我们吃晚饭!"

就这样,马迪根和丽莎贝特在阿佩尔古伦庄园吃了一顿洋葱炸肉排和牛奶鹅莓酱。这时候外边的雪继续下着。

"雪还在下个不停,"佩特鲁斯·卡尔松说,"雪不停我们也要起程了,不然于尼巴根的人以为我们把你们劫持了。"

"也可能很快就停下。"卡尔松阿姨说。

但是雪没有停。阿佩尔古伦的雪越积越厚。外面的门柱就像戴上了高高的白帽子,空中飘落着密集的雪花,从厨房的窗子几乎看不见畜圈。天也很快暗了下来。这时候佩特鲁斯·卡尔松说:

"好啦,托尔,你去准备雪犁,不然我无法把她们俩送回于尼巴根。"

托尔出去把莫娜和弗雷娅套在有座厢的雪橇上,马迪根和丽莎贝特坐在里边,身上盖着皮毯子,只有鼻子露在外面,所以她们都不能跟站在窗子里看着她们远去的卡尔松阿姨和玛娅招手告别。佩特鲁斯·卡尔松坐在驭手座位上,赶着马拉雪橇,前边托尔赶着马拉雪犁开路。

"动用四匹马送我们从阿佩尔古伦庄园回家,马真够多的。"马迪根说。

"四匹马和一个开路的雪犁,"丽莎贝特说,"差不多是一个雪橇队。"

她们玩假装在雪橇队里的游戏。她们缩在皮毯子底下,听马铃铛的响声,在马迪根和丽莎贝特回于尼巴根的路上,她们听着四个铃铛一起响。

"我们到阿佩尔古伦来确实不错。"马迪根说。

"但是大雪下个不停。"佩特鲁斯·卡尔松说。

他坐在驭手座位上大概一点儿也没有马迪根和丽莎贝特在座厢里盖着皮毯子的舒服感觉。

"我们可以唱歌,给他提一提精神。"马迪根小声对丽莎贝特说。

丽莎贝特也这么想。

此时暴风雪已经来临,

沿着北欧的峡谷和高山。

她们唱道:

啊,圣诞佳节,

啊,童年多安宁,

啊,北——北——北欧的童年多安宁。

但是这时候她们已经到了于尼巴根的大门。

"看呀,窗子上点着四根蜡烛。"丽莎贝特说。

"对,因为到了耶稣降临节,你知道吧。"马迪根说。

于尼巴根的圣诞节

"好啦,"平安夜前一天晚上阿尔娃说,"现在都准备好了!哎哟,真是累死我了,不过一切准备停当!"

"还差圣诞树,"丽莎贝特说,"我们睡觉的时候,爸爸、妈妈会装饰圣诞树。"

马迪根没有说话,她只是懒洋洋地缩在那里,一切都是那么美好,好得让人难以承受。

啊,圣诞节真的可以来于尼巴根了,现在做好了一切迎接它的准备工作。屋里屋外,墙角旮旯,都清扫过了,所有的窗子都换上了新浆洗过的白窗帘,烛台都插上了蜡烛,五颜六色的布条编织的地毯光洁迷人,墙上挂的铜器闪闪发亮,炉灶柜子下面的支柱上挂着红红绿绿的亮光纸做的花盆,那气氛跟真的圣诞节一样。

起居室里散发着白色风信子花的清香,这是妈妈有意让它到圣诞节才开花。杉树也散发着香味儿,它翠绿、清新,好像

等着给它乔装打扮。

"我们准备了很多吃的东西,连过下一个圣诞节都够了。"阿尔娃说。马迪根和丽莎贝特也觉得是这样,她们到地下室看过,大折叠桌底下堆着圣诞火腿、肉冻、猪排骨与猪肝炸饼、青鱼沙拉、肉丸子,房梁上挂着一串串熏香肠、肉末香肠,还有杜松子酒坛、鳕鱼干桶、奶酪筒,一切应有尽有。面包柜里放满了长面包、麦芽面包和藏红花面包,椒盐饼干、贝状杏仁饼、燕麦饼干和油煎饼装满了饼干筒,圣诞真可以马上就来。晚上的时候,马迪根给丽莎贝特讲发生在世界上的战争在于尼

巴根丝毫也看不见,更看不见麻雀被饿死,今天晚上爸爸就会把圣诞谷子放到苹果树上,当它们第二天醒来时就知道,圣诞节到了。

阿尔娃为圣诞节期间生壁炉拖进来很多木柴,她还扫了雪,干干净净的小路通向大门、通向木柴屋、通向小河。啊,通向小河的路也要打扫干净,因为圣诞老人来的时候要走这条路,马迪根和丽莎贝特认为,圣诞老人走不过来就坏事了。不过今年他很容易走过来,不会遇到什么麻烦,整条河的河面都除过雪了。上个礼拜天托尔把马迪根和丽莎贝特送回家以后,就是沿着河上的路回阿佩尔古伦的。明天晚上圣诞老人坐着雪橇来的时候,一定会对此感到高兴。

另外,托尔在河上除雪有多方面好处。阿贝制作了一个马迪根和丽莎贝特特别喜欢的冰车,她们坐在冰车上,阿贝拉着,尤其是迅速转圈的时候,就像坐电梯一样,感觉特别好。

但是阿贝不能长时间离开烤炉,他要为圣诞节准备很多面包圈。尼尔松阿姨每天都站在广场上卖。尼尔松叔叔干什么,没有人知道,但是似乎他也很忙,起码很少在家里看到他。

现在,平安夜前一天晚上,马迪根被允许去隆纳特看阿贝在干什么。谁能想到,阿贝正趴在地上擦地板!不过马迪根走进来时,他马上停下了。

"我只想把地板擦干净一点儿。"他对她解释。不过他已

经把半个厨房都擦干净了。可以明显地看出,他擦了哪些地方,被擦过的地方时间还不长,没擦过的地方发黑。马迪根朝四周看了看,隆纳特没有太浓的圣诞气氛。窗帘和绣花的布帘没有洗过,一切还是老样子。马迪根认为,这可不像是平安夜之前的晚上。

"你们还没有收拾、整理吧?"她问。

阿贝显得很惊奇。

"收拾、整理……什么?"

马迪根不十分清楚应该怎么回答。

"明天……明天就是平安夜。"

"我们当然收拾、整理过了。"阿贝说,"你过来看!"

他领着马迪根走进厨房旁边的一个小房间。墙上有一个纸帘,上面钉着很多长胡子的圣诞老人。

"你看怎么样?"他用炫耀的口气说,"母亲和父亲还没有看到,不过他们看到以后会非常高兴,绝对是!"

马迪根还是不怎么满意。

"你们没有圣诞树吧?"

"只要活着,就有希望,"阿贝说,"晚上父亲回家时,他可能带一棵回来,当然,如果他没有忘记的话。如果他忘了,我明天早晨出去,到胡尔塔森林里砍一棵回来,因为我一定要有圣诞树。"

当马迪根想到于尼巴根自己家里的圣诞树时,一股快乐的暖流充满全身。

"你难道不觉得圣诞节非常好吗,阿贝?"

"当然,绝对,"阿贝说,"周围环境有趣、漂亮。我很喜欢那个纸帘。"

马迪根也认为,那个有着白胡子圣诞老人的纸帘很漂亮,尽管它只能使很小一块地方有圣诞气氛,马迪根希望处处都应该有圣诞气氛。不过很明显,阿贝并不特别在意。

"你相信,你会得到很多圣诞礼物吗?"马迪根问。

"只要还活着,就有希望,"阿贝说,"可能,如果父亲和母亲没忘记的话。不过你想看一看我买的东西吗?你要保证不告诉任何带气的活人!"

马迪根保证。这时候阿贝小心翼翼地打开衣帽间的门,里边有一盏白色灯罩的新煤油灯,样子非常贵重。

"这个东西完全不同于我们现在有的这盏破烂小灯。"阿贝说。

"它是圣诞礼物吗?"马迪根问。

"可能,是给父亲和母亲的,他们可以把它看做圣诞礼物,或者叫它什么别的,随便,"阿贝说,"这东西出奇的贵,不过是用我一厄尔一厄尔攒起来的钱买的。"

马迪根离开那里以后想了一下。不管是煤油灯还是白胡子

圣诞老人确实都不错,然而这些东西反而使她想念于尼巴根的家。在阿贝家里,她不敢相信,明天就是圣诞节,这使她很不安。晚上躺在床上睡觉的时候,她会跟丽莎贝特进一步讨论这件事。

"想想看,如果我们一觉醒来,不是平安夜,而是一个普通的礼拜五,那可怎么办?"

"那我就去跳海。"丽莎贝特说,阿尔娃平时就爱这么说,丽莎贝特也跟着这么说。

不过丽莎贝特用不着跳海,她们第二天醒来的时候,确实是平安夜。窗子外面还很黑,爸爸就拿着点燃的蜡烛来到儿童卧室的门前,她们听见妈妈在楼下卧室弹钢琴。

《此时又到圣诞》,她弹着这支曲子。

"对,此时又到圣诞,"爸爸说,"圣诞好,小宝贝们!"

"圣诞好,爸爸。"马迪根和丽莎贝特高声说。她们匆忙从床上爬起来,走下楼梯,冲进起居室。那里放着装点着蜡烛的圣诞树,她们不记得圣诞树有这么漂亮,壁炉里火光明亮,圣诞树、炉火和风信子花散发着香味儿。确确实实是圣诞节啦!

一开始她们沉默地站在那里,但是随后就活跃起来,在地板上跑来跑去,陶醉在喜庆之中,她们又蹦又跳,唱歌跳舞,小狗萨苏也跟着叫。确确实实是圣诞节啦!

然后阿尔娃端来圣诞咖啡,大家坐在壁炉前面喝咖啡,妈妈、爸爸、阿尔娃、马迪根和丽莎贝特。马迪根和丽莎贝特穿着睡衣就可以坐在壁炉前喝咖啡,这有点儿不寻常。

"因为圣诞节吧。"丽莎贝特说。

"对,因为是圣诞节。"妈妈说。

马迪根不安地看着妈妈,看妈妈累不累。但是妈妈特别高兴,一点儿也不显得累。大家必须都高兴,大家必须都觉得圣诞节很开心,不然马迪根就会不高兴。马迪根在妈妈拼命准备过圣诞节的时候,就这样说过:

"平安夜你一定不能累,你要保证!"

"当然,我怎么会在平安夜累呢。"妈妈说。此时妈妈与爸爸、阿尔娃坐在这里,三个人看起来都像马迪根和丽莎贝特一样喜欢圣诞节,啊,真不错!

外边很快就亮了。麻雀们已经醒来,它们早已经站在圣诞节谷穗上。马迪根和丽莎贝特从餐厅的窗子那儿看着它们。

"麻雀们知道今天是圣诞节吗?爸爸!"丽莎贝特问。

"它们大概不知道,"爸爸说,"不过我想,它们知道圣诞谷穗可以吃。"

"不过我……我知道……所有的东西。"丽莎贝特说。

不过有一件事,不管丽莎贝特还是马迪根都不明白,为什么平安夜那天比平常日子长一倍?是谁发明的?妈妈竭力想使

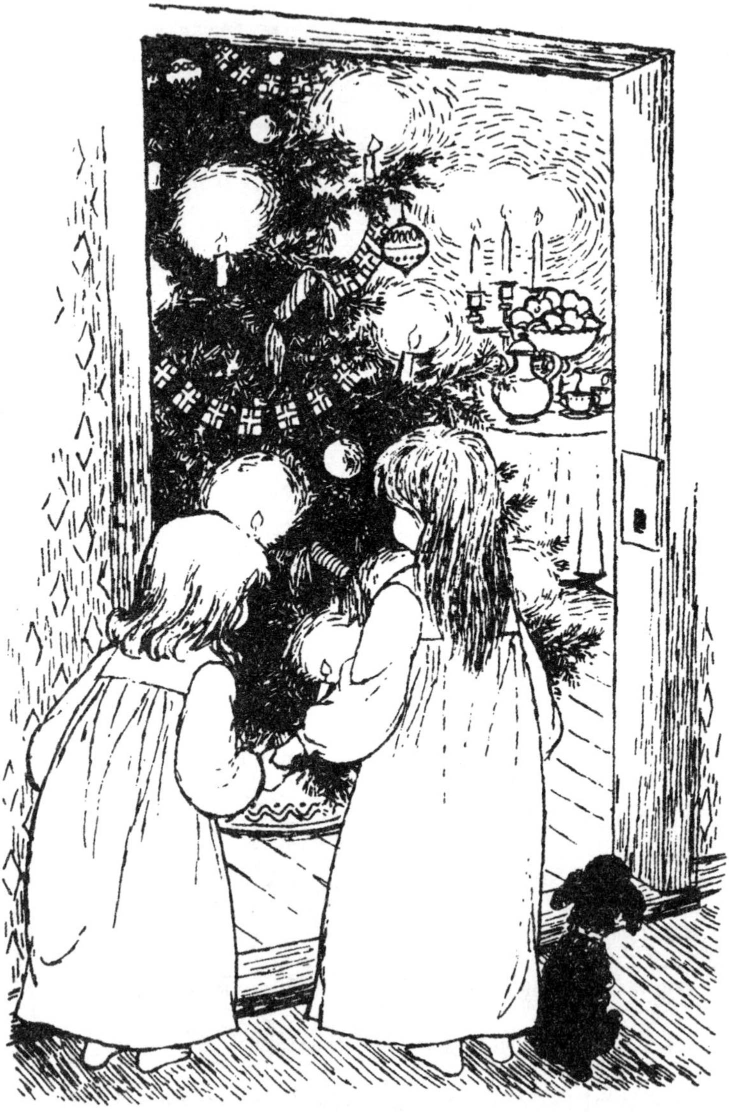

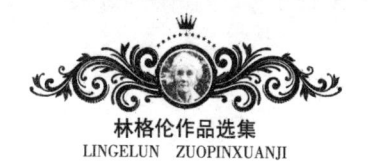

时间过得快一些。她首先派马迪根和丽莎贝特拿圣诞食品篮子去给里努丝-伊达送东西。送给她的东西有圣诞火腿、肉冻、猪排骨,还有香肠、猪肝炸饼、面包、饼干、苹果和蜡烛。妈妈把这些东西都装在红木条编的篮子里,马迪根和丽莎贝特在严寒中上路了。

里努丝-伊达孤身一人,她的女儿们远在美国。当马迪根走到她的前廊时,心里不安起来……里努丝-伊达可能根本就不喜欢圣诞节吧?不过马迪根用不着担心。里努丝-伊达正坐在开口式炉子前的安乐椅上,双脚放在热水盆里,看样子非常满意。

"天啊,天啊,我和所有斯科纳人都知道今天是圣诞节。长长的三天安息,我们什么活儿都不用干。"

她对得到圣诞节食品篮感到非常高兴,马上就要尝一尝猪排骨和肉冻,用手满意地摸着又粗又圆的熏香肠。

"这是真的吗?你们辛辛苦苦给我拖来那么多吃的,而我呢,像个女伯爵一样坐在这里,用脚玩水,不停地吃东西,这是真的吗?"

她们不能在里努丝-伊达家里久留,现在她们必须回家吃平安夜晚餐。

"圣诞快乐,里努丝-伊达。"马迪根和丽莎贝特走的时候说。

而里努丝－伊达双脚放在水盆里,手里拿一块肉冻,看起来她确实感到圣诞快乐。

米娅和马蒂丝正在院子里铲雪。

"大鼻涕妞儿,找抽。"马蒂丝一看见马迪根和丽莎贝特就这么说,但是米娅推了她一下。

"闭嘴,起码平安夜不能这么说!"

米娅对马迪根笑了笑,表示她还是知道,平安夜举止上要得体,她甚至对她们说圣诞快乐。

"圣诞快乐。"马迪根和丽莎贝特说。

"圣诞快乐，大鼻涕妞儿，"马蒂丝说，"米娅和我收到了济贫会送的新红裤子，活该，没你们的分儿！"

这时候米娅推了马蒂丝一下，马蒂丝倒在雪里，米娅还对她喊叫起来：

"闭上你的嘴，起码平安夜不能这么说！"

马迪根和丽莎贝特走了。她们走到大街上很远的地方还能听到马蒂丝在她们身后吼叫。

平安夜一步一步靠近。马迪根和丽莎贝特在平安夜晚餐时吃得特别多，不是因为她们觉得好吃，而是因为大家都坐在炉子旁边比着吃特别有意思。

"大家都得这样，不然就不是平安夜晚餐了。"丽莎贝特说。

然后她们花很多时间给圣诞礼物封蜡。她们把大块的红蜡封在礼品盒上，爸爸帮助她们。但是刚好爸爸离开了一会儿，丽莎贝特就把一点儿蜡弄到大拇指上了，这时候她大声喊叫起来，几乎整个于尼巴根都能听到。

"蜡可不能弄到手指上。"她喊叫完了以后说。

"当然可以，"马迪根说，"不然就没有气氛了。"

她向丽莎贝特解释说，如果把一点儿蜡和其他好闻的圣诞气味藏在一个筒里是件很好的事。那样终年都可以闻到筒里的圣诞气味儿，直到新的圣诞来临。

在马迪根送给别人的礼物中，有一包是送给阿贝的，里边是一个小口琴。她是用"幽灵钱"买的，是阿贝在她去尼尔松家酿造室的第二天晚上给她的。

马迪根和阿贝平时很少互送礼物，她担心阿贝因得不到足够多的礼物而伤心，因此她买了这个口琴送给他。天开始黑的时候，她溜进隆纳特。丽莎贝特在后边紧紧跟着她。

尼尔松家的厨房跟平时一样，尼尔松叔叔照样躺在沙发上，但是厨房里有一种不寻常的明亮。那是放在桌上的新买的煤油灯的光，但是更明亮的是阿贝的眼睛，他专心致志地看着煤油灯，没有看见马迪根和丽莎贝特。不过尼尔松叔叔从远处的沙发上向她们友好地点头。

"于尼巴根的马迪根和于尼巴根的小不点儿，你们来得正巧。"

他自豪地指着灯说：

"怎么样？你们觉得我儿子买的这件了不起的东西怎么样？多明亮，多温馨！"

"对，很漂亮。"马迪根说。

"到房子里看看！看看我儿子钉在墙上的白胡子圣诞老人好不好？他为了使自己的老爸高兴搞来了那棵圣诞树，怎么样？阿贝，阿贝，你是我的好儿子！"

尼尔松阿姨紧靠着煤油灯坐着喝咖啡，这时候她放下杯

子，抚摩着阿贝的头。

"听你的口气好像他只是为了你而不是为了自己的母亲似的！啊，你真是一个好孩子，小阿贝。"

阿贝对这些夸奖显得很不好意思，他对马迪根和丽莎贝特转过身来。

"你们有事吗？"

马迪根把藏在身后的礼品盒递过去。

"这是我送给你的一件圣诞礼物，阿贝。"

"给我?"阿贝说,"一件圣诞礼物?为什么呀?"

但是尼尔松阿姨激动地拍起手来。

"给阿贝圣诞礼物!我们怎么忘了!"

她用责备的目光看着躺在沙发上的尼尔松叔叔。

"你,尼尔松,你记得给阿贝送圣诞礼物吧?"

尼尔松叔叔沉默不语,他只是醋意地看着尼尔松阿姨。最后他生气地说:

"不错,我是一家之主,但是我眼下缺钱,可能无法给阿贝买圣诞礼物。你会伤心吗,阿贝?"

阿贝一点儿也看不出伤心。

"哎呀,哎呀,我们不是已经有了煤油灯吗?"

"还有马迪根送的圣诞礼物。"丽莎贝特提醒他。

"是啊,我的上帝,我得到了马迪根送的圣诞礼物。"阿贝说。

他打开盒子,取出口琴,这时候尼尔松叔叔欢呼起来。

"一个口琴,真好,我得谢谢。现在,阿贝,请你给老爸吹一首好听的曲子。"

这不是一个贵重、高质量的口琴,但是阿贝还是吹出了好听的曲子。他坐在自己的煤油灯旁边,用很准的音调吹着《此时又是圣诞节》,他对得到这个口琴是那么高兴。他还吹奏了《家,温馨的家》,这时候尼尔松叔叔激动得流出了眼泪,他

好像从来没听到过这么好听的歌曲。

马迪根和丽莎贝特怀着满意的心情回到于尼巴根。

"他们真开心。"丽莎贝特说。

"对,他们确实很开心。"马迪根说,"多漂亮的煤油灯,我希望我们将来也买一个。"

夜幕降临了。夜幕总算降临了,于尼巴根所有的蜡烛都点燃了。

"点起蜡烛,圣诞老人才能在黑暗中找到这里。"丽莎贝特说。

但是爸爸说,圣诞老人七点钟才能来,他说这是圣诞老人自己打电话来说的。

如果他现在能来,就可以和大家一起坐在厨房里吃饭。阿尔娃已经在那里摆好餐桌,于尼巴根所有的好东西都拿来了:火腿、大米粥、鳕鱼干、猪排骨、香肠、肉丸子、青鱼沙拉等。马迪根和丽莎贝特数了数,一共有20个不同的碗和盘子。她们异常兴奋,很难安静地坐下来。各种蜡烛散发的热使她们的脸颊变得红红的,她们不停地笑呀,疯得就像小牛犊,根本没有吃多少东西。

但是爸爸点上圣诞树上的蜡烛、妈妈坐在钢琴旁边的时候,她们一下子安静下来。因为现在大家该唱圣诞歌曲了,没有任何时候比现在更像圣诞节了。

大海和海滨闪着亮光，

远方的星星……

马迪根高兴得心咚咚地跳。当她唱歌的时候，圣诞的烛光显得更明亮了，她自己也显得更听话了，啊，她必须对自己过去的不当之处向丽莎贝特表示道歉，但此时此刻她想不起来到底是哪些事做得不对。

爸爸这个时候开口了："请你们赶快穿上外衣，我们随时准备迎接圣诞老人！"

于是大家一起跑了出去，妈妈、爸爸、阿尔娃、马迪根和丽莎贝特。

天已经黑了，但是地上和树上的雪是白的，于尼巴根的天空星光灿烂。

马迪根和丽莎贝特手挽着手沿着小路朝河边跑去。四周静悄悄的，这时从远方传来铃铛的轻微响声，啊，啊，那是圣诞老人来了。他坐在雪橇上，留着胡子，戴着红帽子，拉雪橇的马一直走到洗衣服的台阶下边。

"吁——"圣诞老人一边说一边停在了马迪根和丽莎贝特的跟前。她们紧张得说不出话来，连大气也不敢出，她们只是瞪着又大又圆的眼睛看着圣诞老人。她们也看着那匹相当难看

的小马,很像阿佩尔古伦的昆科。啊,世界上还真有两匹一样的黄颜色的丑马……尽管昆科头上没有那个黑斑条儿。

"这儿有没有又乖又听话的孩子?"圣诞老人问,他的声音听起来很像是阿佩尔古伦的托尔。

"这儿有没有又乖又听话的孩子?当然有,我保证,"爸爸说,"马迪根和丽莎贝特,她们是两个特别乖特别听话的小宝贝儿!"

"啊,是这样,那好那好,"圣诞老人说,随后他从雪橇上卸下一个大口袋,"那就祝你们圣诞快乐。"他说。他的声音听起来好像有点儿不好意思。

"圣诞快乐。"马迪根、丽莎贝特、爸爸、妈妈和阿尔娃一起说。

"也祝你们圣诞快乐。"圣诞老人说。随后他吆喝着自己那匹难看的马,掉过雪橇的头,沿着原路朝阿佩尔古伦的方向驶去。

他们在洗衣台的台阶上站了很久,听那辆马拉雪橇远去的铃声,然后爸爸和阿尔娃把那个大口袋抬进了于尼巴根。

平安夜那天是很长的一天,但是再长也有头。所有的蜡烛都燃尽了,大家都得到了圣诞礼品,大家都吃了果仁、苹果和太妃糖,围圣诞树跳舞跳了个够。这时候马迪根突然用手捂住

脸，撕心裂肺地哭了起来。

"啊，妈妈，现在圣诞节过完了，想想看，圣诞节已经过完了！"

可是当她躺在床上、身边放着圣诞礼物的时候，她马上又为新一天的到来而高兴，那时候她可以读作为圣诞礼物的书，试一试作为圣诞礼物的雪橇，玩那个叫做卡伊萨的穿着海军裙子的圣诞娃娃。

丽莎贝特也得到一个娃娃，是男海军，她给他起名为阿贝，她把阿贝放到床上。

"你肯定是一个听话的男孩，小阿贝。"丽莎贝特一边说一边用手抚摩他的头。她躺在床上默默地想了一会儿，然后说：

"不错，我是一家之主，可是没有什么礼物给阿贝，但是明年会有，"丽莎贝特一边说一边又抚摩着阿贝的头，"明年绝对能得到一口袋礼品，如果我有钱的话。"

井中的约瑟

　　冬天很快过去了，春天很快到来。马迪根和丽莎贝特想帮助春天来得快一点儿。阳光充足的地方，雪已经融化，但是在背阴的地方仍然有一堆一堆的积雪。马迪根和丽莎贝特非常不喜欢这些积雪，她们用铁锹把雪铲到厨房墙角收集雨水的桶里融化，这样春天就来得快了。桦树底下，到处冒出毛茸茸的蓝色银莲花的花蕾，马迪根和丽莎贝特每天跪在地上，观察它们生长的情况。爸爸在于尼巴根周围的树上钉了很多鸟窝，里边住进去很多椋鸟。马迪根和丽莎贝特每天早晨都在鸟的歌声中醒来。河水迅速上涨，淹没了洗衣台。马迪根和丽莎贝特已经无法在那里玩，她们只能在院子里玩跳房子和往木柴屋的墙壁上扔球玩。

　　但是马迪根已经没有很多时间跳房子和玩球了，她有很多作业要做，每天下午她要朗读、写字和做算术题，有时候得用整整一个小时。马迪根认为浪费在作业上的时间太长了。

她在上学之前就已经可以阅读了，所以她认为阅读是一件乐事，但不会拼写，做算术题最困难，有时候她跟阿尔娃待在厨房里做作业。这时候丽莎贝特坐在木柴箱上玩，她装作阿尔娃，坐在那里刮鱼鳞。她手持刮刀，用力刮一块木头，刮掉的树皮和木屑四处飞扬，还不停地小声抱怨鱼鳞太硬，因为她听阿尔娃有时候也这样抱怨。

丽莎贝特玩得很开心，她非常可怜马迪根，因为马迪根要没完没了地做家庭作业，做算术题肯定很难。为了提高马迪根的水平，爸爸有时候训练马迪根的口算能力。丽莎贝特也希望提高马迪根的水平，她也给马迪根编一些口算题，就像爸爸那样。

"马迪根，"丽莎贝特坐在远处的木柴箱上说，"如果有10个男孩，一个要去开刀动手术，还剩下几个男孩？"

马迪根对这种帮助一点儿也不领情，她对丽莎贝特出的题嗤之以鼻。

"闭嘴，你看不出我在做作业吗？"

但是阿尔娃笑了。她认为丽莎贝特帮助马迪根练习口算很不错，她也出了一道口算题。

"如果我在这个沙发上下17个鸡蛋，然后拿走5个……"她刚说到这儿，马迪根就大笑起来。

"哈哈，你少说了一个'放'，这样就变成你能下鸡蛋，

阿尔娃？那我们为什么还要去阿佩尔古伦去买鸡蛋呢？"

丽莎贝特也笑了，笑得咯咯响。

"哈哈，阿尔娃会下蛋，那我们就不需要到阿佩尔古伦去买鸡蛋了，我一定要告诉妈妈。"

她们跟阿尔娃开了很长时间的玩笑，请她多多地下鸡蛋，因为复活节快到了。

阿尔娃没再给马迪根出口算题。

她改成考马迪根《圣经》，马迪根在这方面知道得很多。里努丝－伊达给她讲过很多《圣经》里的故事，马迪根因为这方面的知识在学校经常受到表扬。

不过里努丝－伊达不可能把所有的故事都讲给她听。复活节前一天，马迪根哭着回到家里，一头扑进妈妈的怀里。

"妈妈，"她哭着说，"你知道他们对约瑟多残酷啊！"

过了一会儿妈妈才搞清楚，是因为《圣经》里约瑟的故事引起的，马迪根抽泣得说不出话来。想想看，约瑟的兄弟们是那么可恶，竟把自己的弟弟扔进井里，还把他当奴隶卖了，然后他们告诉他可怜的爸爸，约瑟被野兽吃掉了！

"对，不过约瑟后来不是很好嘛，"妈妈竭力安慰她，"他后来又见到了自己的爸爸，你大概知道吧？"

马迪根知道，但是不管事。整整一天她都为约瑟而伤心，直到上床睡觉她把这个故事讲给丽莎贝特听为止。

"你想一想，丽莎贝特……他们把自己的亲弟弟当奴隶卖了，多残酷！"

"什么是奴隶？"丽莎贝特问。

"奴隶，就是一个人整天只是工作、工作和工作。"马迪根说。

"那爸爸肯定是一个奴隶吧？"丽莎贝特说。

"去去去，他可不是奴隶！"

"当然是，因为他整天只是工作、工作和工作。"丽莎贝特说。

"哎呀，你什么都不知道，"马迪根说，"一个奴隶被人家拿鞭子抽。他一旦不想工作，他们就打他。"

"我可以从阿佩尔古伦借一根鞭子，轻轻抽爸爸一下，那他不就成了奴隶。"丽莎贝特说，她认为当奴隶是很好玩的。随后她就入睡了。

但是马迪根久久不能入睡，她总是想着被哥哥们卖为奴隶的约瑟。

复活节到了。于尼巴根周围的水仙花、黄水仙花和番红花竞相开放，桦树绽出了绿色的嫩芽。马迪根放复活节假，阿佩尔古伦的玛娅带来 23 个鸡蛋，因为阿尔娃执意不肯下蛋。马迪根认为，复活节和圣诞节一样有意思。吃红色、蓝色和绿色鸡蛋而不是白色鸡蛋，挺有意思的。马迪根、丽莎贝特和爸爸

一同染鸡蛋。收到复活节贺卡是很开心的。她们从外祖母和表兄弟姐妹那里收到非常美丽的贺卡,上边有毛茸茸的小鸡和美丽的复活节百合花。但是最有意思的是,当夜里大家都睡着的时候,在儿童卧室窗子下边的草丛里放杏仁蛋的复活节野兔。今年它的花样比较多。它在金莲花丛底下放了两个礼包。一个上边写着"送给马迪根",另一个上边写着"送给丽莎贝特"。两个礼包里都有一个巧克力做的小男孩,啊,确实是一个巧克力做的娃娃,马迪根和丽莎贝特从来没有看到过比这个更奇妙的礼物。

马迪根给自己的娃娃命名为耶科尔,丽莎贝特给自己的娃娃命名为斯维科尔。她们在整个复活节期间都玩耶科尔和斯维科尔,一点儿也舍不得吃。

"只要我活着,我就会保存他。"马迪根说,"我永远不会吃掉他。"

"我一定保存斯维科尔。"丽莎贝特说,"只要可能的话。"

第二天下午丽莎贝特一个人在儿童卧室待了一会儿,马迪根待在厨房里,和阿尔娃玩"饿死狐狸"的游戏。正当她们坐在那里的时候,门开了,丽莎贝特满脸粘着巧克力走了进来。

"我刚才把斯维科尔吃掉了。"她平静地说。

马迪根惊叫一声。

"你怎么会这样呢?你怎么可以把自己的孩子吃掉!"

丽莎贝特点头承认。

"啊,这是真的。跟阿佩尔古伦的那只母猪一样,它吃掉了自己的孩子,你还记得吗?9个全吃掉了!"

马迪根认为,丽莎贝特太可怕了。

"你大概不是阿佩尔古伦的母猪,你的所作所为不应该像一头小猪。"

"对,是这个道理。"丽莎贝特用阿尔娃的口头禅说,"不过已经吃了。"她一边说一边满意地点了点头,看不出有一丝一毫的后悔。

但是第二天早晨,当马迪根坐在床上玩耶科尔的时候,丽莎贝特开始后悔了。如果耶科尔也没有了,丽莎贝特不会感到特别后悔,但是耶科尔还在。

"马迪根你知道吧,"丽莎贝特虚情假意地说,"快吃掉耶科尔吧!"

马迪根摇摇头。

"永远不会!永远!"

她把耶科尔放进香烟盒做的床里。耶科尔躺在棉花上,身上盖了一块蓝色绸布,马迪根玩自己的娃娃玩得别提多开心了。丽莎贝特越来越后悔,最后她歪着脑袋乞求说:

"我能借你的耶科尔玩一会儿吗?就玩一会儿还不行?"

"不行。"马迪根说。

"那能玩几次?"丽莎贝特问。

"一次也不行,活该,"马迪根说,"因为你竟敢把斯维科尔吃掉。"

她把耶科尔放在床上,给他盖上绸被子,然后把他放进玩具柜里。

有一天马迪根放学回家,她打开玩具柜发现香烟盒的绸布底下不是耶科尔!而是一个没有头的可怜巴巴的巧克力躯体,这时候一声哭叫震动了整个于尼巴根。妈妈吓坏了,赶紧跑过

来,她以为马迪根出了什么危险的事。只见马迪根趴在床上,扯开嗓子号叫:

"丽莎贝特把耶科尔的头吃掉了!呜呜呜!"

这时候丽莎贝特正在院子里跟小狗萨苏玩。她被叫到屋里,妈妈严厉地问她:

"你把耶科尔的头吃掉了?"

丽莎贝特左看右看往前看,最后说:

"可能吧,不过我不记得了。"

这时候马迪根叫得更厉害了,妈妈批评了丽莎贝特很长时间,然后她说:

"向马迪根道歉,丽莎贝特。"

丽莎贝特一动不动地站着,不动声色。

"快。"妈妈说。

"怎么道歉?"丽莎贝特说。

"你要请马迪根原谅。"

"我绝对不。"丽莎贝特说,她固执地紧闭嘴唇,她发脾气时就是这样。

妈妈千方百计让她明白,她做错了事,丽莎贝特也很清楚这一点,但是道歉,她不愿意。马迪根认为,道歉不道歉都无所谓了,反正耶科尔的头已经没了。

马迪根又哭了一会儿,然后悲伤地把耶科尔身体的其他部

分吃掉了。丽莎贝特默默地站在旁边,因为她心里有愧。

"我能尝一点儿吗?"

"臭孩子。"马迪根说,但是她不小气。丽莎贝特吃了耶科尔一条腿,然后她们到院子里去玩。

"我们去看鸟窝吧。"马迪根建议说。

丽莎贝特同意了。鸟窝在尼尔松家的一棵苹果树上,是阿贝告诉她们的。

马迪根和丽莎贝特看了一会儿那些可爱的淡蓝色小鸟蛋,但是她们没有用手摸。

尼尔松家的苹果树旁边有一口老井,井已经枯了。马迪根揭开破烂的井盖往下看,这时候她又有了一个鬼主意。

"我知道我们应该做什么了,"她说,"我们可以玩井里的约瑟。"

丽莎贝特拍手赞成。

"我能当约瑟吗?"

马迪根想了想,实际上她自己特别想当约瑟,但是她知道丽莎贝特不可能既当奴隶贩子又当约瑟可恶的哥哥。

"好吧,你可以当。"马迪根说,然后就走到尼尔松家酿造室墙边取来一个小梯子。她把梯子放到井里,以便丽莎贝特能下去。井不是很深,所以丽莎贝特显得很勇敢、很高兴。马迪根把梯子从井里拿出来……这肯定是一个有趣的游戏!她坐

到井边,看着下边的丽莎贝特,但是她想的已经不是丽莎贝特,而是将被卖到外国去当奴隶的可怜的约瑟,啊,她多么可怜他呀!而此时此刻她自己就是约瑟可恶的哥哥们,因此她说:

"你活该,约瑟,第一个大奴隶贩子经过这里时,你就得跟着走!那时候我们就把你卖掉,罪有应得。"

丽莎贝特完全明白。

"哈哈,你们回家的时候,爸爸一定打你们。"

"你真的相信?"马迪根说,"我们会骗他说,你让野兽给吃了,你活该!"

她说话的时候声音直发颤,但是当约瑟可恶的哥哥就得这样。

这时候丽莎贝特说:

"约瑟待在这口井里的时候,什么吃的东西都得不到吗?"

"我不知道……可能。"马迪根说。

实际上马迪根开始想的主意还不错。坐在井边,给井下的约瑟扔吃的东西可能非常有意思,因此马迪根说:

"你在这儿等着,丽莎贝特,我去给你找一个三明治!"

不管丽莎贝特愿意还是不愿意,她都不得不等着,没有梯子她无论如何无法爬上去。

马迪根首先去食品储藏室,给丽莎贝特准备了一个面包夹香肠,也给自己准备了一份。然后她跑到儿童卧室,找出一支笔和一小块纸,她用大写字母在纸上写:

出售一个美丽的小奴隶

正在这个时候,她突然看见桌子上放着那个可怜的香烟盒。这使马迪根想起来,那个巧克力男孩躺在里边时是多么好

玩。但是他没有了，都是那个愚蠢的丽莎贝特干的。马迪根突然又对丽莎贝特生气了，她感到，她实际上并没有完全原谅丽莎贝特。当她回到井边的时候，气还没有消。但是丽莎贝特一点儿也不知道，她以为，来的是约瑟可恶的哥哥，她要对他们理论一番。

"你们成心让我坐在这里等着饿死，一点儿吃的都不给吗？"她说。

这句话把马迪根惹得更生气了。她现在已经不是在做游戏，她觉得丽莎贝特比阿佩尔古伦庄园里的那头母猪更贪婪。

"你坐在那里吧，直到你对吃掉耶科尔的头说对不起为止。"马迪根说。

丽莎贝特从井底看着马迪根，心里委屈极了。她现在是约瑟，他从来没有吃过那个巧克力男孩的头啊，马迪根怎么会说这类蠢话！

"我绝对不。"丽莎贝特说。

"臭孩子。"马迪根说，同时她看着手里的那张纸条……

"那我就真把你当奴隶卖了，"马迪根说，"跟他们对待约瑟一样，那时候你大概就该说对不起了，对吧？"

"不，我绝对不。"丽莎贝特一边说一边紧闭嘴唇。

马迪根被这种愚蠢的固执气疯了。

"那你就在那儿坐着吧,"她说完把面包夹香肠扔给丽莎贝特,"趁现在吃吧,因为你当奴隶以后,永远不会有什么好吃的,我敢保证!"

丽莎贝特发疯似的喊叫,但就是不请求原谅。马迪根等了一会儿,她想等丽莎贝特改变主意道歉,但是丽莎贝特很固执,真可怜,她使劲喊叫,但就是不让步。这时候马迪根把纸条穿在一根小棍上,然后插进井边的草丛里。小棍插在那里,纸条上写着可怕的话,每一个路过这里的奴隶贩子都会看到这个广告。

"好啦,自己骂自己吧。"马迪根说完就离开那里,免得听丽莎贝特疯狂的喊叫。

马迪根一边吃面包香肠一边往河边走。这时候河水已经落下去,洗衣台阶上放着她的钓鱼竿。她往鱼钩上放一小块香肠,开始坐下来钓鱼。一大群小鲈鱼在河里游来游去,但是它们不喜欢香肠,所以没有一条上钩。不过钓鱼还是很有意思的,马迪根已经完全把丽莎贝特忘了。当她突然想起丽莎贝特的时候,马上后悔起来,她的所有愤怒都消失了,她扔掉渔竿,拼命朝水井奔去,她从很远的地方就喊:

"丽莎贝特,我来啦!别生气!"

那里没有人回答,并且出奇的静,也没有愤怒和喊叫!丽莎贝特不见了!人没有了,水井空了。只有小棍上的广告

还在。

出售一个美丽的小奴隶 纸条上这样写着。但是纸条上用蓝笔还写了其他的内容：

这个奴隶我用5厄尔买走了。吃人鬼和奴隶贩子伊思多尔。

可怜的马迪根！她多么想钻到地底下，永远也不爬上来！她怎么会做出这样的事……仁慈的上帝，希望这不是真的……她把自己的妹妹当奴隶卖了！井边确实有一枚5厄尔的硬币，啊，她比约瑟的哥哥更坏，因为他们至少拿一大笔钱。5厄尔，区区这点儿钱只能买5小块太妃糖或者5块小蛋糕，但是堂堂丽莎贝特只卖了可怜的5厄尔！马迪根很懊悔……啊，她做得多么愚蠢，啊，可怜的丽莎贝特，其实她只是想吓她一下，谁能想得到，真有一个奴隶贩子来了，太糟糕了……不过这群家伙的嗅觉也太灵敏了，从很远就能知道，哪里有一个小奴隶要出售。

马迪根黯然地坐在井边，只是叹息。她眼前出现了最可怕的景象：奴隶贩子走过来，他想让丽莎贝特干活儿，丽莎贝特当然会说"我绝对不"，这时候鞭子举起来。啊，可怜的丽莎贝特！出卖她的人也可怜，可怜的马迪根！还有可怜的妈妈和

爸爸,他们一下子失去了两个女儿!啊,因为马迪根绝对不敢回家告诉家里人,她把丽莎贝特卖给了一个吃人的人和奴隶贩子,只卖了可怜的5厄尔,永远也不敢!她宁愿躲到胡尔塔原始森林里去,像罗宾汉①一样在那里过与世隔绝的生活。

那枚讨厌的5厄尔放在井边上,马迪根大叫一声把它捡起来扔到井里,然后大哭着跑出了大门。在家里人知道发生了这件可怕的事情之前,她要跑到森林里去。但是还有障碍,她有后顾之忧。天很快就要黑了,夜里她怎么敢一个人待在森林里呢!整个世界还有没有可供把自己的妹妹卖做奴隶的人容身的地方……大概可以到里努丝-伊达那里吧?里努丝-伊达很仁慈,她大概可以把马迪根藏起来,让她像一只小狗似的躺在地板上,给她点儿面包渣儿吃……不管怎么样只要不让马迪根到森林里去过与世隔绝的生活就行。啊,里努丝-伊达是她唯一的希望。

当马迪根哭着冲进里努丝-伊达的房门时,她刚刚外出回来。

"天啊,天啊,你怎么这样风风火火地来了,好像有警察在后边追你似的。"里努丝-伊达说,"出什么事啦?"

马迪根惊恐地看着她。里努丝-伊达说"警察",天啊,贩卖奴隶肯定要受惩罚,当他们知道她的所作所为,一定会来

---

① 英国民谣中劫富济贫的英雄。

抓她!

马迪根哭叫着扑过去,一头扎进里努丝-伊达的怀里。

"亲爱的……亲爱的伊达,"她哭泣着说,"我能睡在你这里的地板上吗?吃一点儿面包渣儿就行!"

"吃面包渣儿……我的天啊,为什么?"里努丝-伊达满头雾水,"我们的小宝贝,出什么事啦?于尼巴根那边有什么伤心事?"

于尼巴根有什么伤心事！马迪根撕心裂肺地哭着，啊，如果里努丝－伊达能知道就好了，于尼巴根永远也不会再出比这个更伤心的事！

"我能听一听到底是怎么回事吗？"里努丝－伊达说。

马迪根对自己贩卖奴隶羞愧得无地自容，她无法开口把事情讲给里努丝－伊达听，里努丝－伊达费了很大劲儿才从马迪根嘴里套出原委。这是一件危险、可怕的事情：马迪根永远也不能再回于尼巴根。

里努丝－伊达不安地摇了摇头。

"天啊，天啊，不管你做了什么事，你都不需要躺在地板上，吃面包渣儿。"

里努丝－伊达把她抱起来，放到自己的床上，又给她盖上毯子。

"睡一会儿吧，"里努丝－伊达说，"睡一会儿就好啦。"

她还没说完，马迪根就睡着了。贩卖奴隶的事弄得人太疲乏了。马迪根躺在那里，脸上还留着泪痕，她黑黑的眼睫毛与红色的脸颊形成鲜明的对比。

"可怜的小家伙，"里努丝－伊达小声说，"好好睡吧，趁这个时间我到于尼巴根走一趟。"

马迪根只睡了一小会儿，她一惊就醒了。刚开始她不知道自己在什么地方，但是她很快就看到了"烧酒之河"和床头上

方挂的大山喷火两幅画。这时候她知道了,也想起来这是什么地方,不过为什么她在这里,为什么还要醒来呢?里努丝-伊达哪儿去了?马迪根越想越害怕,她是不是去叫警察了?在家里窝藏罪犯要受惩罚的。里努丝-伊达确实很善良,不过她大概不会因为马迪根而愿意坐牢,不会,她肯定去叫警察了!

现在他们来抓我……马迪根听到前廊有脚步声,她听到里努丝-伊达在跟谁讲话。

"请进吧。"里努丝-伊达说。

马迪根眼中含着泪水,盯着房门……救命啊,妈妈,救命!妈妈……哎呀,她不可能再得到妈妈的帮助,也不会再得到爸爸的帮助,她把他们的丽莎贝特卖做奴隶,警察会随时把她抓走。现在他们来了……现在!

门开了,有人走过来,站在门槛上。不是什么身材魁梧的警察,而是一个小人——丽莎贝特!马迪根瞪着眼,就像在看一个幽灵。啊,丽莎贝特,这是真的吗?马迪根哭泣着伸出双手,她要摸一摸丽莎贝特,拉一拉她,证实一下她是不是真的在那儿。她想拥抱她,啊,她是多么可爱啊!

马迪根满怀思念、懊悔和怜爱之情伸出双臂,而丽莎贝特也直接扑向她张开的怀抱。但是当她俩接近时,丽莎贝特用力推了马迪根一把。

"你躲开,我也想看一看'烧酒之河'那幅画,敢情你看

过了!"

丽莎贝特一下子蹿到床上,她跪在那里看"烧酒之河"和那幅画着大山喷火的画,可是马迪根只看着丽莎贝特,不看别的,她专心看着丽莎贝特。

"你从奴隶贩子那里逃出来啦?"马迪根羞愧地问,同时内心充满佩服之情。想想看,她有一个多么勇敢的妹妹!

"哪个奴隶贩子?"丽莎贝特问,"算了,我们别再玩那个游戏了。阿贝给了我好几个糖面包圈吃,你活该,没吃着!"

马迪根愣愣地看着她。

"阿贝!是阿贝把你从井里救上来的?"

丽莎贝特聚精会神地看着"烧酒之河"那张画,马迪根说

什么,她根本没听见。

"这是我一生看到的最好的画。"她信誓旦旦地说。

"是阿贝吗?"马迪根又问了一遍。

"对,没错!他还给了我糖面包圈吃……马迪根,你知道吗?如果我掉到烧酒之河里,我肯定能用5种姿势游到岸上,因为我会5种不同的游泳姿势,这你是知道的!"

"对,我知道。"马迪根说,"你真能干,丽莎贝特,但是阿贝是一个坏蛋!"

此时于尼巴根已经是夜晚,河边的红色房子已经沉睡。太阳早已落山,深蓝色的夜幕已经降临在桦树林里,因为现在已经是春天。白色的水仙花争奇斗艳,馥馨芳香,绿色薄雾笼罩下的桦树在春寒料峭的晴空下美丽动人。四周很安静。刚才还百鸟齐鸣,而此时此刻所有的小鸟都在窝里熟睡。

当然,也不是所有的地方都寂静无声,那栋红房子里就有人在歌唱。

多美好的夜晚,
宁静而清爽。

她们唱着,如果有人站在儿童卧室的窗子外边,就可以听

见里边的歌声。确实有一个人在那里听,他是一个身体消瘦的男孩,未剪过的浅色头发在朦胧中闪亮。他躲在金莲花丛的后面静静地听,以前他来过很多次……阿贝喜欢唱歌。没有人知道他站在这儿,他很快轻手轻脚地离开,小心翼翼地,因为他怕踩到水仙花。高贵的阿贝、吃人的魔鬼和奴隶贩子,实际上是一个非常慈善的男孩。

  多美好的夜晚,
   宁静而清爽。

丽莎贝特继续唱,尽管妈妈和爸爸已经道过晚安,儿童卧室的门已经关上。但是她突然不唱了。

"马迪根,"丽莎贝特说,"我能躺到你那边去吗?"

"好,你来吧。"马迪根说。

丽莎贝特光着冰凉的小脚走过地板,来到马迪根的床上。

"我能枕在你的胳膊上吗?"

"好,你枕吧,那还用说!"

"啊,一切都是那么美好。"马迪根觉得。她很欣慰,她很欣慰丽莎贝特躺在这儿,她还是她的妹妹,还在于尼巴根,没有落入残酷的奴隶贩子的暴力之手。

马迪根用手使劲抱着丽莎贝特。

"丽莎贝特,你永远也别再离开我!"

"好,我哪儿也不去了,"丽莎贝特保证说,"最重要的是,你和我必须总是在一起。"

春天的夜空越来越黑。儿童卧室里的各个墙角也黑了下来,但是马迪根认为,此时的黑很友善。这是她们友善的黑,是她和丽莎贝特的黑,这种黑显得很美。

"马迪根,"丽莎贝特一边说一边把冰冷的小脚伸到马迪根的腿底下,"请你讲一点儿幽灵、杀手和战争的故事吧!"

第二部

马迪根和于尼巴根的小不点

疯丫头马迪根
Fengyatoumadigen

马迪根内心充满激情

马迪根那天早晨醒来马上就知道,今天不同寻常。今天是特殊、有趣和不多见的一天。即沃尔帕吉斯春之节①,晚上要在庆祝地点燃五朔节篝火。除此之外,马迪根还要买新的凉鞋,也不用去上学,马迪根认为这一天在日历上应该用红色字母。

椋鸟在窗外那棵桦树上唧唧喳喳叫个不停,丽莎贝特坐在壁炉旁边的角落里,往一块木柴里揳钉子,爸爸在浴室里高兴地吹着口哨,小狗萨苏用爪子挠门想进来,阿尔娃在楼下的厨房里磨咖啡,从老远就能听到。真奇怪,在这样一栋房子里还能不被吵醒吗?另外,除了马迪根,谁还有心思睡觉!马迪根想躺在床上,享一享福,跟尼尔松叔叔一样。

"我内心充满激情。"尼尔松叔叔经常这样说,这是他高

---

① 即4月30日。这个节日在英国、德国和瑞典有不同的含义,在瑞典有迎接春天的意思。

兴的时候。他不高兴的时候,就没有这种感觉了。

"我也是这样。"马迪根想。但此时此刻她内心充满激情,甚至哗哗直响,她一下子从床上跳起来。

"你真不聪明,马迪根,"丽莎贝特说,"你就知道睡呀,睡呀,连我揳钉子都不怕。如果来了一个……你大概也听不见。"

丽莎贝特想了一会儿,她应该说来了一个什么。

"如果来了一个吃人的妖怪。"她想好了以后说。

在整个于尼巴根丽莎贝特醒得最早,但是马迪根需要睡觉,因为只有这么一回她不用早起上学,妈妈也这么说。而妈妈并没有说,丽莎贝特不能往木柴里揳钉子,所以她就揳起钉子。

马迪根给小狗萨苏开了门。它像急速滚动的小线团一样跑进来,想跟她们玩。丽莎贝特扔下锤子,立即跟萨苏在地板上滚了起来。看样子萨苏每一天都过得快快乐乐。

"一个吃人妖怪来的时候,你可能听不见,"马迪根给只有5岁、知道的事情还不是很多的丽莎贝特解释,"它在原始森林里静静地、静静地、静静地走来,接近正走在那里的一个传教士。嘎吱一声,妖怪就用牙齿咬住了传教士,而传教士在此之前一点儿声音也没听见。"

丽莎贝特吓得颤抖起来。真可怕,怎么可以这样对待一位

林格伦作品选集
LINGELUN ZUOPINXUANJI

疯丫头马迪根 *Fengyatoumadigen*

可怜的传教士,他什么坏事也没做呀。

"那个妖怪永远也不能升入天堂。"丽莎贝特说。

"对,你用不着担心,他永远也升不了天堂。"马迪根肯定地说。

丽莎贝特满意地点了点头,但是她又想了一下。

"不对,那个坏蛋还是可以。"她最后说。

"可以什么?"马迪根问。

"进天堂,是这样:因为它肚子里有传教士,而传教士一定能进天堂,你明白了吧?"

马迪根也这么想,她们一致认为,让吃人妖怪这样进天堂太不公正了。

"等着瞧吧,上帝会搞清楚它们的所作所为。"马迪根用威胁的口气说。

"活该,它必须得滚蛋。"丽莎贝特说,然后她们就不再关心妖怪的事了。在一个这样的日子里,她们有很多其他的事情要考虑。

当马迪根和丽莎贝特跑进厨房时,爸爸的早饭快吃完了。

"妈妈在哪儿?"马迪根问,这是她每天要问的第一件事。

"在床上。"爸爸说。

"她头痛吗?"马迪根不安地问。

妈妈今天绝对不能头痛,要是头痛的话对马迪根来说就全

完了。因为妈妈要带她去买皮凉鞋,所以妈妈今天确实不应该头痛。

"没有,"爸爸说,"她只是躺在床上耍赖。"

马迪根松了一口气,妈妈有时候闹点儿小脾气,但很快就会过去。

阿尔娃站在远处的炉灶旁边用勺子搅粥,这时候她用责备的目光看着爸爸。

"哎哟,编辑先生应该知道,有的时候早晨就是打不起精神。"

爸爸赞成她的观点。不过他不希望妈妈情绪不好,当女儿们吃完粥以后,他把她们领到卧室,但是他们在门前站住了。

"先等一等。"爸爸说,这时候他唱起了歌,每次妈妈闹情绪的时候他都这样:

为什么生气撅大嘴?
我做了什么把你得罪?

妈妈躺在床上,脸色苍白,目光忧伤。当他们走进来时,她把被子拉到头上,她没有力气看他们。马迪根真想冲过去拥抱她,但是她不知道妈妈受得了受不了。

"啊,我刚才说了……"

为什么生气撅大嘴？

我做了什么把你得罪？

爸爸温柔而愉快地唱。

这时候妈妈拉开被子笑了。

"对，一点儿不假，你做了什么，你心里最明白。我没有生气撅大嘴，不过我有反应，不舒服！"

"多可怜，小宝贝儿，"爸爸说，"是这么回事，好可怜，不过你用不着躺在这里折磨自己。"

"谢谢，谢谢你的好意。"妈妈说，这时候妈妈忧伤的目光消失了。马迪根的不安也消失了——直到她想起买凉鞋的事。想想看，如果妈妈身体不好，不能带她去买凉鞋怎么办？

她猜对了，妈妈今天不想去商店。

"阿尔娃带你去。"妈妈说，"她去市场买东西时，你可以跟着。"

"我也想去市场。"丽莎贝特说。

妈妈疲惫地挥着手。

"好，去吧去吧！"

她巴不得她们几个一起离开她。

"而我，"爸爸说，"我要去报社，为所有的人去争取自

由、真理和公正,还要为自己挣碗饭吃。"①

马迪根和丽莎贝特送他到大门口。她们目送着他。

他快步向前走着,摆动着自己的文明棍,消失在街角之前,他摘下帽子,向她们挥动。

今年春天来得特别早。于尼巴根花圃里的水仙花和郁金香已经开放,她们家那栋红色房子周围的桦树已经绽出娇嫩的绿叶。马迪根深深地吸了一口气——她想,丽莎贝特是不是也认为春天是最好的季节。

"当然,那还用说。"丽莎贝特说。但是当她看见小猫古山躺在厨房外边的台阶上晒太阳时,丽莎贝特想亲它一下,而古山想逃掉。丽莎贝特一把抓住它,然后坐下来,把它放在膝盖上。古山知道,再挣扎也没用,这时候它安静下来,开始打呼噜。

"我得问阿贝一件事。"马迪根说,转眼间她就跳过围栏,走进尼尔松家。

尼尔松叔叔正坐在那棵大苹果树底下的压压板上,在那里养神、抽烟。他经常坐着养神。他说不能为老婆、孩子整天拼命地干活儿,不能从早忙到晚,该休息就得抽空儿休息,马迪根看到的正是这种情形。

"看啊,于尼巴根的小马迪根来了,"当尼尔松叔叔看见

---

① 这位编辑的话代表着当时瑞典社会民主党人的社会理想。

她的时候,高声叫着,"这么早光临敝舍,不知有何赐教?"

马迪根一直不习惯尼尔松叔叔这种怪里怪气的说法,她不知道怎么回答。他还给人起了很怪的名字。遇到高兴的时候,他叫马迪根为"于尼巴根引以为自豪的少女",阿尔娃为"于尼巴根的天使",丽莎贝特为"于尼巴根的小不点儿",为什么,没有人知道。他称妈妈为"于尼巴根的贵夫人",爸爸为"社会主义先生"。他给尼尔松阿姨起了很多名字。他高兴的时候,就叫她"心灵的抚慰"和"百合花";生气和忧郁的时候,就叫她"梦魇";当他认为尼尔松阿姨把所有的事都弄混了,也不像他自己那样见多识广时,就叫她"糊涂虫"。当尼尔松说到"小甜牛犊"时,他是指阿贝,平时他只叫他"我的儿子"。他这样说的时候,就是有什么好事。

"阿贝在家吗?"马迪根问。

"我的儿子肯定在家。"尼尔松叔叔说,"从早晨5点钟起,他就在拼命烤面包圈,他的母亲站在广场上热卖。我一个人在这儿养神休息,有客人来访我备觉亲切。"

马迪根不是为尼尔松叔叔而来,她想到厨房去找阿贝,但是他的爸爸不肯轻易放她走。

"你看到了吗,小马迪根,你看到我美丽的花了吗?"他一边说,一边用夹着香烟的手指了指从草丛中长起来的两棵幼小的郁金香,"我的上帝,当春天来的时候,我要好好地享受

生活。"

"我也是。"马迪根说,不过现在她一定要去找阿贝,让尼尔松叔叔坐在压压板上,爱怎么享受生活就怎么享受去吧。

马迪根走进去时,阿贝像往常一样,站在烤炉旁边。他看不出马迪根是高兴还是不高兴,至少从表情上看不出来。

"你还不错吧。"他简单地说。阿贝15岁,可能不特别留神小女孩。他和马迪根确实是好朋友。马迪根已经决定,非阿贝不嫁,但这是一厢情愿。如果他不要她,有可能她就一辈子不结婚了。

"你爸爸在外边养神呢。"马迪根说。因为她一定得找点儿话说。

阿贝笑了。

"我能想得到。昨天他躺在沙发上养了一整天的神,我母亲到木柴屋来回来去取烤面包的木柴。他很可怜她,可怜的人!好啦,他的心肠很不错,我的父亲!"

阿贝请马迪根吃面包圈。真是好吃极了,整座城里的夫人们大概都喜欢尼尔松家的面包圈。她们费了很大的力气,想搞清楚尼尔松家制作的面包圈为什么那么好吃。不过配方是阿贝的祖母的外祖母几百年前发明的,阿贝保证说,这座城里的任何一位尊贵的夫人都不可能想出来或者打听到这种配方。

"但是当我病入膏肓时,我会告诉你,马迪根——不过这

要看你的表现了。"他补充说。

啊,可别盼着这件事!马迪根眼前马上浮现出:阿贝躺在那里,脸色苍白得像床单,马上就要死了。恰巧这时候他说话了,"把10个鸡蛋进行搅拌",他小声说,但是随后咽下了最后一口气——扑哧——再也没有阿贝了!

马迪根哽咽着,用轻轻颤抖的声音说:

"你不可能死,阿贝!另外有一件事,你今天晚上去看五朔节篝火吗?"

"我确实不能去,"阿贝说,"我可能要参加更高雅的宴会,现在还不知道。好,好,我看看情况再说吧。"

马迪根希望他最好去。她希望阿贝在篝火晚会上能看到她,那时候她要穿上新凉鞋,戴上绿色的绸帽,还要穿上红色的上衣。阿贝肯定认为她是一个十足的美人。马迪根还认为,所有参加五朔节篝火晚会的人都会有同感。每个人都长着眼睛,起码都会看到她穿了新皮凉鞋。

但是她还没有买新皮凉鞋,现在她必须回家去催阿尔娃,以便尽快上路。

跟阿尔娃进城真开心。马迪根和丽莎贝特分别走在两边,阿尔娃手上挎着一个大篮子,步履平稳。这次有很多东西要买,但是马迪根劝她先买皮凉鞋,其他东西不那么重要。

今天城里很热闹,因为是集日,是四月的最后一天。所有

上学的孩子都放假,明天就是五朔节。马迪根在人群里看到好几个班里的同学。

"真不错,我们放两天假。"她满意地说。

"好,学校大概担心你们太有学问。"阿尔娃说。但是随后她突然脸红了。因为那位烟囱工从对面走来。他向阿尔娃频送秋波,笑的时候露出满口的白牙。马迪根认为他还是知趣一点儿好,因为他已经结婚,并且有了五个孩子。但是阿尔娃说,烟囱工堡里是全城最漂亮的男人,他喜欢所有的姑娘。

马迪根这时候才明白,他为什么长时间盯着阿尔娃看。很多男人也看阿尔娃。她长得是那么甜。其实尼尔松叔叔已经把真相告诉过马迪根。大家之所以喜欢阿尔娃,因为她体态匀称,不胖不瘦,且开朗乐观——当然她生气时例外。

"于尼巴根的天使发怒时,最好躲得远一点儿。"尼尔松叔叔说。马迪根和丽莎贝特不十分清楚,究竟谁甜美,是妈妈还是阿尔娃。但是有时候晚上丽莎贝特爬到阿尔娃的膝盖上,并且把头伸到阿尔娃的胸脯上,又柔软又舒服,这时候她会满意地说:

"真棒,你那里多丰满啊!"

今天阿尔娃身着花格布连衣裙,甜美而丰满。当她们走进鞋店的时候,立即就有一位正在试鞋的绅士问阿尔娃,晚上去不去参加篝火晚会。阿尔娃理也不理他。她只是想买一双皮凉

鞋,别的没兴趣。

马迪根从来没有见过这么漂亮的皮凉鞋。当她把鞋盒抱在怀里时,真像抱着一件天赐的礼物。但是丽莎贝特说:

"你真不聪明,马迪根,这里有那么多漂亮的亮皮鞋不买,偏偏买皮凉鞋。"

丽莎贝特也站在那里试鞋,只不过别人没发现。她的一只脚上穿着带高跟的黑亮皮鞋,另一只脚上穿着一只棕色男鞋。她心里很明白,她不可以这样做,从她的表情就可以看出来,因为她露出了天使般的微笑。她也知道,这种表情能使她不受批评。但是马迪根不吃这一套。

"你不可以这样做。"她严厉地说。当她们走到广场上时,她对丽莎贝特说:"其实不应该把你带到商店里来。"

阿尔娃也这么认为。

在广场中心,她们遇到了里努丝-伊达。她在那里招揽洗衣服之类的活儿,她也经常去于尼巴根洗衣服。不过今天她像学校里的孩子一样放假。马迪根情不自禁地讲起了自己异常好看的新皮凉鞋。

"皮凉鞋,时髦货!天啊,天啊,我小的时候,哪里有这类好东西,不过我们也像牛一样健康、强壮!"

尼尔松阿姨从远处的广场摊位上向马迪根招手,马迪根走了过去。

"你看见尼尔松叔叔了吗?"尼尔松阿姨问。

"看见了,他坐在压压板上养神呢。"马迪根说。

尼尔松阿姨摇了摇头。

"除了养神、胡思乱想哲学问题,别的事不想做。他没喝酒吧?"

"没有,我想他没有喝。"马迪根说得有点儿含糊。

"我不信。"尼尔松阿姨说。

不过这时候有人来买面包圈,尼尔松叔叔是否喝酒的事没有再往下说。

此外,阿尔娃正在糖果摊上买花棍糖,马迪根赶紧跑过去。马迪根嘴里嘚着糖,紧跟着阿尔娃走进诺尔斯特罗姆的鱼店,阿尔娃要在那里买三文鱼,五朔节的时候,于尼巴根的人要吃凉三文鱼加蛋黄酱。看来城里有很多人吃这种菜。她们买的时候,诺尔斯特罗姆只剩下一小块。不过这块鱼还不错,价钱10克朗。

"谢谢,我要这块。"阿尔娃一边说一边递过去10克朗。

正在这时候,商店的门又开了,市长夫人走了进来,她是这座城市里最尊贵的夫人。她一眼就明白了,这是今天最后一块三文鱼。她高声喊叫起来:

"哎呀,我想要那块三文鱼!明天我家里有客人!"

诺尔斯特罗姆先生肯定理解,她比别人更需要那块三文

鱼,不错,诺尔斯特罗姆先生是很理解,但是阿尔娃不理解。

"不行,谢谢。"阿尔娃说。

市长夫人很不高兴。她说,她早就预定了那块鱼,不过诺尔斯特罗姆先生似乎忘记了。当阿尔娃仍然不肯让步的时候,市长夫人气得脸都红了。

"亲爱的,你知道我是谁吗?我是达林市长夫人。"

"这我知道,"阿尔娃客气地说,"不过市长夫人知道我是谁吗?"

"不知道,确实不知道。"市长夫人肯定地说。

"啊,我就是要买这块三文鱼的那个人。"阿尔娃说,并把鱼从容地放进篮子。

然后她把马迪根和丽莎贝特推出商店的大门。当丽莎贝特经过市长夫人身边的时候,趁机把心里想说的话对她说了出来。

"你真是太愚蠢了!"

因为丽莎贝特想帮阿尔娃一下。但是阿尔娃一点儿也不喜欢她说这类话。

"她会告诉你妈妈的,"阿尔娃一边说一边在大门外停住脚步,"你最好立即向她道个歉。"

"我绝对不会。"丽莎贝特说,并撅起了大嘴。阿尔娃抚摩着她的脸颊,想使她软下来。

"哎呀，丽莎贝特！你可不能说她愚蠢，尽管她确实愚蠢。快去跟她说，你对刚才的事很难过。"

丽莎贝特把嘴撅得更高了。这时候市长夫人一阵风似的走了过来，看得出来，她的气仍然未消。她气愤地看着站在那里、手里提着装着三文鱼篮子的阿尔娃。

阿尔娃小心地推了一下丽莎贝特。

"快，丽莎贝特！"

但是丽莎贝特像刚才一样撅着嘴。直到市长夫人走过了差不多半个广场，她才用刺耳的声音喊：

"我对你的愚蠢感到很难过！"

总算到了晚上，五朔节的篝火很快就会点燃起来。那皮凉鞋呢？不行，不能穿！妈妈不同意穿，真让人意想不到！

"我的乖马迪根，你要是想第一天就把皮凉鞋毁了的话，最好的办法就是把鞋穿到五朔节篝火现场去，在那里转一转就行了。"

马迪根发誓说，她一定会加小心。她已经想好了怎么样加小心，什么样的凉鞋也不会弄坏。

但是怎么说都无济于事，妈妈知道高坡上的篝火晚会情况。"你就穿旧鞋去吧，我们不再谈这件事。"妈妈说。

马迪根站在那里，她多么想穿得漂漂亮亮，让全城的人都吃惊啊。要说服妈妈的时间已经没有了，妈妈要和爸爸一起去

宾馆花园凉亭，与几位朋友去吃饭，他们必须马上起身。

"再见，小宝贝们，"妈妈说，"祝你们在五朔节篝火晚会上开心！"

啊，她说得多好听！马迪根又气又恼。她认为晚上的气氛被破坏了，她气愤地问丽莎贝特：

"如果老是不穿，那买凉鞋有什么用，你能告诉我吗？"

"啊，当然。"丽莎贝特说。她认为，马迪根应该及时向上帝祈祷，请他告诉妈妈，应该让马迪根穿新买的皮凉鞋，不过现在已经为时过晚。

"当妈妈已经坐在凉亭里的时候，上帝不宜进去吵这种事！"

马迪根气得鼓鼓的。

"对，另外我跟你说，即使我愿意、上帝愿意，妈妈也不会同意，所以我只得穿那双破鞋去参加五朔节篝火晚会。"

后来她想了一下，想好了以后，她开口说：

"不过我不会穿旧鞋去！"

当丽莎贝特明白了，尽管妈妈不同意，马迪根还是要穿新皮凉鞋的时候，她幸灾乐祸起来，笑得咯咯直响。

"你真不聪明，马迪根！你永远也不会聪明！"

但是马迪根并不担心，妈妈不会知道真相。当她回到家里时，马迪根早躺在床上睡觉了，凉鞋放在床边的地板上，干

净、漂亮，跟新买的时候一样。穿一穿有什么了不起？

阿尔娃陪着两个姑娘去看篝火，她并不知道妈妈做了不让马迪根穿新鞋的决定。当她们走出大门的时候，马迪根跟自己预想的一样漂亮：绿色绸帽、红色上衣、新皮凉鞋，是一位名副其实的于尼巴根引以为自豪的少女，她一定会倾城倾国！

当她们来到点燃篝火的现场时，那里站满了黑压压的人群，马迪根第一个看见的是阿贝。很明显，他并没有被邀请参加什么更高级的宴会，不过这反而不错。因为他身上穿的那件过长的外套，是不适合参加宴会的。他穿这件衣服的唯一好处是，人们看不见他裤子上的补丁。但是不管他穿得怎么样，在马迪根的眼里他都是十足的漂亮，浅蓝色的眼睛、鸭舌帽下黄色的头发，都很好看。他一个人站在那边，马迪根朝他跑了过去。

"你还不错吧。"阿贝说。

马迪根煞费苦心地等待着，等待阿贝发现她穿的新皮凉鞋，可是不管她怎么样摆弄双腿也无济于事。

"你身上有跳蚤吗？"他只是这么说。

其他人似乎也没有注意到马迪根身上穿了什么特殊的东西。这时候篝火点燃了。木柴噼里啪啦燃烧起来，火焰越来越高地冲向春天的夜空，人们欢呼、跳跃，男声合唱队唱起了歌："啊，五月的太阳笑得多么——多么——美！"

这是马迪根喜欢的歌!其中有一句特别使她内心震撼。"篝火、歌声和春天的晚霞,啊,这一切是多么美好,多么惬意而又多么悲伤",马迪根整个身心处于矛盾之中,她不知道是什么东西造成的。这是一种不可名状的东西,啊,这当然是她对生活的感受,但是还有其他的东西,现在她知道了:后悔!皮凉鞋,啊,皮凉鞋无所谓,生活本身是那么伟大、奇特和美好,但是她非常后悔,真想大哭一场。她怎么能违背妈妈的意志,啊,明天她一定要请求妈妈原谅!不过她不想把这件事一直拖到明天。她想立即忏悔,这事可以向阿尔娃忏悔。需要的时候,阿尔娃总是能安慰她。

但是阿尔娃和丽莎贝特站在那边跟烟囱工聊天。马迪根转了一圈,等阿尔娃把话说完。她尽量走在干净的地方,但到处都是污泥,像平时一样,这回妈妈又说对了。马迪根不安地看着自己的皮凉鞋,正好这时候米娅来了。她是马迪根的同班同学,头发上长了很多虱子。

总算有人看见她的装束了。米娅把马迪根从头到脚打量了一番,然后轻蔑地笑了。

"皮凉鞋,一点儿不假!就像粥里的耗子屎!"

米娅身后站着自己的小妹妹马蒂丝,她可不想示弱。

"皮凉鞋,一点儿也不假⋯⋯"她开口说,但是马迪根没有让她把话说完。因为她想说一句最让米娅大发雷霆的话。

"大鼻涕妞儿,皮凉鞋碍你什么事吗?"马迪根开了一个小小的头。

米娅没有回答,她只是可怕地冷笑了一下。

"还有这个绸帽子,"她说,"你以为你能戴着它回家,我看免了吧!"

她朝马迪根的帽子抓了一把,帽子滑到马迪根的鼻子上。马迪根岂肯善罢甘休,她开始回击。米娅前胸被推了一把,她朝后倒下,正好坐在小水坑里。这时候她抱住马迪根的腿,用

力一拉，马迪根也倒了，两个人坐在那里，怒目相视。这时候米娅使出了损招儿，她用自己快捷的双手抓住马迪根的左脚，把皮凉鞋扒了下来。马迪根还没来得及阻止，鞋已经被甩出去了。那只皮凉鞋飞了个抛物线，落到远方的人群里。

马迪根气得叫起来。

"我非得打死你不可。"她发誓说。但是她还没来得及动手，米娅早已经站起来，箭一般跑了，后边紧跟着马蒂丝。因为此时她已经害怕了，不想跟马迪根多纠缠。

马迪根从地上爬起来，气得脸色煞白。她怎么去找那只凉鞋呢，找不到它怎么回家呢？如果明天早晨，就一只可怜而脏兮兮的凉鞋放在床边，妈妈会说什么呢？

马迪根哭着，用一只脚蹦着去找阿尔娃。

"我从来没听说过这种怪事。"当阿尔娃听完妈妈不准马迪根穿皮凉鞋的事和米娅的损招儿以后说。

现在无论如何得去找那只鞋，阿尔娃和丽莎贝特去找。没办法，马迪根只能袖手旁观。

"你站在这儿别动。"阿尔娃说。

"一条腿站着。"丽莎贝特一边说一边笑出声来。

她们去找鞋的时候，马迪根一个人站在春季的晚霞里哭。篝火还在燃烧，歌声还在飞扬，明亮的小星星还在天上往下看，这是一个美丽的春天夜晚。但是马迪根没感受到地球上

还有什么美丽的东西,她用一条腿站着,不停地哭。

而阿尔娃和丽莎贝特四处寻找、打听,还是没有人看见那只凉鞋。最后阿尔娃只得放弃。

"只能一条腿跳着回家啦!"她说,"你尽量扶着我走,背你我可背不动。"

可怜的马迪根,怎么走回家呢!一个湿漉漉、脏兮兮、流着鼻涕和眼泪、由阿尔娃搀着往前跳着的马迪根,还是那位于尼巴根引以为自豪的少女吗!用一条腿跳着走,回于尼巴根的路就显得太长了。马迪根跳了一会儿就受不了啦,她改用平常的方法走,但是左脚不听使唤。因为路高低不平,天气又寒冷潮湿。这时候马迪根又用一条腿跳了起来,一边跳,一边哭。阿尔娃很可怜她,丽莎贝特也很可怜她,但是她忍不住,不时咯咯地笑出声来。马迪根伤心的时候,她本来不应该笑。

在她们身后的不远处,阿贝一边走一边吹着快乐的小曲,马迪根没有因此快乐起来。

当她们走到离家差不多还有一半路的时候,阿贝突然叫起来:

"喂,马迪根,有一件事我想了好半天了,你为什么总是用一条腿跳着往前走?"

马迪根没有回答,她只是哭。但是丽莎贝特替她回答:

"因为她只有一只凉鞋,你想一想,她能不这么走吗?"

马迪根装作没看见。但是现在她再也走不动了，她灰心了。她双手搂住阿尔娃，为这个不幸的夜晚和自己倒霉的皮凉鞋大声哭泣。

阿贝立即走了过来。他穿着那件大外套，站在马路中间，歪着头，用同情的目光看着马迪根。他说：

"当我站在篝火旁边的时候，一只凉鞋砸在我头上。你大概可以穿上它吧？"

即使有一枚炸弹落下来，阿尔娃也不会比听到这句话更吃惊。她瞪大眼睛看着阿贝和他手里拿的马迪根的那只鞋，她夺过鞋，一把抓住阿贝的领子。

"你这个坏蛋，你自始至终拿着这只鞋，就是不肯说一声，是不是？"

阿贝使劲挣脱开。

"我怎么会知道，掉在我头上的破烂垃圾是属于马迪根的？如果是她的，她起码也应该说一下。"

"你这个坏蛋。"阿尔娃又说了一遍。

那一夜马迪根睡得特别好。白天很长，这一天过得既美好又悲伤，"生活有时候就是这样。"马迪根在入睡前这么想。

第二天她很早就醒了，因为丽莎贝特又坐在壁炉旁边往一块木柴上揳钉子。这时候谁也不能再睡了。

马迪根赶忙从床边俯下身去，看放在地上的两只皮凉鞋，

阿尔娃真好，她说到做到。她已经刷干净她的皮凉鞋，并且上了油，看起来跟新的一样。只是皮子稍微暗了一点儿，不过看不出来。

妈妈没有发现。她走进来，把热巧克力送到女儿们的床上，因为今天是五月一日。这时候她看见了皮凉鞋。

"你今天可以穿新皮凉鞋了，"妈妈说，"爸爸去参加'五一'游行，我们去看他。你昨天晚上不穿对了吧，是不是？"

"我昨天晚上穿了。"马迪根说，她的眼泪差一点儿就流出来。这时候妈妈知道了真相。马迪根的行动多么可怕。最严重的不是她穿了新皮凉鞋，而是她偷偷地做什么事情不让妈妈知道。

"不过有一只鞋她保护得非常好，"丽莎贝特说，"因为她用一条腿跳着回家的，没错吧，马迪根？"

这件事妈妈也知道了。

妈妈坐在那里没说话，但是看她的表情好像也要笑起来。

"不错，我确实有两个表现很好的女儿。"她最后说。

"我不算，"丽莎贝特说，"我可没有穿什么皮凉鞋。"

"对，你没有穿。不过我可以转达市长夫人对你的问候，我昨天晚上在宾馆凉亭里碰到了她。"

"是吗？"丽莎贝特说，"她很愚蠢！"

妈妈半天没说话。

"不管怎么说,你还是很喜欢我们吧?"马迪根担心地说。

"她当然喜欢我们。"丽莎贝特说。妈妈表示赞同。

"我当然喜欢你们!小笨蛋,不管你们怎么淘气,都不能改变这个事实。永远,永远不会变!"

丽莎贝特笑了,笑得跟天使一样。

"我心里很明白。"她一边说一边又用锤子揳了一下木柴。

贫穷无奈，什么意思？

爸爸曾经跟马迪根讲过钱的问题：有钱和没钱。有的人很穷，穷得无法给自己的孩子买饭吃。"有很多人是这种情况。"爸爸说，他们当中的一部分人往报社给他写信，请求帮助。

马迪根有时候放学以后到报社去看爸爸，他坐在办公室里，桌子上放满稿件、糨糊瓶、笔和剪子。有一次她偶尔读了放在桌上的一封有这样内容的信，多么可怜的一封信！信里边写的都是贫穷和忧伤，信的结尾是这样写的：

"我怀着对贫穷无奈的忧伤和不安写了这封信。"

马迪根没有全懂，但是她觉得听起来让人伤心。

"贫穷无奈，什么意思？"她问爸爸。爸爸解释说，如果一个人特别贫穷，那么他就走投无路，什么事情也做不成。如果发生一些事情，比如疾病或者生活中其他的困难，他就束手无策。

马迪根对贫穷伤心了很长时间，后来也经常想这个事。

但是马迪根认为,阿尔娃一点儿也不像贫穷无奈。此外,她还找到了可能发一笔横财的办法。她买了彩票,哎呀,马迪根也买了,因为她也想发一笔横财。彩票由阿尔娃统一管理,这是个秘密,除了马迪根和阿尔娃,其他人谁也不知道。马迪根生日的时候,外祖母给了她2克朗。外祖母说,马迪根拿这个钱愿意买什么就买什么,看来买什么也不如买彩票好。因为一旦中彩,就会赢很多钱,这是阿尔娃说的。马迪根真不敢相信,竟有这样的事。

"真的吗?"她问,"你敢说'骗你是小狗'吗?"

马迪根认为在问别人某件事情是否真实的时候,才可以这么说。她知道,平时可不能这么说。

但是阿尔娃不敢绝对保证能赢钱。

"如果没中,你可不能怨我,"阿尔娃说,"是你自己愿意。"

马迪根和阿尔娃晚上过得很愉快,她们坐在厨房里,想着赢了钱将来怎么花。

"如果我中了最高奖,"阿尔娃说,"第二天早晨你就6点叫醒我,别忘了。你要这样说,快起床,阿尔娃,快把炉子生起来!"

"为什么?"马迪根不明白。

"是这样,因为这时候我就会说,待着你的吧,我才不去

生火呢,然后我翻个身,又睡着了。"

这时候马迪根害怕了。如果阿尔娃中了最高奖,变得很有钱了,她可能就不愿意待在于尼巴根了。这可能是最糟糕的事。马迪根不安地问是不是这样,但是阿尔娃笑起来。

"小宝贝儿,我永远不会放下你和丽莎贝特不管的!"

有一天马迪根到隆纳特尼尔松家,想看一看阿贝在干什么。她曾经生过阿贝的气,他无端地让她用一条腿跳着往前走,但是阿贝辩解说:

"如果你自己能看到当时你的样子,你就会知道有多么好玩。"

对阿贝生一会儿气就过去了,不能老是没完没了。

但是这天生气的是尼尔松叔叔。马迪根刚一走近站在厨房里的阿贝身边,就发现那里在吵架,像往常一样,吵的还是钱的问题。

"如果我们不能还钱,我们只得跟这个柜子说再见了,这你是知道的。"尼尔松阿姨说。

这时候尼尔松叔叔用拳头捶打桌子,并喊叫着:

"好,好,好,我已经听见了。你以为我是聋子。"

马迪根慢慢听明白了事情的原委。

"借人家的钱到期该还了。"阿贝说,马迪根这时候明白

了。事情是这样的：很久以前，当尼尔松叔叔买隆纳特这座院子的时候，借了工场主林德的钱，每一年还林德200克朗。

"但是我父亲这个人你是知道的。"阿贝说。

林德已经有话在先，他今天晚上来取那200克朗，如果他拿不到钱，"就拿东西顶"，马迪根过去从来没听说过这么可怕的事，这意味着，如果尼尔松叔叔拿不出200克朗，林德就要拿走他们的柜子，他怎么能不生气呢！因为那柜子是他的心爱之物，是家里唯一像样的家具，是阿贝祖母的外祖母连同面包圈的配方一块儿传下来的。

"赖你自己，"尼尔松阿姨说，"如果你不是把每一个厄尔都在'特意来'和狐朋狗友喝酒花掉，我们也不会穷到这个地步。"

"特意来"，是尼尔松叔叔经常光顾那里喝酒的一家小酒馆，马迪根从里努丝-伊达那里听说过。

不过尼尔松阿姨不应该这么说。因为尼尔松叔叔已经很生气了，听了这些话会火上浇油。

"我为什么要跟这么一个梦魔结婚呢？"他一边说一边用手打额头。

尼尔松阿姨坐在厨房的沙发上读报纸，他看着她，好像她是一条蛇。

"在你跑来嫁给我之前，真的没有一个坏蛋想要你吗？"

他问。

"有,有一个。"尼尔松阿姨平静地说。

尼尔松叔叔气得直发抖。

"那你为什么不跟他结婚呢?"

这时候尼尔松阿姨笑了。

"结了,我就是和他结婚了!"

她的意思,那个坏蛋就是尼尔松叔叔自己,尼尔松叔叔不愿意听。

"在我的家里,谁也不允许叫我坏蛋。"他吼叫着。

他穿上上衣,戴上帽子,他要外出。马迪根认为,他出去好,因为马迪根害怕听别人吵架。

"你要上哪儿?"尼尔松阿姨问,想一想她多么勇敢!尼尔松叔叔严厉地看着她。

"我已经说过多少遍了,一个聪明的女人不应该问自己的丈夫这类事!"

"是不应该,"尼尔松阿姨说,"不过你总可以代我问候一下你在特意来酒馆里的狐朋狗友吧!"

如果不是阿贝平静地站在旁边揉面团,马迪根真要吓坏了。阿贝不在意尼尔松叔叔是不是生气了。但是现在他已经揉好了面团,他也想说点儿什么。

"爸爸你听我说,一个聪明的男人,能随便和自己的夫人

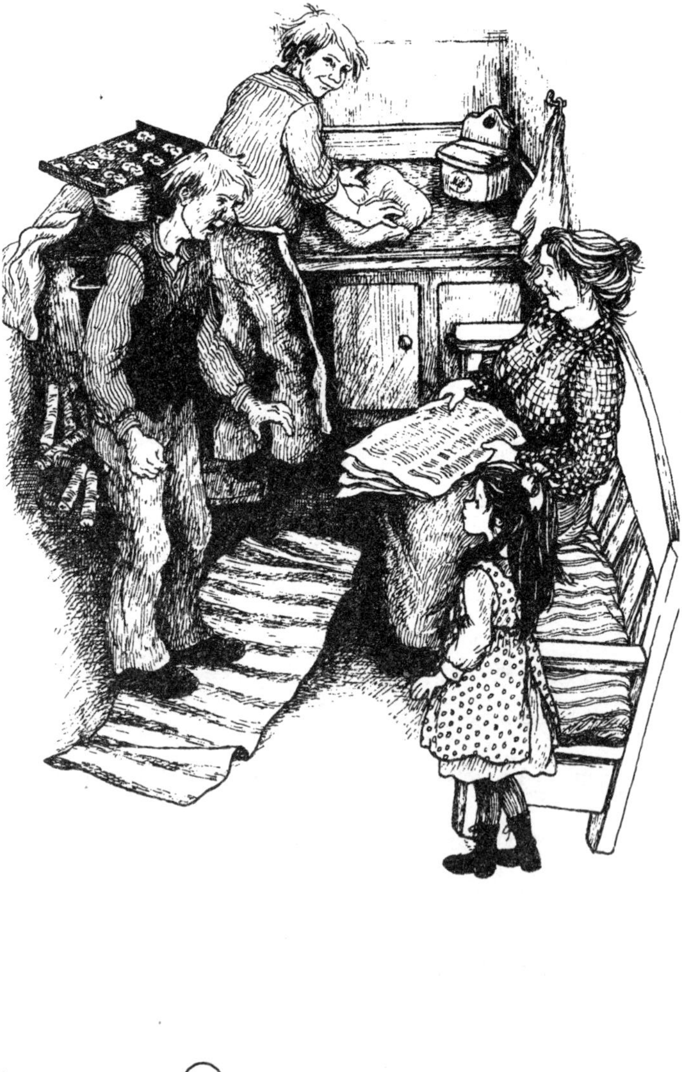

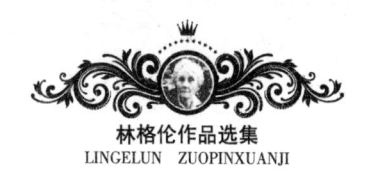

大吵大闹吗？他能吗？"

马迪根认为，阿贝真够勇敢的。尼尔松叔叔已经抓住门的把手，但是这时候他回过头来，看着阿贝，忧伤地摇了摇头。

"我的儿子，人家说一个聪明的男人不应该有老婆，但是现在已经晚了。"

"你太愚蠢了，可怜的老爸。"这时候阿贝说。随后尼尔松叔叔就走了。

尼尔松阿姨很伤心，可她还是护着尼尔松叔叔，她一向都是这样。

"他很可怜。那个柜子是我们全家最好的东西，所以他才对我发脾气。"

"不对，"阿贝说，"我们全家最好的东西，那是你，妈妈。尽管你有时候也不怎么聪明。"

"对，我当然不聪明。"尼尔松阿姨说。"还懒，"她想了一下补充说，"但还是比你爸爸强多了。"

随后她又看报纸。报纸是马迪根的爸爸免费送给他们的，她把报纸上的每一个字都读一遍。

"你有一个聪明的爸爸，马迪根，"她说，"他理解那些穷苦的人，了解他们的状况。"

这时她肯定看到了一些特别有意思的内容，因为她低头读呀读呀，一个字也不再说了。

马迪根和阿贝到卧室去看柜子。柜子很好看，亮亮的，大理石面。

"拜拜啦。"阿贝说，他的声音显得很伤感。

但是随后他带着马迪根去看自己的家兔。家兔养在木柴屋外边的一个笼子里，一共两只。阿贝分别给它们起名为"父亲"和"母亲"。父亲是棕色的，母亲为灰色的。它们很快就要有小兔子了，马迪根听了很高兴。

"但是这里发生了一件怪事，"阿贝说，"是起名为'父亲'的要下小兔子，而不是'母亲'。快告诉你爸爸，他又有一条好新闻了。'阿贝·尼尔松家的自然奇迹'——他可以用这样的标题。"

这时候马迪根问，他是不是给家兔命名时就搞错了，如果是那样的话可以给它们重新命名。父亲变成母亲，母亲变成父亲。但是阿贝不肯。

"我已经给它们命名了，我就不能再改了。如果你父亲遇到这种情形，把你重新命名为卡尔－弗列德里克，你会有什么想法？"

马迪根同意他的观点，她肯定不高兴。她帮助阿贝给"父亲"和"母亲"采蒲公英的叶子，在他们玩得最高兴的时候，尼尔松阿姨走了出来，她穿着平时最好的衣服。

"我去城里一趟。"她高声对阿贝说，然后从隆纳特大门

消失了。

阿贝长时间目送着她。

"她千万不要把我父亲找回来,不然的话他今天晚上会把整座房子都闹翻了。"

马迪根又开始想那个柜子的事,她小心翼翼地问,阿贝对失去柜子是否很伤心。她不希望阿贝为了什么事情而不开心。

"可能吧,不过多一个柜子或者少一个柜子,"阿贝说,"可能都一样,没什么区别。"

但是当他坐在压压板上时,他马上想起了他祖母的外祖母住的伯爵公馆里有几百个柜子。阿贝说,没有比她更有钱的女士。她每一个手指上都戴着钻石戒指,她烤面包圈的时候,有时候会发生这样的事,一些钻石掉进面团里。

"因为面团很黏,知道吧。"他给马迪根解释说。

"你会看到,当那些老太太们吃面包圈的时候,常被硌了假牙,从她们嘴里跑出了钻石。老祖宗不小气,当她们想把钻石还回来的时候,她说,你们留着吧,是我有意放到面团里的。钻石有的是,像海边的沙子一样多,我不在乎!"

跟阿贝在一起觉得时间过得真快,突然尼尔松阿姨回来了。她没有把尼尔松叔叔找回来,但是她怀里抱着两个大包。阿贝和马迪根因为好奇,就跟着她进了厨房,但是尼尔松阿姨把他们赶了出来。

"我想一个人静一静,然后做点饭。我们老是吃麦片粥和咸青鱼,该换一换花样了。"

"你从哪儿弄来的钱?"阿贝问。

"这是我的事,你别管。"尼尔松阿姨说。她看起来很满意,她还问马迪根愿意不愿意在隆纳特跟他们一起吃晚饭。

"快跑回家,问一问你能不能在这儿吃饭。"她说。马迪根很愿意,因为过去她从来没在阿贝家吃过饭,因此觉得很开心。妈妈一定会同意的,尽管她平时不喜欢马迪根老往隆纳特跑。

妈妈没有说不同意。她只是理了理马迪根的头发,给她换了一件干净的衣服,嘱咐她要守规矩、懂礼貌。

马迪根兴高采烈地往回跑,在隆纳特大门口碰到了尼尔松叔叔。他正好回家,跟离开家时一样,既没有喝酒也没有笑脸,至少马迪根没有看出他跟离开家时有什么差别。

"生活就是战斗,"他说,"这种事你还不大明白,马迪根。世态炎凉,这个城里就没有一个人肯借给一位穷人200克朗,不管怎么磕头作揖求他们。"

他拉着马迪根的手,一同走进厨房。

尼尔松阿姨站在炉子边,哗啦哗啦地翻炒着锅里的菜。这时候她友善地向尼尔松叔叔行屈膝礼。

"你回来了很好,现在我们吃饭。"

餐桌马上摆好了，都是好吃的东西！马迪根在这栋房子里从来没看见过这么丰盛的饭菜。有奶油牛排、鸡蛋蘑菇、土豆、腌黄瓜，好几种奶酪、啤酒、汽水，甚至还给尼尔松叔叔准备了酒。

尼尔松叔叔直愣愣地看着这一切。

"你大概疯了吧？"他问尼尔松阿姨。但是尼尔松阿姨说，她没有疯，尼尔松叔叔的眼睛亮了，因为他已经饿了。马迪根也饿了。阿贝给马迪根夹鸡蛋蘑菇和牛排。

他夹的时候，流露出满意的神情。

"在祖母的外祖母家，每天差不多都吃这样的饭菜。"他向马迪根解释说。

这是一次真正的宴会，似乎没有人考虑柜子或者很快就要来破坏这种愉快气氛的工场主林德。

当大家吃饱的时候，尼尔松阿姨说：

"把你的盘子给我，尼尔松！"

尼尔松叔叔举起盘子递给她，她往盘子里放了一件东西。啊！是两张100克朗的票子。当尼尔松叔叔看到以后呼吸急促起来。

"我的大好人，你从哪儿把钱借来了？"

"我不是借的。"尼尔松阿姨说。

这时候他严厉地看着她。

"你大概不是说钱是你偷来的吧?"

话说得这么愚蠢,尼尔松阿姨根本就没有回答他。但是尼尔松叔叔不肯善罢甘休,他一定要知道钱是从哪儿弄来的。最后尼尔松阿姨说:

"我把自己卖给了贝里隆德医生。"

一阵长时间的沉默,但是后来尼尔松叔叔吼叫起来:

"你已经疯了,我早就知道了!"

这时候尼尔松阿姨开始解释。她拿过一张报纸,用食指指着一条显眼的消息。

"斯德哥尔摩的人能做的事,我也能做。"她说,这回大家都知道了,斯德哥尔摩的人在做什么。贫穷的人到医院,把自己的躯体卖给医生,供解剖之用。当然不是在活着的时候。人在世的时候就可以得到几百克朗,当他们去世以后,医生就可以得到他们的尸体。因为医生做手术的时候,一定要了解病人体内的情况。

"这就是说,我做了一件好事,"尼尔松阿姨说,"到那时候我就知道了,什么东西在我肚子里转来转去,有时候还痛。"

尼尔松叔叔也渐渐明白了,尼尔松阿姨找到了一个聪明的解决办法。

"你得到了多少钱?"他问。

"250 克朗！所以我还有钱买牛排和一些其他的东西，最后还剩下 10 克朗。"

"就 250 克朗，上帝保佑，"尼尔松叔叔说，"我永远也不会明白一个该死的老女人。"

不过他还是抚摩着尼尔松阿姨的面颊。

"啊啊，我理解你。"他说，"你值几百万克朗。"

即使尼尔松阿姨值那么多钱，她对眼下得到的这笔钱也极为满意了。

"像我这把老骨头能值这么多钱已经不错了，严格地说，我现在已经不属于自己了。"

这时候尼尔松叔叔特别喜欢她，他兴高采烈。他们并肩坐在沙发上，他搂着她，为她歌唱：

像一只小鸽子，

晚上飞回安乐、幸福的窝，

我到你的身边去寻找，

我心灵的抚慰和百合，

寻找我心灵的港湾，

寻找我心灵的港湾。

随后阿贝打开留声机，放《快来吧，阿道尔芬娜》那张唱

片,这时候尼尔松叔叔邀请尼尔松阿姨跳舞,他跟她疯狂地跳着,甚至她的头都碰到了房门。

"慢一点儿吧,尼尔松,"这时候尼尔松阿姨说,"不然我被送给贝里隆德的时间比我预想的还要快。"

马迪根坐在沙发角落里看着,但是她多么想远远地离开那里,她不忍心看尼尔松阿姨。眼前发生的事太可怕了,难道除了马迪根真的没有别人知道吗?尼尔松阿姨将来要死去,想起来真可怕,比这个要可怕几百倍的是,贝里隆德叔叔还要解剖她的身体,看她体内的情况。尼尔松阿姨经常说,"一个可怜的穷人唯一期盼的是,死后有一个体面的葬礼",现在她得不到了。马迪根心烦意乱,当她知道钱的来路时,她感到恶心,想把牛排和其他的东西都吐出来。可怜的尼尔松阿姨,一定是那个贫穷无奈迫使她做了这笔交易!

而此时此刻她还在跳舞,还在高兴。直到有人敲门,工场主林德走进来。马迪根不认识他,但是她知道,他就是林德,因为他的样子就像来拿柜子的人。

"看这里的气氛还不坏。"他用忌妒的口气说。

"还行吧,有时候必须乐一乐,和老婆跳上几圈,"尼尔松叔叔说,"你有何贵干?"

"你心里知道,"林德说,"你也知道,现在我要拿东西顶钱,为了几个钱,我通常是不这样做的。"

"好啊,不这样做。"尼尔松叔叔说着,从裤子口袋里掏出两张皱巴巴的100克朗票子,"好啊,你不相信,我尼尔松是个堂堂的汉子,这点儿小钱是可以还的吧?哈哈,那你就太不了解我尼尔松的为人了!"

林德拿到钱,就匆匆忙忙离去。但是尼尔松叔叔一直跟他走下台阶,又一次告诉他,尼尔松是一条堂堂的汉子,这一点他要好好记住。

随后屋里又沉默了。但是尼尔松叔叔喊叫起来:

"快过来,如果你们想看好东西的话!"

尼尔松阿姨朝他走去,阿贝和马迪根后边跟着。尼尔松叔叔指着天空说:

"看那里!"

这时候他们看到了黄昏后升起的一颗亮星。它高悬在木柴房的上空,清楚、明亮,就像阿贝祖母的外祖母的一颗钻石。

"那是金星,"尼尔松叔叔说,"那颗黄昏后升起的亮星叫金星,你知道吗,小马迪根?"

不知道,马迪根真的不知道,尼尔松阿姨也不知道。

"能看到天上的星星,这是一码事,"尼尔松阿姨说,"但是他们还能看出星星叫什么名字,我就不明白了。"

这时候尼尔松叔叔长时间、爱怜地看着她,然后说:

"你固执得很可爱,梦魔!"

这时候阿尔娃叫马迪根回家。尼尔松阿姨请她吃面包圈，阿尔娃客气地接下了。但是在回家的路上，她对马迪根说：

"啊，应该找一把刷子和 5 公斤洗涤剂把那个厨房好好打扫打扫！有时候夜里我都想这个事。"

马迪根回到家的时候，丽莎贝特已经躺在床上。但是她还没有睡着，马迪根向她讲了尼尔松阿姨死后要发生的那件可怕的事情——丽莎贝特认为，这不是她听到过的最可怕的事情。

"哎呀，她永远也不会死。"丽莎贝特认为。

"笨蛋，所有的人都要死。"马迪根说。

"反正我不会。"丽莎贝特坚定地说。

但是马迪根躺在床上时，心里总是想着尼尔松阿姨，她不时地叹息。

"你在叹息什么？"丽莎贝特问。

"叹息贫穷无奈。"马迪根说。

不过丽莎贝特对此一点儿也不明白，另外她也想睡觉了。

随后几天马迪根没有去隆纳特。她不敢看见尼尔松阿姨，她避免想那件可怕的事情。一天下午，马迪根放学回家，阿尔娃站在大门口等她，老远就能看见她满脸的喜色。

"马迪根，你知道有什么好事吗？"她说。

"你中了最高奖？"马迪根猜测说，因为除此之外，阿尔

娃一般没这么高兴。

"啊,不对,"阿尔娃说,"不是我,而是你中了300克朗。我说什么来着,钱会大把大把地来。"

"哎呀。"马迪根说,脸立即红了。

阿尔娃把钱放在围裙的口袋里。马迪根要数一数对不对。对,两张100克朗的,两张50克朗的,加起来正好300克朗。马迪根从来没有过这么多钱。

阿尔娃拉着马迪根笑呀跳呀,并说这是一个大喜的日子。想想看,爸爸、妈妈知道了,不知道会有多高兴,马迪根也这么想。但是她认为,阿尔娃没中奖非常不合理。

"世界上的事情就是这样,"阿尔娃说,"一些人中奖,另一些人不中奖,这没有什么办法。"

然而阿尔娃还是很高兴,真是很奇怪。

"吃晚饭的时候,你可以讲这件事,"阿尔娃建议,"不过讲的时候你要加小心,免得你爸爸、妈妈把汤喝到气管里。"

马迪根笑了,在晚饭的餐桌上抛出一条重大新闻肯定非常有意思。

恰巧在这个时候,尼尔松阿姨从于尼巴根前面的小路上走过来。她刚从广场上卖完面包圈,现在回隆纳特。她走得很慢,看上去她很疲倦。

"您好吗?"阿尔娃说。

"很糟糕,"尼尔松阿姨说,"有什么东西老在我肚子里转,不知道是什么东西。"

她很快走了。但是马迪根站在那里没动,她的快乐心情一下子消失了。她又想起了那件可怕的事,此时她真的不安起来——是什么东西在尼尔松阿姨的肚子里转呢?那东西可能是致人死命的东西,死可能随时都会发生。而那个时候……

阿尔娃看着她。

"你怎么啦?不舒服吗?"

马迪根没有回答,她在想事。当她想好了的时候,她说:

"阿尔娃,我们不要把这件事告诉爸爸、妈妈吧。因为我必须把钱用在一件秘密的事情上,这件事要花250克朗,没办法,只能这样。"

阿尔娃不理解。

"你又想出什么愚蠢的主意?"

"不是愚蠢,是好事。"马迪根保证说。但究竟是什么事,她不愿意说,阿尔娃也就不再问了。

"好吧,反正是你自己的钱,"阿尔娃最后说,"你愿意怎么花就怎么花吧。不过我劝你,千万别做蠢事。"

剩下的50克朗马迪根不想用于那件秘密的事情上,她想分给阿尔娃一半,这样她才觉得公平。

"25克朗,跟我一个月挣的工资一样多,我可不能拿。"

阿尔娃说。但是她显得很高兴,比刚才还高兴。

"现在我知道了,我必须买一张新彩票,"她说,"我真的相信,总有一天我会中大奖。"

马迪根和丽莎贝特生病的时候总是请贝里隆德医生到于尼巴根给她们看病,她们也多次到他设在城里的诊所去看病。所以马迪根认识到他诊所的路,因为她一定要到那里去一趟。

马迪根坐在候诊室里,她也感觉有个东西在她肚子里转,就是她怎么样才能使贝里隆德叔叔明白,她必须买回尼尔松阿姨,想想看,他如果不同意怎么办呢!他可能搓着手说,他这笔买卖做得很不错。

轮到马迪根进去看病了,贝里隆德叔叔坐在写字台后边,他还像平常一样慈祥。但是当马迪根要说出自己的使命时,心里有些害怕了,其实完全没有必要。因为当她最终哽咽着说出自己的想法时,贝里隆德医生笑了起来,然后他说:

"尼尔松阿姨,不管是活着的时候,还是去世以后,她对我都没有任何用处。你就拿着你的钱安心回家吧。"

"但是为什么……"马迪根刚一开口,马上就不说了。因为她突然明白了,贝里隆德叔叔肯定也知道贫穷无奈的事。

可是尼尔松阿姨不知道,她不知道贝里隆德叔叔买她完全是出于友善。这一点她不相信。而马迪根希望,尼尔松阿姨在

隆纳特家里能知道，她的躯体，尽管又老又丑，永远是她自己的，不属于任何其他人。

因此贝里隆德叔叔必须收下她的钱，他必须收下！最后他收下了。不过是在马迪根讲了她的钱的来源以后才收下的。

"你是一个善良而又固执的小孩子，你一直都是这样。"当他手里拿着钱的时候这样说。

现在马迪根只有一件事要求贝里隆德叔叔。她必须要有一个收据，她解释原因：

"这样尼尔松阿姨才会放心。"

而贝里隆德叔叔什么都明白。他在一张纸上写：

今收到马卡丽达·恩斯特罗姆小姐250克朗，为尼尔松阿姨还清全部债务。

城市医生卡尔·贝里隆德

马迪根当晚跑着去找阿贝，她脚步轻松。他正待在自己的小兔子身边，多运气！因为马迪根认为，这件事直接找尼尔松阿姨说很困难，跟阿贝说比较容易。她把收据递到阿贝眼前。

"阿贝，你看这个！我……我已经赎回了你妈妈。"

"什么？"阿贝一头雾水。

他把收据念了好几遍。然后他看着马迪根,好像过去从来没看见过她一样。

"只有你,马迪根,才能想出这种事。"

为了准确,他又把收据读了一遍,然后他拉着马迪根的手,对她表示衷心的谢意。

"你非常善良,马迪根!我很后悔让你用一条腿跳着往前走。不过你吃了牛排,就算扯平了,你已经忘了吧?"

没有,马迪根永远不会忘记。

"我们讲这件事的时候,母亲听了会晕过去,"阿贝说,

"走,我们进屋去!"

马迪根一点儿也不想跟他进去,不想看到尼尔松阿姨晕过去,但是阿贝坚持要她去。

"别耍牛脾气!"

他抓住她的手,把她拉进厨房。

尼尔松阿姨正坐在餐桌旁边读报,尼尔松叔叔躺在沙发上休息。

"你听着,尼尔松,有一条消息跟你有关,"尼尔松阿姨说,她读起报纸:"一个男人只有结婚以后才知道,什么是真正的幸福!"

"一点儿不错,"尼尔松叔叔说,"不过当他知道时已经晚了。"

但是这时候阿贝把收据放到妈妈眼前了。她无法再读下去,她只能读收据了。

"今收到马卡丽达·恩斯特罗姆小姐……我的耶稣,这是什么?"

过了很长时间她才弄明白马卡丽达·恩斯特罗姆小姐的义举,但是尼尔松叔叔马上就明白了。他从沙发上跳起来,匆忙走到马迪根身边,抓起她的手就吻。

"于尼巴根引以为自豪的少女,你有一颗真正善良的心。"他说。

接着厨房里一阵沉默。因为尼尔松阿姨趴在餐桌上哭了起来,唯一能听到的是她的哽咽声。

"你怎么啦,母亲,"阿贝说,"你哭什么呀?"

最后尼尔松阿姨平静下来,哭到最后她深深地叹了一口气,然后擤了一把鼻涕,用手抚摩着收据。

"我已经埋头想了好几天,我死后不会有一个体面的葬礼了。心地善良的小马迪根,多好啊,你已经明白了我的心思!"

马迪根站在那里,感到特别不好意思。她不希望他们看着她,也不希望他们感谢她。

"我一定要把钱还给你,"尼尔松阿姨说,"每个月还你5克朗,马迪根。既然我能用分期付款的办法买缝纫机,我就能用同样的办法买回我自己。"

"我看行。"尼尔松叔叔说。他看着坐在那边的尼尔松阿姨,她胖而臃肿,满脸泪痕,但很高兴,这时候他的眼睛里放出了亮光。

"你,孩子妈,这样的话,明年林德来讨债的时候,你还得把自己卖一次。"

不过这时候阿贝说:

"不,父亲,明年我们改为卖你,如果能找到买主的话。"

妈妈的生日

每年妈妈生日那天,爸爸都要带全家到摄影师贝克曼那里去照全家福。他钻到把他的照相机罩起来的一大块黑布底下,想出各种办法逗大家笑,然后说:

"现在不要动!往上看!天上飞来一只小鸟——一、二、三!"

根本没什么飞鸟,他总是这么骗人,弄得丽莎贝特后来都不信了。而照出来的全家福跟大家平时的样子不一样,好像是另一个家庭的。

妈妈把照片放进一本有着金锁扣、绿色天鹅绒封套的相册里,平时放在书柜上。马迪根有时候从上边拿下来看,她从照片上能看出自己一岁、二岁、三岁一直到七岁时的样子。

"不过我不明白,那个臭孩子怎么可能是我呢?"

马迪根指着自己两岁时的照片说。

"我明白,"丽莎贝特说,"哈哈,那时候你比我还小

好多。"

她们和阿尔娃待在厨房里。阿尔娃在烤面包,因为明天是妈妈的生日,明天妈妈一醒来,别人要把咖啡和小豆蔻面包送到她床上。

相册放在厨房的沙发上,下边垫着一块毛巾。她们跪着看照片,非常小心,怕把漂亮的相册弄脏。

丽莎贝特不明白,马迪根一岁、二岁时候的全家福怎么没有自己呢!

"你那时候还没出生,怎么会有你的照片呢,整个于尼巴根根本就不存在你这个小不点儿,"马迪根说,"当时没有你。"

"你是笨蛋,当然有我,"丽莎贝特说,"但是我不愿意坐在你这个小臭孩子旁边。我去糖果店买太妃糖去了。"

"活该,没有你,小不点儿。"马迪根一边说一边笑,这时候丽莎贝特气得大发脾气。阿尔娃只好哄她,说当时她是天上的一个小天使,丽莎贝特立即阴转晴。

"对,我当时是一个小天使,经常飞到糖果店,我飞回去的时候,给天上所有的天使带回去大包大包的太妃糖,他们大家都非常高兴。"

马迪根认为丽莎贝特编的故事真不错,还可以用一用。

"喂,我们玩一个游戏吧,假装我们俩都没出生,都在天

上,给天使们买太妃糖吃!"

"好,还要给他们花棍儿糖吃。"丽莎贝特睁着明亮的眼睛建议说。一连几个小时马迪根和丽莎贝特充当照看天上所有天使孩子的最有爱心的保护天使,差不多每隔一刻钟就给他们一次糖吃。她们从阿尔娃那里每人要了一小块面团,给她们最喜欢的两个年龄最小的天使烤面包吃,一个叫阿尔米拉,另一个叫帕尔米拉。但是面包刚一出炉,丽莎贝特就把自己烤的面包吃掉了,因为太馋人了。

"我的天使不喜欢小豆蔻面包。"她肯定地说,她改为给帕尔米拉一把假装的糖,丽莎贝特说,帕尔米拉更喜欢吃糖。

今年妈妈的生日正好赶上礼拜天,太好了,这样就可以开心地庆祝一整天。礼拜天早晨阿尔娃老早就起来了,采来了紫罗兰和杏花,为马迪根和丽莎贝特扎了花冠。当她们头戴花冠、身着睡裙站在那里时,阿尔娃觉得她们真像小天使。

"就差翅膀。"她说。阿尔娃帮助她们给妈妈缝了一块桌布,还真漂亮,尽管能准确看出,哪些十字针脚是丽莎贝特缝的,哪些是马迪根缝的,哪些是阿尔娃缝的。绝大部分都是阿尔娃缝的,不过送的时候是看不出来的,因为桌布的外包装很精美。

爸爸当然也起得很早。他有很多礼品送给妈妈,他从城里买了一大束玫瑰花,夜里偷偷地放在地下室的一个水桶里。大

家排成一队走进妈妈的卧室,爸爸拿着那束玫瑰,马迪根和丽莎贝特拿着礼品包,阿尔娃端着咖啡和小豆蔻面包的托盘,他们还唱着歌:

    当我们走到我们亲爱的卡伊萨身边,
    把她抱在怀里,因为她是我们的。
    跳跳蹦蹦啦啦啦,
    跳跳蹦蹦啦啦啦,
    把她抱在怀里,因为她是我们的。

妈妈坐在床上，满脸笑容。看得出来，今天她心情很好。今天是最开心的日子之一，天气也很好。

"你是怎么修行的？卡伊萨，你每次过生日天气都非常好。"爸爸问。

"那还不简单，我给天公打个电话，预订10口袋阳光就行了。"

各种天气都是天公一手安排的，起码丽莎贝特相信是这

样。但是马迪根笑了,因为她知道,所谓天公是妈妈编的,天公只存在于晚上妈妈给她们讲的童话里。

这天早晨天气确实很好,不管它是从哪儿来的。大家穿好节日的盛装,就去贝克曼的照相馆。

照相馆坐落在卡尔瓦小街上,平日和礼拜天都开业。但是今天得早点儿去,因为贝克曼礼拜天有一个小小的爱好,他要出去钓鱼。

他们悠闲地穿过城里,爸爸、妈妈、马迪根和丽莎贝特。街道空空的,没有行人,稍有几分凉意,但今天肯定很暖和,现在就能感受到。

他们经过里努丝-伊达住的房子,她的房子是这座城市里最小的房子之一。马迪根多么希望里努丝-伊达正站在窗台附近,从红色天竺葵后边往外看着,但是她没有。她可能还在睡觉。只有黄蜂已经醒了,在她花圃里种的黄水仙花中嗡嗡地飞来飞去。马迪根和丽莎贝特想进去看一看里努丝-伊达,听她弹一会儿吉他。但是他们要去照相,时间来不及了。

他们还经过穷人屋,不过这个时候里边已经没有人睡觉了。几个小老太太坐在窗子旁边,向外看着寂静的礼拜天早晨,当他们看见大街上有人走来时,显得很高兴。马迪根和丽莎贝特向她们招手,她们激动地招手回应。

"我喜欢她们。"丽莎贝特说,"我特别喜欢娜娜·努特,

因为她哭的时候,她的样子特逗。"

"去你的吧,"马迪根说,"娜娜·努特长得好坏是爹妈生的,她有什么办法。"

"我说有关系了吗?"丽莎贝特说。

这时妈妈提醒她们,不能叫穷人屋,正确的叫法应该是老人院。

"不过没办法,人们都叫穷人屋。"马迪根说。

她认为住在那里的人都很可怜。特别是林德奎斯特,因为他很不聪明,无法跟其他人相处。他一个人住在院子里的一个小房子里,只有女管理员敢进去,大家都怕他,尽管他在绝大多数情况下都很友善。但是有时候他失去理智,脾气很坏。所以当他出来的时候,城里的人都赶紧把门关上,妈妈告诉自己的孩子,看见林德奎斯特走过来,赶紧跑掉。因为林德奎斯特非常健壮,他发起脾气来,谁知道他会做出什么事。

爸爸说,林德奎斯特过去不是这样。他曾经是一个正常的人,有老婆和一个孩子,但是他老婆抱着孩子掉进河里淹死了,林德奎斯特知道以后,一着急,脑子里的什么东西坏了,从此以后他就变成这个怪样子。

通过穷人屋墙上的一个洞可以看见院中林德奎斯特的小房子,马迪根和丽莎贝特都看见了。她们一边看一边打战,然后跑步追上爸爸妈妈。

这时候珍妮小姐走过来,她是给马迪根和丽莎贝特做衣服的。妈妈停下来,和她讲几句话,马迪根也停下来,因为她想听一听,她期末典礼上穿的裙子是什么样。爸爸慢慢往前走,丽莎贝特跟在他后边走,有几步距离。

但是当他们来到贝克曼照相馆时,丽莎贝特不在那里,她不见了。

"这孩子。"爸爸一边说一边摇头。

他们等呀等,但就是不见丽莎贝特来。他们找呀找,就是找不到丽莎贝特。他们喊她的名字,还是没有回答。

但是突然……

"看呀,她在那边。"马迪根一边喊一边指着远处,从穷人屋围墙的一个小门里丽莎贝特走了出来,但不是她一个人。她跟林德奎斯特在一起,林德奎斯特用自己粗大的手用力拉着她的手。

"我在这儿。"丽莎贝特从远处喊着说。

林德奎斯特看起来就像一个圣诞老人,满脸白胡子,白色的头发一直拖到双肩,呀,那情景真像丽莎贝特跟圣诞老人在一起。

但是当妈妈看见这位圣诞老人时,吓得脸色煞白,她对丽莎贝特伸出双臂说:

"到这儿来!快一点儿!"

丽莎贝特过来了，但是林德奎斯特也来了——他用手拉着丽莎贝特。

"我总算找到一个小人。"他说，胡子里肯定微笑着。

"不过我必须得走。"丽莎贝特一边说一边想挣开，但是林德奎斯特不松手。

"我一定要去找妈妈。"丽莎贝特说，她更用力地挣脱着。

这时林德奎斯特把她抓得更紧了。他先看了看丽莎贝特，

然后看了看妈妈和马迪根,他皱起眉头,在想什么。

"你还有另外一个孩子,女人,"他对妈妈说,"我一个孩子也没有,我想要这个孩子。世界必须公正。"

这时候丽莎贝特开始又哭又叫,爸爸想朝林德奎斯特扑过去,把丽莎贝特抢过来。但是妈妈阻止了他。

"别出声,丽莎贝特。"妈妈严厉地说。这时候丽莎贝特安静下来,至少不像刚才那样。妈妈走过去,用手抚摩着林德奎斯特的面颊。

"我理解,林德奎斯特先生想要一个孩子,但这个孩子确实是我的,我请求你把她还给我。"

"不可能。"林德奎斯特说。

这时候爸爸又想朝林德奎斯特冲过去,妈妈又阻止了他。她站在那里想了一会儿,然后打开自己的手包,从里边拿出一包东西。

"林德奎斯特先生想尝一尝我炒的杏仁吗?"她问,"还有椒盐核桃仁。"她一边说一边又打开一包东西。她站在那里,一手一个托着包。林德奎斯特既想要炒杏仁,又想要核桃仁,所以他需要两只手。丽莎贝特突然被放开了,她高声喊叫着冲向爸爸,他抱起她,把她紧紧搂在怀里。谁也别想再动她。

"请吧,林德奎斯特先生,两袋吃的东西都留下吧。"妈妈说,并用手再一次抚摩他的面颊,"再见吧,林德奎斯特先生!"

"我总算找到一个小人儿。"林德奎斯特嘟囔着,嘴里塞满炒杏仁和椒盐核桃仁。

他静静地站在那里,嘴里嚼着吃的,看着那位小人儿正在走远,这时候他扔掉口袋,高声喊着:

"主啊,耶稣,救救我吧!"

摄影师贝克曼可惨了,他想用天上飞来一只鸟使这个家庭高兴起来,但是不管他怎么幽默都无济于事。妈妈脸色苍白,打不起精神;马迪根为林德奎斯特没有自己的孩子而哭泣,但是她也很生气,他竟然想要他们家的丽莎贝特,丽莎贝特一个劲儿地哭叫。不管贝克曼怎么哄,她始终高兴不起来。

"不行,一整天也不会高兴,"他们回家的时候她这样说,"因为我不高兴的时候,就是不高兴,即使我应该高兴,我也高兴不起来,就是这样!"

就因为想仔细看一看林德奎斯特,竟招来这么大的祸,当然会伤心的。她怎么也没想到,他会出来,还会看到她。

"这样的话,我怎么会高兴得起来呢。"丽莎贝特肯定地说。

"等到我们去报春花草地就行了,"马迪根说,"那个时候你就不会再撅大猪嘴了,你信吗?"

丽莎贝特信,现在她就笑了。

"不过那个笨蛋林德奎斯特把我们远足吃的炒杏仁和椒盐核桃仁都给吃了。"她生气地说。

报春花草地在阿佩尔古伦附近,每年妈妈过生日的时候他们都要到那里去远足。马迪根认为,那片草地是地球上最漂亮的地方之一。那里长着成千上万的报春花,还有两棵高大的桦树供她们爬。此外,还有一大块长着苔藓的大石头,她们也可以爬上去,如果知道它在什么地方的话。大石头底下住着一个妖魔,这是马迪根骗丽莎贝特的,但是她相信了,马迪根自己似乎也相信。两棵桦树,一块魔石,剩下的就是报春花,别的东西就没有了。

到那里最好的办法是坐船。从于尼巴根附近的洗衣台坐上一只小船,沿河而下,经过九道十八弯,漂相当长时间以后,突然就到了草地。爸爸刚把船靠上岸,马迪根和丽莎贝特就急不可耐地跑进报春花丛中。

"我的天啊,整整一个下午,你们在那里做什么呢?"有一次阿贝这样问。

"做远足要做的事情呀。"马迪根这样回答。阿贝对这件事就不聪明了,因为他不知道远足是什么。马迪根告诉他,她们爬桦树,在河里游泳,采报春花,玩游戏,坐在草地上吃三明治,听妈妈弹吉他,她总是随身带着那把吉他。她们唱歌,

爸爸给她们做树皮口哨,马迪根和丽莎贝特打槌球,喝汽水,在魔石上跳可怕的妖魔舞……想想看,阿贝竟不知道人们远足时干什么!

他们从摄影师那里回来时,阿尔娃就准备好了食品袋子。

"相照得不错吧?"她问。这时候妈妈说,今天贝克曼给他们照的相谁看了都会吓一跳,她讲了原因。

"我从来没听见过这样的事,"阿尔娃一边说,一边用双手搂着丽莎贝特,"林德奎斯特真是个疯子!不过我理解,他想要你,小宝贝儿。"

"对,你大概不信他想要马迪根吧。"丽莎贝特骄傲地说。

这时候阿尔娃也用双手搂住马迪根。

"不过我希望是这样,"她说,"因为马迪根,我的马迪根是我巨大的幸福和欢乐,一点儿错也没有。"

不过阿尔娃没有跟着去远足。

"我想睡觉。对缺觉的女佣来说睡觉比任何报春花草地都好。"

"你不是什么缺觉的女佣。"马迪根生气地说。

"你不是,你是我的好阿尔娃。"丽莎贝特说。

然后马迪根和丽莎贝特争来争去,阿尔娃到底是谁的阿尔娃,直到她们登上小船。这时候她们的阿尔娃站在洗衣服的台阶上,向她们挥手告别。在她的身边,站着小狗萨苏,它肯定

认为，阿尔娃是它的阿尔娃，所以它必须盯着她，防止她今天跟着他们去远足。

在他们的记忆中，报春花从来没有像今年这样漂亮。妈妈真不敢相信别的地方会有这么多报春花，桦树有这么青翠欲滴。而爸爸则说：

"天堂中伊甸园的一部分正巧落在佩特鲁斯·卡尔松奶牛放牧场下边的山坡上。"

马迪根认为，爸爸的想法非常有意思——他们的草地是从天堂的伊甸园上掉下来的，她跟丽莎贝特商量好，等游完泳就玩天堂里的亚当和夏娃的游戏。

"因为那个时候我们可以不穿衣服，"她向丽莎贝特解释说，"我要当亚当……"

"我要当蛇。"丽莎贝特说，并千方百计地装出一副蛇的样子。

"看情况吧。"马迪根说。其实在她心里已经决定，丽莎贝特当夏娃，这是搭配的唯一好形式。而她自己既当亚当，又当蛇。其中一棵桦树将成为智慧树，她将缠绕在树上，拿一个小蛋糕引诱夏娃，因为这个季节没有苹果。

她们先游泳。马迪根先于其他人跳进河水里，啊，河水真光滑、凉爽和舒服。在丽莎贝特扑通扑通、又喊又叫地到河里

之前,她已经游到对岸好几回。爸爸背上驮着丽莎贝特,因为她还没学会游泳。

"我当然会,但是我不想游,"她解释说,"明年我才想游呢。"

她们游完泳以后,她也不想当夏娃。她不想服从自认为能决定一切的马迪根。

"我想当我自己的蛇,"丽莎贝特说,"躺在草丛中,见谁咬谁。"

她也不想爬桦树,因为太高了。

"往这种树上爬,简直是疯子。"当她看见马迪根快要爬到树顶上时说。妈妈也很担心,但爸爸却说:

"让马迪根爬吧!她不会有问题!"

马迪根当然没问题。她还把丽莎贝特推到魔石顶上,因为丽莎贝特自己不知道脚应该蹬在什么地方。

她们在魔石顶上跳可怕的妖魔舞,然后她们下来给妈妈采花,采一大抱,爸爸用草帽遮住脸,躺在草地上,妈妈坐在他身边,给他弹吉他、唱歌。

妈妈弹的歌曲不如里努丝-伊达弹的紧张、刺激。她弹的歌曲不是孩子死了和父亲酗酒之类的内容,而更多的是爱情和其他美好的东西。她唱"心灵的童话"和"我是天堂里展翅高飞的小鸟"——啊,真是好听极了,马迪根听到歌声时,深深

地感到生活的美好。但是后来妈妈说，现在大家该吃饭了，这时候她感到真的饿了。

妈妈刚要打开装食品的篮子，丽莎贝特指着远方的草场说：

"奶牛来了！"

对对，不过不是奶牛，而是卡尔松的年轻公牛，一共5头。它们肯定是到河边饮水。

"哎呀，它们比小牛犊大不了多少。"爸爸说，妈妈有些害怕，认为佩特鲁斯·卡尔松应该把这些小公牛关在牧场里。

"他养的牲畜一定得到河边喝水，这你还不知道。"爸爸解释说。

不过它们确实是野蛮的小畜生，它们径直地朝智慧树走来，妈妈本来打算在那棵树的树荫下摆上吃的。爸爸使劲对它们喊叫，它们停下来，惊奇地看着他。吃饭的时候有5头年轻力壮的公牛看着确实很不舒服，所以爸爸拿一根树枝朝它们走去，想把它们从那里赶跑。但是公牛们不想走，它们可能认为，这草地是它们的。其中那头最大的好像已经意识到，它长大了一定会成为一头凶猛的公牛，因为它低下头、喷着粗气，那样子确实不像一只小牛犊！这时候它朝后一躬冲了过来，爸爸像一名勇敢的斗牛士跳到一旁，躲开朝他冲来的锋利的牛角。看到这种情况，她们害怕极了，妈妈、马迪根和丽莎贝

特。她们可不想欣赏一场斗牛,所以她们拼命喊叫:

"快跑,爸爸,快跑!"

爸爸跑开了。他开始意识到,这是危险的,因为这时候 5 头公牛突然把牛角一齐对着他。

"大家都爬到桦树上去。"爸爸一边跑一边喊。

马迪根和丽莎贝特大哭着爬到智慧树上,但是妈妈拿着遮阳伞想去帮助身后有 5 头公牛追击的爸爸。

"快爬到桦树上,照我说的去做。"爸爸大声对她吼叫,这时候妈妈不敢不听,她只得爬树。对于一个穿着长裙的人来说,爬到智慧树上并非易事。但是附近还有另外一棵桦树,它有很多容易爬的树枝,妈妈爬上去了。她一只手还拿着吉他,因为这是她的宝贝,她不想让公牛把它踩碎。

马迪根和丽莎贝特坐在各自的树枝上哭叫着。

"妈妈呀,妈妈呀,妈妈呀。"她们喊叫着。因为她们非常担心爸爸的安危。不过现在他已经把公牛甩下一段距离,他一下子就爬上了妈妈在的那棵树上。站在树下的公牛看样子很惊奇,马迪根和丽莎贝特因为一下子收不住又叫了一会儿,但是最后平静下来。爸爸总算得救了,臭公牛活该,它们站在那里干瞪眼,再也够不着爸爸了。

爸爸平时从来不骂人,但是现在他骂了。他发誓说:"我要是有一杆枪,就把你们都打死!"

他擦干净额头上的汗,然后看着妈妈笑了。

"害怕了吧?"

"对,要是再有这样一个生日,我可真受用不起啦。先是林德奎斯特,现在又是它们!"

她指着站在桦树下、用犄角顶树干的那些公牛,它们大声叫着,不愿意离去。

"我们大概要在这里一直坐到秋天,"妈妈说,"那时候佩特鲁斯·卡尔松就该来了,把公牛圈到牛棚里去。"

当丽莎贝特听见这些可怕的话时,她在智慧树上又哭了起来。不过马迪根心又动了,想想看,整个夏天都住在桦树上,那会多有意思?这次远足与众不同,像是历险,那幕可怕的景象过去以后,她觉得蛮开心。另外,自从上次她和丽莎贝特在木柴屋顶远足以后,她已经习惯在高处远足。

但是远足也得吃饭呀,坐在树上人饿得快……对,盛食品袋的篮子就在树底下,但是发疯的公牛在那里看着,怎么样才能够到篮子呢?马迪根非常想知道。她可以快快爬下去,在被发现之前把篮子提上来,不能让公牛和妈妈看见,特别不能让妈妈看见。马迪根认为,妈妈如果看见,肯定不会同意她下去。她深深地叹了口气,用饥饿的目光看着篮子。

她还是下去了。她快快爬下去,手里提着篮子又快快爬上来。谁也没有发现,除了丽莎贝特。

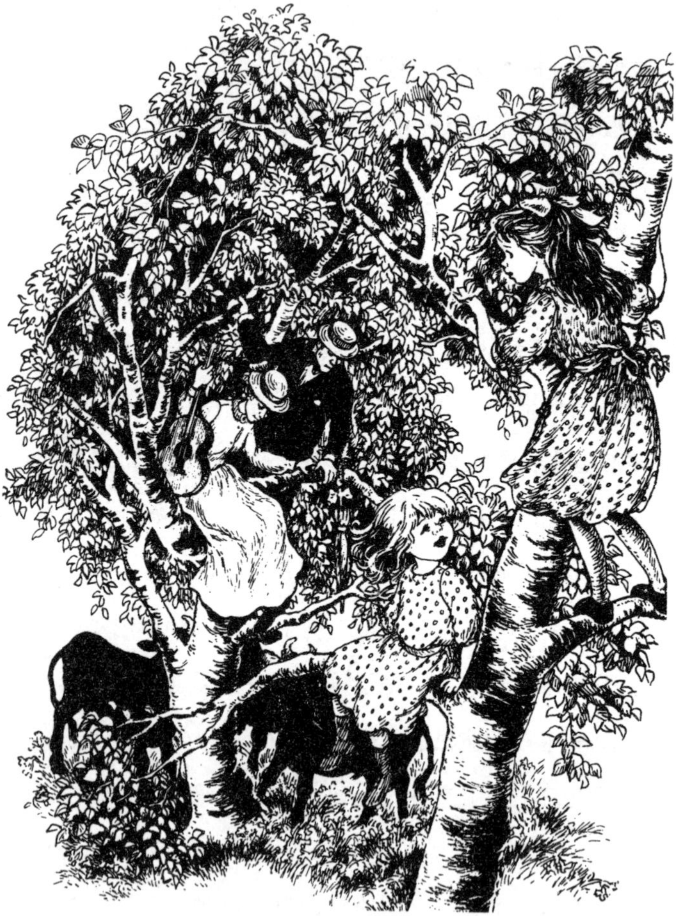

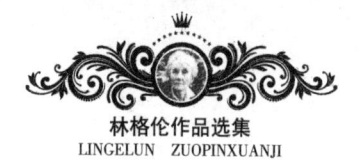

"你真不聪明,马迪根。"丽莎贝特说。但是她也饿了,把盛食品的篮子拿上来真不错。

马迪根把篮子放在一个树杈上,打开盖子看了看,啊,一个多么丰盛的食品篮子。

马迪根和丽莎贝特激动地察看着阿尔娃放在里边的种种精美的食品包。里边有夹着炸牛排、火腿和干奶酪的三明治以及撒白糖的薄饼,还有给马迪根和丽莎贝特喝的汽水,给爸爸和妈妈喝的啤酒,一大堆小蛋糕,一壶需要妈妈和爸爸在火上加热的咖啡,阿尔娃想得真周到。不过她肯定没有想到他们会坐在一棵树上吃。

"丽莎贝特和我先吃了。"马迪根高声说,因为丽莎贝特已经开始吃一个炸牛排三明治。

这时候另一棵桦树上的人大吃一惊,也有些忌妒。

"我的天啊……"爸爸说,不过妈妈马上打断他。

"真不公平!不管怎么说,今天是我的生日。你们想让我坐在这里饿死?"

不,她的女儿们不会,但是她们有什么办法呢?

"你们可以到这儿来。"丽莎贝特建议说。

妈妈看了看树底下的公牛,身上直打战。她宁愿饿死也不愿意从桦树上下去。

"马迪根,你能给我们扔过来几个三明治吗?"爸爸问。

这时候马迪根和丽莎贝特都笑了,这事真有意思,知道吧!

"不过你扔的时候,一定要准。"马迪根开始扔的时候爸爸说。

马迪根扔得很准。包得很精美的火腿三明治、牛排三明治和干奶酪三明治飞向爸爸,而爸爸接得也很老练。只有一个掉在公牛脚下,那群笨蛋把它给踩了,它们不知道是什么东西。

然后马迪根也想扔啤酒瓶,但是爸爸不同意,扔啤酒瓶太危险。

"尽管我口渴得嗓子要冒烟。"他说。

可怜的爸爸,马迪根认为,她这里有两瓶啤酒,而爸爸、妈妈却喝不着,真倒霉。她想了一会儿,马迪根主意多。里努丝-伊达经常说,马迪根的主意像小猪眨眼一样多,现在她又有了一个。她摸了摸连衣裙的口袋,对对,里边有一根绳子,她身上总是带着它。

她想出一个好办法。如果把啤酒瓶拴在一根绳子上,把绳子的另一头拴在一根位置合适的树枝上,瓶子就能像钟摆一样来回摆动。

"我相信,这样爸爸就可以抓住它。"马迪根向还不明白她的用意的丽莎贝特解释。

爸爸有马迪根这样一个女儿确实不会渴着。尽管他探出身子时差一点掉进牛群里,但是当两瓶啤酒悠过来时,他还是一

一抓住了。

他们在桦树上举行生日宴会。他们吃呀，喝呀，用啤酒和汽水为妈妈干杯，唱"祝你生日快乐"，树下的公牛吃惊地看着他们。爸爸拿一个火腿三明治对它们挥手。

"绿色大厅里奉送着清新的饮料，"他说，"如果你们也想要点儿什么，请到树上来。"

"不行，还是让它们免了吧。"马迪根说，她高兴的是，公牛不能爬树，因此这里真是一个举行生日宴会的绝好地方。大家像坐在一个绿色大厅里，周围是浅绿色的薄窗纱。窗纱轻轻地飘动着，阳光在树叶间跳跃。大厅里的光线是那么柔和，薄饼是那么香甜，马迪根不知道丽莎贝特是不是喜欢。丽莎贝特有同感，她已经不再认为爬树是发疯的行为。

宴会结束了，玩也尽兴了。这时候大家多么想回到地面上。这些公牛多么固执，站在那里一点儿也不烦！它们只是不时地走到河边去饮水，但是一会儿就回来，继续站在那里盯着他们。

妈妈试图用唱歌和演奏吓跑它们，她抱着吉他唱"我是天空的一只小鸟，展翅飞翔"。

"唱得不错，"爸爸说，"那就赶快飞到阿佩尔古伦，尽快让佩特鲁斯·卡尔松来。"

正在这个时候，他们听到一阵轰轰的雷声，他们看到了过

去从未看到过的景象:一大片黑云朝阿佩尔古伦滚滚而来。当时草地上还有阳光,但很快就被阴云笼罩。

"好,"妈妈说,"风雨、雷鸣、公牛和林德奎斯特,我的生日过得真是丰富多彩。"

他们坐在那里,看着雨像一堵墙一样朝他们袭来,还伴随着雷鸣闪电,吓得丽莎贝特又喊叫起来。

"卡伊萨,你到底对天公说什么啦?"爸爸问,"我们好像听你说订的是阳光。"

这时候马迪根想起来一件事。

"爸爸,打雷的时候,不可以站在树底下,老师说过……"

"啊啊,对对,"爸爸说,"但是公牛肯定没听说过。"

"对,不过站在树顶上可能更危险。"马迪根认为。

"可能,"爸爸说,"但事已如此,又无法与这些公牛讲和。"

随后下起了倾盆大雨。天上雷鸣电闪,压得人喘不过气来,一场少见的暴风雨吓得妈妈脸色苍白,丽莎贝特又喊叫起来。马迪根也害怕了,但是在马迪根的内心还有另一个马迪根,她坐在那里,对时好时坏、既危险又舒适的天气变化暗暗高兴。她又一次感受到生活的美好。

丽莎贝特没有这种感受。

"妈妈,"她喊叫着,"我想回家。"

马迪根双手搂着她,竭力安慰。

"小丽莎贝特,坏天气很快就会过去,不要哭!"

坏天气确实过去了,跟来的时候一样快。真像天公突然拿起一把扫帚,把一切都扫掉了。天空变得蔚蓝,他们的草地在那里闪闪发亮,就像刚刚从天堂掉下来。

但是丽莎贝特仍然不高兴。她浑身被雨水浇透,冻得发抖,已经厌烦坐在树上。

"我想回家,"她喊叫着,"坏蛋公牛。"她随后说。因为爸爸刚才说过这句话,那就不会有里努丝-伊达说的那种危险——如果骂人,就得进地狱。

"你听见了吗,尤那斯。"妈妈用责备的口气说。但是随后他们考虑别的事情了,因为情况发生了变化。刚才,气昂昂站在风雨里的公牛突然发疯似的朝牛场跑去,真像有人追赶一样。这时候爸爸笑了。

"后边有狗蝇追它们,它们活该。"

最后一个牛屁股刚进牛场,他们四个人齐刷刷地从桦树上下来了,浑身湿透,打战发冷,但是内心对重新回到地面很高兴。现在他们真想回家了。马迪根和丽莎贝特穿着湿透的连衣裙发抖,妈妈说,这怎么行呢,一定要把连衣裙脱掉。她从很大的油布提包里掏出暖和的毛衣和浴巾,把她们裹起来,然后

她们才跳上小船。爸爸没有这份福气,他只得通过划桨使身体暖和。

"最重要的事情是,我要使我的三位姑娘平安到家,不能感冒。"他说。

马迪根和丽莎贝特坐在船上的后排座位上,感到很舒适,现在她们对一切都很满意。她们喜欢这条河流,觉得在绿树成荫的两岸慢慢漂流美极了,就像通过一座绿叶点缀的大厅。河水在夕阳中闪亮,晚霞染红了远方天空。

"你的生日多美好啊,妈妈。"马迪根说。

"对,我的生日确实不错。"妈妈赞同地说。

"不过坐在树上……"丽莎贝特说,"爸爸,你说那个狗蝇到底是谁呀?"

爸爸告诉她,狗蝇是一种讨厌的飞虫,它们吸母牛、公牛和小牛犊身上的血,所以牛一听到狗蝇嗡嗡飞来,就吓得马上逃跑,比后边有狮子追它们还跑得快。

"多亏来了狗蝇。"马迪根说。

这时候爸爸放下手中的桨,好像在想什么。

"我真是一个无能之辈,"他说,"妈妈用炒杏仁智胜林德奎斯特,而微不足道的小狗蝇在我被困在树上时,却能赶跑公牛。我真是一个无能之辈吧?"

"你不是无能之辈。"他的三位姑娘齐声安慰他,马迪根

立即编了一首安慰他的歌谣：

我们来到我们亲爱的爸爸跟前，

他和无能之辈

一点儿不沾边，

跳跳蹦蹦啦啦啦，

跳跳蹦蹦啦啦啦，

他和无能之辈

一点儿不沾边！

丽莎贝特拍手称赞:"马迪根真会编!"

"我们可以把它命名为《安慰之歌》,每年祝爸爸生日时,我们就唱给他听。"

接着她们一遍又一遍地唱《安慰之歌》,直到他不想再得到安慰为止。

"谢谢,现在已经足够了。"他说。

这时候他们已经看见于尼巴根的码头。小狗萨苏站在那里大声叫着,它对于没让它跟去感到愤怒。马迪根一上岸,它立即扑到她身上抱怨。

"不过是你自己想待在阿尔娃身边,你忘记了吧?"马迪根说,"不然你今天能把公牛赶跑。"

"不过狗蝇先生替你完成了这个任务。"丽莎贝特说。

米　娅

　　爸爸经常说，过了礼拜天就是礼拜一，这个礼拜也是这样。马迪根必须去上学。早晨她一点儿也不想起床，但是她必须得起床，而且要赶快起，因为她不能迟到。马迪根迟到过一次，那滋味儿真不好受。要站在紧闭的教室门外边，听里边唱《明亮的太阳》，等人家唱完歌以后，还要被迫敲门，然后走进去，真难堪！大家瞪着眼瞧她，他们看到，她哭了，真是糟透了。不过女教师一点儿也没有生气，她只是说：

　　"你怎么啦？肚子痛吗？"

　　马迪根喜欢自己的女教师，上学也很有意思。要没有那个愚蠢的米娅就好了！

　　马迪根跟爸爸讲米娅的事。每天早晨马迪根上学，爸爸去报社上班，他们差不多天天能结伴而行，所以有时间在一起讲话，走到糖果店附近的街角才分手。

　　"我从来没惹过她，"马迪根说，"但是她总是和我找茬儿

吵架，对，她和所有的人都吵，但是跟我吵得最多。"

"米娅，就是长着红头发、住在里努丝－伊达家后边的那个小姑娘吧？"爸爸问。

"对，她是红头发，她和她妹妹头发上都长满了虱子。有时候虱子还从身上爬到她的课桌上。"

马迪根一想到米娅就生气，她还没忘记五朔节篝火晚会时米娅的所作所为。

"如果有一天我也长了虱子，我不会感到惊奇。因为她就坐在我后边，女教师看不见的时候，她经常揪我的头发。"

"米娅确实很可怕。"爸爸说，"这时候你做什么？"

"我也打她……啊，当然是女教师看不见的时候。"

"哎哟，真的？"爸爸说。

"有一次我们上绘画课，你知道她说什么了吗？女教师说，我们自由选题，想画什么就画什么，一栋房子或者一只猫，或者我们的爸爸、妈妈，画什么都行，这时候米娅说：'我们很穷，我们没钱要爸爸！'你说她傻不傻？"

爸爸不同意马迪根的观点。

"米娅是不是有点儿可怜，你觉得呢？"

"不对，因为她是大傻帽儿一个。"马迪根说。

还有一件事她没有告诉爸爸，就是米娅拿维克托取笑她。那个胖维克托有时候给马迪根糖吃，这本来碍不着米娅。

"你有一个又胖又壮的未婚夫。"米娅说,这时候马迪根可生气了。不仅米娅,维克托也很怪,他的位子在很远的窗底下,但他经常偷偷地看马迪根。

"你在看什么?"马迪根有时候问他。

"跟你没关系。"维克托说,但脸马上红了。

但是米娅知道是怎么回事。

"哈哈,他爱上你啦!他是一个又胖又壮的未婚夫,你不觉得高兴吗?"

"你是全校最愚蠢的孩子。"马迪根这时候说,她真的这样认为。

这个礼拜的第一节课是基督教知识课。这是马迪根的长项,这方面她要感谢里努丝-伊达。每次里努丝-伊达来于尼巴根洗衣服和打扫卫生时,都要给马迪根和丽莎贝特讲《圣经》中各种有趣的故事。大卫与玛利亚,芦苇中的摩西,井中的约瑟,燃炉中的三个人,狮群中的丹尼尔,以及在耶稣很小的时候,讨厌的希律王杀死很多小男孩儿。这些故事马迪根听过很多遍,也流过很多眼泪。但是流眼泪最多的时候是里努丝-伊达讲耶稣的故事,那些残暴、讨厌的人百般虐待他,他们打他,把他吊死在十字架上,但他自始至终友善、宽容。

"他们残酷地抽打他、折磨他,但他一声也不吭。"里努丝-伊达信誓旦旦地说。

她还讲地狱，讲那些在人间为非作歹的人到地狱要受惩罚。但是妈妈不让她讲下去，妈妈说没有什么地狱。

"天啊，天啊，等到世界末日真的来临时，我们会搞清楚这件事。"里努丝－伊达用威胁的口气说。

世界末日，那是一个十分可怕的日子，所有死去的人都要从坟墓里爬出来，站在那里，由上帝决定谁去天堂，谁进地狱。马迪根想到这一点就吓得打战，但是丽莎贝特说：

"没有地狱，妈妈说过了！"

里努丝－伊达很固执，她既相信有世界末日，也相信有地狱，有时候妈妈觉得里努丝－伊达整天干活儿太辛苦了，劝她休息一下，免得腿痛，这时候她说：

"休息，进坟墓才能休息。不过我相信，我还来不及享那种福分，世界末日可能就到了，说不定就在明天，那个时候我可怜的老腿又能站起来走路了。"

但是多亏里努丝－伊达，马迪根的宗教课全班第一。现在离放暑假没多长时间了，女教师想复习一下他们学习的《圣经》知识，免得所有的爸爸妈妈来听课时，他们做出愚蠢的回答。

这个礼拜一早晨马迪根回答第一个问题。她讲述了上帝如何创世，如何造出所有的鸟、鱼和哺乳动物，讲上帝最后怎么用一小块泥造了第一个人。

"这个人是亚当。"马迪根说。

她本来还可以继续讲下去,但是女教师希望米娅接着往下讲。

"喂,米娅,后来上帝又做什么啦?"女教师问。但是米娅没有记住自己学的东西。她只是站在座位旁边,眼睛看着窗外,好像亚当跟她没有任何关系。

"当上帝用那块泥造好了亚当以后,他又做什么啦?"女教师又问了一遍,"你肯定知道吧?"

"我想他可能把他去晒干吧。"米娅不高兴地说。

马迪根忍不住笑出了声,米娅生气地瞪了她一眼,不过马迪根没有发觉。这时候又轮到她做出正确的回答。

"上帝从亚当的鼻子往里吹气,这样他就活了。"

随后课间休息,米娅来到马迪根身边。

"我吹你的鼻子,臭显摆。"米娅一边说一边朝马迪根扑过来。

随后俩人打了起来,全班人站在周围看热闹。

"加油,马迪根。"几乎所有的人都这样喊,这实在不公平,因为马迪根非常强壮,她不需要助威就能战胜米娅。

可是突然静了下来,没有人再喊加油。马迪根还没明白是怎么回事,就感到有一只强有力的手抓住她的脖子,是学监站在那里,尽管她一开始只看见他的两只大脚和一节大长腿,就知道是他。马迪根惊恐地朝上看着,看到他严厉的面孔。他用

另一只手抓住米娅脖子上的肉皮,他的手真硬,痛得米娅直咧嘴。

"小姑娘还打架。"学监说。听他的口气,好像没有比小姑娘打架更不可思议的事。他认为有必要听一听打架的原因,可不管是马迪根还是米娅都不知道。学监却非要知道不可,马迪根只得不好意思地说:

"是因为亚当,我觉得。"

学监看着马迪根,好像直到现在他才认出她,尽管他到于

尼巴根去过好几次。

"好啦。"他说。然后他看着米娅。

"我早就注意你啦。你小心点儿,免得我对你不客气!"

这时候上课铃响了,课间休息结束了,学监放了她们。

马迪根在座位上想:为什么他不对我说"免得我对你不客气"?她认为,只对米娅这么说不公正。马迪根不喜欢学监,她过去就不喜欢,此时她坐在那里,心里很恨他。但是她似乎发现了某种联系,马迪根的爸爸在报社工作,学监大概想和他搞好关系。米娅根本没有爸爸,所以人们动不动就威胁她。

马迪根还在生气,这使得她反而同情米娅了。人们不能像学监那样不公正,马迪根决定尽量对米娅客气一点儿,如果可能的话。

但是做不到,第二天就不行了。

"我认为这个班所有的人,你们都是胆小鬼,"米娅说,"只有我勇敢。"

这是吃早饭的时间。所有住得离学校远、来不及回家的孩子都带早饭,他们坐在走廊的长凳上,吃三明治,喝牛奶,彼此交谈,对大多数人来说这是一个非常高兴的时刻。米娅住得离学校不远,但是她也不回家,她也不带三明治。马迪根想,她长得那么瘦,她已经决定对米娅客气一点儿。

"你想要这个吗?"她一边问一边递过去一个香肠三明治。

米娅看着马迪根和三明治,她冷笑起来。

"我宁愿去吃耗子药。自己胡吃海塞去吧,臭显摆!"

"你是这所学校里最愚蠢的孩子。"马迪根说。她以后再也不想对她友善了。平时很少讲话的维克托,他倒想要知道米娅是怎么个勇敢法。

"喂,大虱子-米娅,你怎么勇敢啦?你大概射杀过雄狮吧?还是挤死过你身上长的几个虱子,你说?"

他的话惹得大家都笑了。但是马迪根没笑,她不需要维克托替她出气,永远不需要!她自己可以对付她,如果需要的话。

"我很想知道谁是班里最胆小的。"米娅说,"是你马迪根,还是你那位肥胖和愚蠢的未婚夫?"

这时候维克托朝米娅打去,很重,正好打在脸上。但是米娅依然冷笑着,就好像她没有感觉一样。

"现在你勇敢了,对吗?"她说,"打架谁不会呀,但是……"

然后她不说了,她在思考。

"但是走学校楼顶的屋脊,只有我敢。"

"哈哈,你不相信我也敢。"马迪根说,她连想也没想就说了出来,但是刚一说出来,她马上就后悔了。走屋脊没什么了不起的,马迪根经常走家里木柴屋的屋脊。但是爬到学校楼顶上去走,那是另一回事。再说学监住在第二层,在他的头顶

上走屋脊真要有勇气,肯定要。

"你敢吗?"米娅说,"我先要看一看才会相信。"

实际上不管是马迪根还是米娅,今天都不想爬到楼上去,但是现在话已经说到这儿,就只得爬了。

所有的学生回家以后,学校要关门。这时候学监通常要睡一会儿觉。他们都知道,因为学校严格规定,三点钟以后,任何人不得留下或在校园里大声喧哗,他要打个盹儿。大家都怕学监,都必须服从,另外,除了特别情况,没有一个人想在学校多待一分钟。最后一节课的铃声一响,每一个孩子都会像箭一样飞快地跑出学校大门,校园里马上空无一人。

现在就剩下马迪根和米娅,还有维克托和另外两个男孩子,他们分别叫阿克塞尔和埃洛夫。

"好,我们一定要看一看,她们俩是否真的疯了。"维克托说。

他或者其他人根本不相信,马迪根和米娅敢爬到屋顶上去,这种发疯的举动他们从来没听说过。

"不过你们应该想到,平常这两位就有点儿怪。"阿克塞尔说。

"我可不知道。"埃洛夫说。

女教师经过他们身边回家的时候,他们几个人正站在一起说话呢。

"你们怎么还在这儿？"她惊奇地说，"你们在等什么？"

"没等什么。"马迪根说。因为她不可能说，我们在等学监睡着了。其实他们就是在等他睡着了。

"你们快回家吧！我们明天见。"女教师说完就走了。

学校那座楼的山墙有一个救火用的梯子，一旦失火，学监和家里的人就可以借助它逃下来。不是为马迪根、米娅或者其他孩子爬墙用的。

"往上爬就是了，"米娅说，"你不是不害怕吗？臭显摆。害怕就说话！"

"闭上你的嘴，"马迪根说，"不然我就一下子把你打到地底下去，然后让你再往上爬。"

她听阿贝说过这句话，现在正好用在这里。看来米娅也被吓住了，因为她用缓和的口气问：

"那谁先开始？"

"我们手心手背，"马迪根说，"谁赶上手心就得先爬。"

　　手心手背，
　　手心手背，
　　手心手背。

米娅赶上"手背"，马迪根先爬。她不愿意，她从内心不

想先爬。但是她必须得先爬。因为现在米娅又冷笑起来,她不相信马迪根敢爬。

校园静静地沐浴在午后的阳光里。这是一所宜人的校园,绿树环绕。平时总有孩子们在那里吵闹、玩耍,但此时此刻马迪根觉得静得吓人。因为除了米娅、维克托、阿克塞尔和埃洛夫站在那棵大椴树的树荫里等着看她爬梯子上房以外,没有任何其他人。而这个防火梯也是禁止爬的。马迪根轻轻叹了口气,朝屋顶看了看,绿色的铁皮屋顶在半空中闪闪发亮。学监家住的那层楼在山墙上有一个窗子,那是唯一的一个窗子,正开着。谁知道,在马迪根经过时,会不会有人正从那里往外看呢?马迪根多么希望,此时她在于尼巴根家里,和丽莎贝特亲亲热热地做游戏。但是她却在这里,做一件她根本不愿意做的事。

"哈哈,你不敢了!我早就知道你不敢。"米娅说。

这时候马迪根开始爬。一开始很慢,但是后来就快起来。一会儿就到了那扇开着的窗子,她不安地朝里边看了看,里边没有人。马迪根在梯子上停了一会儿。看看人家的房间也很有意思。靠窗子有一张写字台,上面放着蓝色的算术本、一个闹钟、一个钱包、一个装硬币的钱包和一包钥匙,还有几个镜框,但是她只能看到背面。她看到屋里的糊墙纸很难看,那里有一个摇椅,远处还有一个沙发——救命啊!学监躺在上面!

马迪根吓得差一点儿掉下去。她浑身发热，双腿奇怪地发软。天啊，她现在应该怎么办呢？她不知道。她只是瞪着学监看，等待他大怒。

但是他用力打着呼噜，在马迪根离开那里之前大概他不会大怒。此时她必须做出决定——继续上去，还是下去？她想下去，上边没有她喜欢的东西。这时候她想起了米娅的冷笑，她知道，米娅会发出冷笑。如果此时她回去的话，米娅会笑话她一辈子。不行，她不能下去！特别是她已经爬了这么远！她一定要爬到屋顶，尽管学监躺在那里，上帝保佑，他千万别醒来啊。

马迪根继续往屋顶上爬，心已经跳到嗓子眼儿。

现在她已经爬上去，现在她已经站在那里，啊，真高呀！与这儿相比，家里的木柴屋太不算什么了。她一定要从屋脊的一头走到另一面山墙的顶头，然后再走回来。真不聪明。只有那个愚蠢的米娅才想得出这个愚蠢的主意！

不管是聪明还是不聪明——马迪根已经来到屋顶。她走得不错。她走得确实不错。她的双脚和身体准确地知道应该怎么样保持平衡，来自于尼巴根令人引以为自豪的少女走得敏捷、无畏，就像走在大厅里，此时她几乎已经忘记了学监，她知道，其他人在下边看着她。她感到很舒服，活该，米娅，现在你还能说什么？

马迪根回到地面时，米娅什么话也没说。但是维克托、阿克塞尔和埃洛夫瞪着眼看着她。他们认为她真了不起，她能感觉到，她对自己相当满意。

"现在轮到你了，小虱子-米娅。"她说，"你快一点儿吧，学监在上边睡觉，别等他醒了。"

"他真在睡觉？那我一定进去教训他一顿，"米娅说。

米娅不像她自己说的那么勇敢，但是她还是沿着梯子往上

爬。马迪根站在那里看着她,那情景就像看一只小苍蝇在那里爬。马迪根认为,穿着黑色长袜的米娅双腿太瘦了,真讨厌,米娅必须要经过那扇开着的窗子。马迪根又害怕了,她真想叫米娅从梯子上下来,现在还来得及。这件事太愚蠢了,想想看,如果学监突然醒了怎么办,可怜的米娅!

但是这时候她已经到了窗子附近,她不慌不忙。可以想得到,他还在睡觉,否则她不敢在那里待那么长时间。

"想一想,如果她真能像她说的那样该多好啊。"维克托说。

"做什么?"马迪根问。

"进到屋里去,教训一下那老东西。"维克托说,看来他也不喜欢学监。

其他的人笑了,但是马迪根没有笑。她静静地站在那里,提心吊胆地看着米娅像一只苍蝇一样继续往屋顶上爬。

她很快到了那里。他们看到她站在屋脊上,凯旋式地向他们挥手。然后她小心地向前走了几步,但身体开始打晃。那景象太可怕了。米娅差点儿摔下来,啊,真的差点儿摔下来,真的!马迪根惊叫一声,维克托和其他两个人也不安地叫了起来。他们都吓坏了。

不过他们看到米娅在屋顶上坐下,这时候其他人才松了口气。她在那里坐了很长时间,突然她开始往下爬。她脸色苍

白，但还像平时那样凶。她走到马迪根身边解释说：

"我饿得头昏目眩，所以不管三七二十一啦。再见吧，臭显摆！"

"这个学校里没有比你更愚蠢的孩子。"马迪根说，她与男孩子们告别，匆匆赶回于尼巴根的家。

珍妮小姐在那里。马迪根要试穿结业式穿的连衣裙。衬裙是粉色的，连衣裙上边绣着白花，所以针脚周围露出粉色。妈妈很爱马迪根，是她让马迪根有这么漂亮的一件连衣裙，不过最初她认为马迪根应该穿一件海军式连衣裙，再加一顶蒲公英式帽子。

"你的性格适合这种连衣裙，知道吧？"妈妈说。

但是马迪根一点儿也不喜欢打扮成这样。马迪根想打扮成这样的人：头戴白色尖顶帽，帽檐周围结着粉色绸布玫瑰。她确实得到了这样一顶帽子。

"因为我知道，这是一件天赐的礼物。"妈妈说。

天赐的礼物，马迪根把美不可言的好东西通常这么叫。人们很少有机会得到天赐的礼物。如果运气好，可能在圣诞礼品里有一件，在生日礼品里有一件，别的时候不会有。不过这顶新帽子就是一件天赐的礼物，妈妈说得对。

这时候丽莎贝特也对礼物感兴趣了。当她看见马迪根的帽子时，大吵大闹，直到妈妈带她到大长街的时装店给她买了一

顶相同的帽子为止。

丽莎贝特回家时戴着这顶帽子,浅色弯曲的头发上结着粉色玫瑰,她自豪地告诉马迪根:

"我们在广场上碰到烟囱工,他说我是全城的大美人。"

"你真的是。"马迪根一边说一边亲吻她的面颊。她很喜欢自己有一个漂亮的小妹妹。至于她本人什么样,无所谓了,只要结业那天能穿上绣花连衣裙和结有玫瑰的帽子就行了。

但是还没到考试,在此之前还会有很多事情发生。事情是这样开始的:米娅第二天到学校以后,请全班同学吃带馅的巧克力。过去从来没有谁这样大方过,特别是米娅,她过去从来没往学校里带过一块糖。突然她慷慨地拿一大包巧克力请大家吃。甚至还想请马迪根,尽管马迪根还在生她的气,但是巧克力毕竟挺好吃的,她正要拿一块的时候,米娅却把口袋收回去了。

"不行,你自己有钱买巧克力吃,臭显摆!"

过去班里没有任何人在意米娅,谁都看得出来。但是她的夹馅巧克力使大家很在意,他们在校园里等着上课铃响的时候,把她围起来。安娜-丽萨是马迪根的同桌,她只相信马迪根,甚至她也站在那里吃着巧克力,是她问起了米娅:

"天啊,你的钱是从哪儿来的?"

"我在斯德哥尔摩的爸爸给的。"米娅说。

过去谁也没听说过米娅在斯德哥尔摩有一个爸爸。不过米娅说,她当然有!

"拖了很长时间,现在他总算寄点儿钱来了。"

米娅还买了带有小天使的书签,她拿出来给大家看,她东送一张,西送一张,当然没有送马迪根。马迪根也不想要,她现在已经很厌烦米娅了。

"请你们看这个甜蜜的小天使,"米娅说,"长得跟我的小妹妹马蒂丝一模一样。"

米娅认为,她的妹妹非常好看,像一个天使。她希望大家

都看看,她还特意带来一张照片,让大家比较。

"你也可以看看,臭显摆。"她说,并且把那张小照片递到马迪根鼻子底下。大家当然可以看到照片上的米娅和马蒂丝,她们微笑着,两个人都长着蓬乱的头发。不过马迪根没有发现,马蒂丝哪一点长得像天使。

"啊,因为你忌妒,"米娅说,"我知道,跟你那个丑妹妹一路货。"

米娅慢慢把所有的天使都送出去了。只有那张马蒂丝——天使与照片藏在一起。

"这张天使谁也别想从我手里要去,这是我最珍贵的,"她满意地说,"不过你们对我好的话,明天我给你们买太妃糖。"

这时候铃声响了,他们排成两队走进教室。

当他们唱完早晨圣歌以后,女教师说:

"你们哪个人拾到了学监的钱包了?他似乎是昨天丢的,不过他不知道是怎么丢的。一个棕色的大钱包,你们没有人看到过吧?"

马迪根看到过。因为昨天那个钱包放在学监的写字台上。但是用不着告诉女教师,很可能他睡完觉出去了,一马虎,把自己的大钱包掉在什么地方了。马迪根一点儿也不同情他。

女教师请大家注意一下钱包,课间休息时都去找一找。但

是米娅说：

"谁的东西谁自己管好，不管是他还是其他人都一样。"

米娅不想找。相反，她在椴树上打秋千，满校园疯跑，别提多高兴了。马迪根以为，她这么高兴是因为她爸爸给她寄了很多钱。

但是第二天米娅没有买来太妃糖。她把钱包丢了，真倒霉！跟学监一样！

"我的钱包也是棕色的。"她解释说，"如果你们拾到了，赶快还给我，别忘了！"

这天在校园里确实有人捡到一个棕色的钱包，就在那棵椴树底下。是学监教的那个班里的一位男孩捡到的。他因为对米娅也丢了钱包的事一无所知，所以他直接交给了学监。

马迪根那个班最后一节是习字课。正当他们坐在那里想方设法把字写得跟帖上一样的时候，教室的门开了，学监走了进来。他走到女教师跟前，给她看了一件东西，是什么东西呢？大家看不见，因为他背对着大家，但是他们把那个东西看了很长时间，还小声地交谈着。然后女教师伤心地看着米娅，用很低的声音说：

"她坐在那里！"

学监用眼睛瞪着米娅。

"你过来，对，就是你，长着红头发的！"

米娅慢慢地走到他的跟前。

"你看到过这个吗?"他一边问一边举起一个棕色的钱包,马迪根认出来了。

米娅不回答,她的眼睛朝窗外看着,跟要她回答亚当的问题时一样。

"看着我,"学监吼叫着,"你大概可以告诉我,这张照片怎么跑到我的钱包里来了。还有这个呢?"

他举起米娅的小天使书签,所以大家都能看到书签和马蒂丝的照片。

教室里鸦雀无声,甚至没有人敢在座位上动一下,连大声出气都没有。

"你还剩下一枚5厄尔的硬币,够客气的,"学监说,"但是我现在想知道,你拿里边的其他钱都干什么用了!"

米娅什么也不想说,绝对不想。她站在那里一言不发,不管学监怎么样折磨她、问她,而学监却要打破沙锅问到底。

"她买了夹心巧克力了。"最后维克托说。尽管这是事实,但是马迪根还是很讨厌维克托说出来。她也恨学监,他的一切举动让马迪根感到恶心,她过去从来没有经历过这种处事方法。他要米娅承认。现在他明白了,钱包不是他不小心掉的,一定是米娅偷的。在他的办公室没人的时候,米娅肯定偷偷地跑进去了,从挂在椅子上的衣服里掏走了他的钱包。

"看着我,米娅,"他吼叫着,"承认是不是这回事!"

"对。"这时候米娅小声说,但是她没有看着他,眼睛还是看着窗外。

马迪根知道米娅在什么地方、什么时候拿了他的钱包,不是在他的办公室。但是米娅说是,那就是她自己的事了,再说究竟什么地方拿并不重要。不过她总算承认了。马迪根认为,学监应该放过她了,事情到此为止,他应该走了。

但是她想错了。学监仍然没完没了,米娅必须首先道歉,她还必须得挨一顿打,以便改掉偷东西的毛病,免得将来变成小偷。

"你将来会感激我的。"学监说。

他还说,要让她的同学都看着,让他们知道偷东西有什么下场。

"这是对你们所有的人身心有益的一节课。"他说。

马迪根坐在座位上脸色苍白,女教师坐在讲台上也脸色苍白。她竭力想跟学监说什么,但是他没有时间听。因为现在他要去取打人的藤条。

在他离去的那段时间里,女教师走到米娅身边,用双手抱住她。

"米娅听话,不管怎么样要认个错,请求原谅,这样你就可能免遭惩罚!"

米娅站在那里,眼睛向下看着。

"那我能要回我的小天使吗?"她轻声问。

小天使书签和照片都放在讲台上,女教师把它们拿起来,迅速装进米娅罩裙的口袋里。

这时候米娅总算抬头看着女教师,她的眼睛里有一种表情,感动得马迪根开始哭起来。

学监拿着藤条回来了,这时候不仅是马迪根,而是几乎整个班都哭了起来。

但是米娅没有哭。她穿着过小的连衣裙、脏兮兮的罩裙和膝盖上有洞的长袜子,刚强地站在讲台旁边。她眼睛朝窗外看着,眼前要发生的事好像与她无关。

"喂,米娅,你请求原谅吗?"学监问,"你可以现在请求原谅,或者以后,喜欢哪种,你自己决定!"

但是米娅什么也不决定。她只是沉默,再沉默。这时候学监发怒了。

"弯下腰去!"他吼叫着。米娅顺从地弯下腰,藤条啪啪地打到她干瘦的屁股上。米娅一声不吭。但是全班的人都哭了起来,女教师用双手捂着眼睛。

学监又举起了藤条。这时候确实有人喊叫起来,但不是米娅。

"别打啦,别打啦,别打啦,别打啦。"马迪根喊叫着,

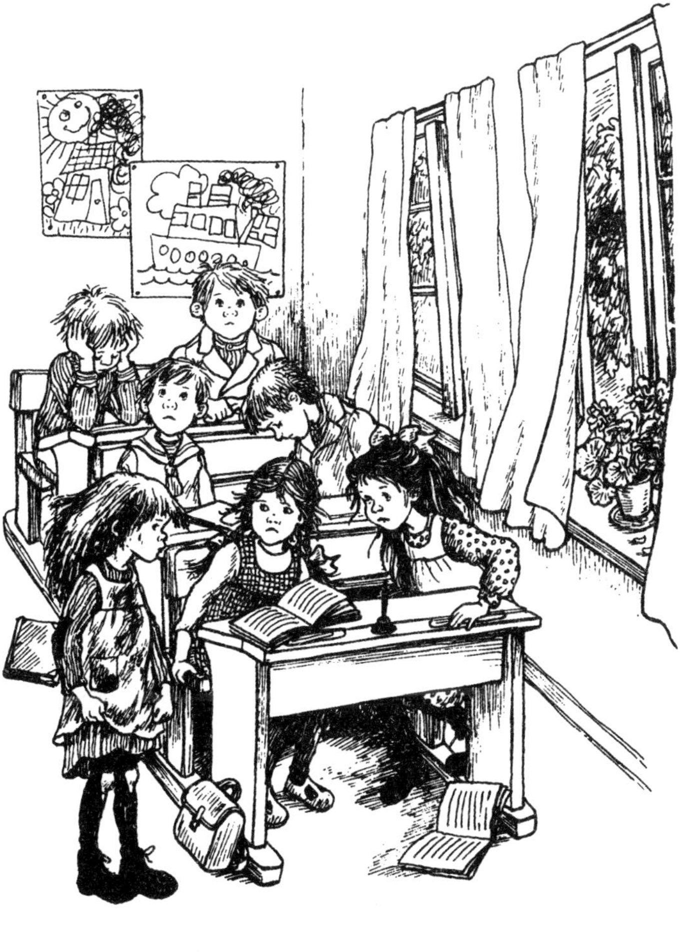

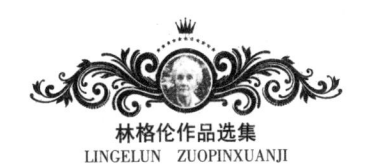

眼泪夺眶而出。

学监生气地看着她,但这时候他有了台阶。拿藤条的手垂了下来,他似乎在考虑什么。

"好吧。"他说,并且看着马迪根,然后他看了看米娅。

"算啦,到此为止!你的同学们可怜你,尽管你不值得可怜。"

但是必须得认错,请求原谅,她必须,米娅对自己所做的事情必须认错,请求原谅。

"现在就做。"学监说。

米娅眼睛朝窗外看着,她什么也没听见,她不想说什么。多么拧的孩子,学监对她束手无策!

"请求原谅只需要说一两个字,这你是知道的,我等着听这几个字!"

学监等待着,好像整个教室都在等待着。这时候米娅好像在嘟囔什么,一点儿也不假。对对,他确实知道她说了什么!看来没有哪个孩子他治不了。但是他仍不满意。

"不行,你要说得清清楚楚,让大家都能听到!对吗?米娅!"

这时候米娅转过头,第一次直视着他,她说出了简短的两个字,清清楚楚,大家都听到了。

"狗屁!"

然后她拔起干瘦的细腿从大门跑了,谁也没有来得及拦住她。

"这是我听到过的最不道德的事情。"当马迪根流着眼泪回到家,并把今天学校里发生的事情讲给大家听时,爸爸这样说道。

"对,不过你应该知道,她……"马迪根刚要为米娅辩解。

"我是说学监不道德,"爸爸说,"不是米娅,她对他说的那句话恰如其分。"

丽莎贝特也认为说得好,她从来没听说过这么好听的话,她马上学起来,但是妈妈这时候说:

"不,谢谢,我可不想多听这句话,现在已经足够了!"

最恨学监的是阿尔娃。她气得肚子直咕噜。

"他吃饱了撑的没事干,打小孩子干什么?我把话先说了,他要是敢动你,我就拿一根劈柴,把他打死。"

马迪根听了这句话觉得特舒服。不过爸爸还是希望阿尔娃别拿劈柴去打人,他说,那样做的话她就比学监更加不理智。

吃晚饭的时候,马迪根觉得胃口特别不好,她几乎咽不下任何东西。而丽莎贝特把土豆和浇汁拌在盘子里,吃得挺香。她喜欢吃这样的饭。

"不过爸爸,"马迪根说,"米娅拿别人的钱包还是很不光彩的,不能偷东西。"

"不能,"爸爸说,"但是小孩子有时候会犯这种错误。正确的办法不是拿藤条惩罚他们。"

"不过米娅不管怎么说都应该认个错。"丽莎贝特说,而她自己却从来不肯认错。

"我觉得,她跟女教师单独在一起的时候,好像已经认错了。"马迪根说。

"可能吧,"爸爸说,"不过不能肯定。"

丽莎贝特已经吃完饭,这时候她舔起盘子。

"不行,丽莎贝特,"妈妈说,"这可不行,永远不许舔盘子,你要记住!"

丽莎贝特静静地坐在那里想了一会儿,然后说:

"既然永远不准舔盘子,人为什么还要造这个'舔'字呢?"

各种字如今是丽莎贝特经常思考的事。

马迪根认为,生活又逐渐变得跟往日一样。她想忘掉那天学校里发生的事情,不愿意再想。她也希望忘掉走教学楼屋脊的事,她不好意思把这件事告诉爸爸和妈妈。

她想,找一天和爸爸同路上学的时候再告诉他吧。可能吧,不敢保证。

她很快做完作业，然后和丽莎贝特打槌球。马迪根多次把丽莎贝特的球打跑了，处于绝对优势。

这时候丽莎贝特说：

"你知道你是什么吗？马迪根。我不说，但是我告诉你开头是'狗'。"

她们又跟小狗萨苏玩了一会儿，然后去闻盛开的丁香，最后又给刺猬准备了牛奶，它总是晚上出来找吃的。把一切事情都做完了以后，已经到了上床睡觉的时候。但是丽莎贝特还有一件事要做。她要告诉马迪根：

"在睡觉之前，我要走进衣帽间，关上门，说'狗屁'。我一定要说5次。但是你不能告诉妈妈。"

"好，你真行，"马迪根说，"不过你说完以后一定要做晚忏悔，这你是知道的！"

"不，活该，因为我上礼拜天已经做了，"丽莎贝特说，"做了7次！足够用一个礼拜的。"

然后她就不见了，马迪根知道，她肯定照她刚才说的去做了。她自己又在外边待了一会儿。她想等那只刺猬，刺猬还真来了，看它喝牛奶很有意思。

正当她在那里看的时候，她听见有人冲她吹口哨，她在大门口看见了米娅。天啊，这么晚她来做什么，这孩子怎么总是不让人安宁呢？马迪根很不情愿地朝她走去。

"你,"米娅说,"我还有两块夹馅巧克力,我都给你,如果你愿意的话。"

她把手从大门上伸过来,给了马迪根两块黏糊糊的夹馅巧克力。然后她飞快地沿街跑了,马迪根都没来得及对她说声谢谢。

夏日灭虱子

考试到了。这是马迪根第一次参加考试。今天是她生命中伟大的一天，一点儿也不像校园里普通的日子。她真不敢想象，她就坐在不久前发生过那件可怕的事情的同一个教室里。教室里到处装饰着鲜花和绿叶，一切都是那么漂亮。几乎所有的姑娘都穿上了新连衣裙，而男孩子们帅气得都让人认不出来了，他们身着海军服和干干净净的衬衣，头发都剪过了。女教师穿着浅蓝色的连衣裙，白领子，美丽得像一个梦。马迪根本人坐在教室里，穿着绣花连衣裙，粉色内衣，显得十分高兴。很遗憾，她的帽子必须要挂在走廊里，不过随后他们去教堂的时候她会戴上的。马迪根想到这一点心里就痒痒。爸爸、妈妈们也都穿得漂亮、讲究，他们沿着教室的墙站着，听孩子们朗读、唱歌和看他们做算术，听他们出色地回答《圣经》方面的问题。这一天所有的孩子表现都很出色。不过偶尔有人忘记了或者说错了，也没什么了不起，女教师这样说。

马迪根这次讲仁慈的撒马利亚人，她非常喜欢他，啊，他真是既仁慈又助人为乐！马迪根讲得十分逼真，好像她亲临过从耶路撒冷到杰里科的路。她好像真看到了那位撒马利亚人骑着毛驴来了，从路边找到了浑身是血的那个人，他真可怜，差一点儿被强盗打死，撒马利亚人给他的伤口敷上油和酒，把他扶到驴背上，驮着到一处农舍，让他在那里养伤直到痊愈。啊，因为撒马利亚人为他付了钱！

马迪根讲得很不错，她的爸爸、妈妈听了很满意！不过他们没有听到最精彩的部分。那个撒马利亚人要起程的时候，郑重地对农舍主人说："请照顾好他，为他花了多少钱，我回来的时候一定付给你！"马迪根非常喜欢撒马利亚人讲的这段话，她很高兴把它大声讲给爸爸、妈妈和其他人听。但是这个时候女教师让维克托接着往下讲，这个笨蛋，他看错了字母，正好把那位撒马利亚人的意思听反了！"请你把他枪毙了，花多少钱我回来付给你"，维克托认为撒马利亚人是这样说的。大笨蛋维克托，他把马迪根讲的美好故事全破坏了，因为全教室的人都让他逗笑了。特别是丽莎贝特，她坐在那里，帽子上结着玫瑰，她的笑声超过了其他所有人。

没有参加考试的只有一个人，就是米娅。她已经有一周没有到校上课，从可怕的那天起她一直没来。爸爸已经跟学监谈过了，不然她肯定会被用强制性的手段弄到学校上课。因为小

孩子必须得上学，不管他们愿意还是不愿意。米娅不愿意上学。根据情况，她可以等到秋天再上学。现在离秋天还很远，首先要过一个长长的美好夏天。

随后孩子们在教堂里唱歌颂美好夏日的圣歌，唱完以后马迪根跟爸爸、妈妈和丽莎贝特一起回家，吃阿尔娃送上来的蛋糕，丽莎贝特当然也吃了，尽管她还没有什么考试。她们坐在前廊里，一边吃蛋糕一边看燕子从屋檐下的窝里飞来飞去，窗子都开着，外面的丁香花散发着沁人的芳香，而马迪根今年第一次在额头上让蚊子咬了一口。只有到这个时候她才真正意识到——她放暑假了，啊，好事真的来临了！

后来她走到隆纳特。阿贝一定得知道,现在来的已经不是一年级的小学生。现在她已经不再是一年级的小豆包了。但是阿贝好像并不特别在意这件事,尽管她说了好几次。

"我要上二年级了,你知道吧,我已经很大了。"马迪根说。

阿贝瞥了她一眼。

"对,我已经看到了,你已经白发苍苍,老态龙钟,要不要我叫你阿姨?"

马迪根不愿意。

他们待在家兔笼子旁边。那位被误认为父亲的母兔又生了小兔子。它们长得又瘦又小,但是阿贝还是很喜欢它们。它们舒舒服服地躺在窝里。"你不要用手动它们。"阿贝说。不过马迪根更愿意从笼子外边看它们,笼子可以使小兔子免受狐狸、鹰和其他危险动物的侵害。

"有很多动物想吃掉它们。"阿贝说,"有一只狐狸每天夜里偷偷地到这儿来,我可不敢相信它。"

尼尔松叔叔坐在压压板上,在思考什么,也许在做什么,他听见了阿贝的话。

"这可不行,"尼尔松叔叔说,"它就是趴在笼子后边,也会把小兔吓死,知道吧?"

"对,这正是我担心的。"阿贝说。

尼尔松叔叔又想了一会儿，然后他猛地从压压板上站起来。

"阿贝，我的好儿子，我有一个狐狸夹子，我知道放在什么地方。只要有你老爸在，什么森林中的野兽你都不必怕。"

这时候尼尔松叔叔来了精神，他迅速跑向木柴屋。

"他已经有两年没到里边去了。"阿贝说。马迪根知道是怎么回事，木柴屋里有没有木柴只有阿贝管，尼尔松叔叔不闻不问。

但是那里放着很多其他东西。当阿贝听见自己的父亲在里边翻箱倒柜、抱怨诅咒的时候，他笑了。尼尔松叔叔肯定找不到狐狸夹子，马迪根觉得，阿贝应该进去帮助他找。但是阿贝说：

"不行，他正心血来潮，不能给他泼冷水。"

尼尔松叔叔从木柴屋走出来，手里拿着狐狸夹子，一副得意扬扬的样子。

"好啦，不管别人怎么说我，我自己放的东西，心里还是有数的。"

他给马迪根看狐狸夹子，还告诉她怎么使用。

"这里能夹住那个坏蛋的腿，然后它只能坐在那儿，以后夜里别想再猎物了。"

马迪根从来没看到过尼尔松叔叔这么兴致勃勃。他还知道

狐狸夹子放在什么地方。

"要放到围栏的豁口旁边，那坏蛋见了，不知会有多惊奇呢！"

当尼尔松叔叔放好夹子以后，他得意地笑了。

"我一直想送他母亲一条过冬戴的毛围巾，红狐狸毛的最漂亮，你说呢，小马迪根？"

马迪根当然认为是。但是她认为那个锈迹斑斑的狐狸夹子特别讨厌，她开始同情那个狐狸。

"你想一想，如果其他人走到那里时被夹住怎么办？"阿贝说。

但是尼尔松叔叔对此事并不感到担心。没什么危险，竖一个警告牌。他的热情特别高，马上动手做，很快警示牌做好了。**请注意狐狸夹子**。一块纸板上用红色的大字写着。他把纸板钉在一根木桩上，再把木桩插进狐狸夹子旁边的地上。

"不过狐狸要认识字怎么办呀？"阿贝开玩笑说。

这类玩笑尼尔松叔叔不喜欢。

"如果不合适，我就把狐狸夹子、警告牌和其他东西都拿掉。但是如果你的小兔子吓得患了心脏病，你可不能找我吵闹。"

"哎呀，这不是跟你开玩笑嘛，老爸。"这时候阿贝说。

他肯定地说，他认为狐狸夹子和警示牌都很好，他的爸爸

听了很高兴。他又神秘地笑了,最后检查了一下狐狸夹子。

"好,好,不客气,"他对阿贝说,"有什么事要帮助,尽管找你老爸,没说的。"

马迪根回家了,她把小兔子、狐狸夹子、狐狸和尼尔松阿姨将得到的狐狸皮围巾统统讲给阿尔娃听。

"哈哈,"这时候阿尔娃说,"我等着瞧狐狸皮围巾啦。"

几天几夜过去了,似乎没有任何狐狸被夹住。警示牌上的字由于日晒和雨淋变得发白,不过尼尔松叔叔不时地修理修理。他是一个不肯轻易改变主意的人。

"因为我已经答应送他母亲一条狐狸皮围巾,我就要做到。"他说。

在此期间,马迪根忙于度暑假。她和丽莎贝特在洗衣台附近游泳,在玩具室做大扫除,在院子里玩压压板,给小狗萨苏在洗衣盆里洗澡,给小花圃浇水,打槌球,下雨的时候,在熨衣房搭小房子玩。

马迪根经常看狐狸夹子,好像那里从来没有来过狐狸。然后她回家,把情况告诉阿尔娃,阿尔娃听了大笑起来,好像她在想:我说什么来着,没错吧?

"狐狸皮围巾,"她小声说,"啊,除非一个礼拜有两个礼拜四!"

"真可能是狐狸认识字。"马迪根若有所思地说,同时使

劲挠头发。

"那狐狸,我想它比尼尔松叔叔智商高。"阿尔娃说。但是她随后大声叫起来。

"马迪根,你头发里长了什么?"

她像一只鹰一样朝马迪根俯下身来,在头发里又抓又找。

"孩子,你长满了虱子。"她说。

现在于尼巴根可热闹起来了。阿尔娃高声喊叫妈妈,妈妈

慌慌张张跑过来,因为阿尔娃叫的声音好像失火了。有虱子当然讨厌,妈妈也这样认为,但是可以用沙巴草液把它们除掉。沙巴草液可以毒死它们,妈妈说不用大惊小怪,药铺里有卖的,买回几瓶就行了。那些爬到马迪根头发上的虱子肯定会感到后悔。

丽莎贝特也被查过,但是连一个小虱子也没找到。

"没有,因为我不像你那样不讲卫生,马迪根。"丽莎贝特说。

"闭嘴,"马迪根说,"不然我把一大把我的虱子都放到你身上去。"

不管怎么说,马迪根认为头发上长满虱子还是很有趣的,一旦妈妈买回来沙巴草液,就能消灭掉。妈妈今天下午进城,因为她要去看看因腿痛躺在床上的里努丝-伊达。

"啊,我想跟着。"丽莎贝特说。马迪根也想跟着,不会因为头发上长了几个虱子就不去。

而头上没有虱子的丽莎贝特却不能理解。

"当你头上长满虱子的时候,你还敢出去?"

"你真以为我的虱子天黑以前就会死掉吗?它们也需要开开心。"

待在里努丝-伊达家里特别有意思,大家都知道。马迪根相信,尽管她腿痛,她还是会唱歌、弹吉他和讲故事。

"对,我们请她为你的虱子唱一首歌,不能太悲伤的。"丽莎贝特建议,因为她认为,那些不久就要被沙巴草液毒死的虱子一定很伤心。

里努丝-伊达见她们来了非常高兴。她很喜欢跟马迪根和丽莎贝特讲话,此外妈妈还给她带来治腿痛的药膏,一公斤咖啡和五块小蛋糕,你想不到里努丝-伊达有多么高兴!马迪根和丽莎贝特留在她那里,而妈妈进城去买沙巴草液和其他家里需要的东西。

里努丝-伊达手持吉他坐在那里,那条病腿放在一个小凳子上,她用稍微有点儿刺耳的声音给她们唱歌。但是她所有的

歌都很悲伤，没有一首可以恰如其分地鼓舞虱子的。《医院里的大厅》和《醉汉的木屋》，这两首歌马迪根的虱子可以听，但是它们肯定不会因此变得高兴起来。

随后里努丝-伊达说：

"歌里那个醉汉，他最后总算后悔了。但是隆纳特的尼尔松，他没救了。天啊，天啊，他肯定没有好下场！"

"真的？"马迪根担心地说，她喜欢尼尔松叔叔，不希望他没有好下场。

但是肯定会是这样，里努丝-伊达知道。

"如果他能接受帮助和告诫就好啦，但是不行！前几天他去酒馆的时候，我遇到了他。'在这条道路上，你永远无法进天堂，尼尔松'，我说。你们知道他说什么？'进天堂太远了我不愿意去，我只想进特意来喝上几杯啤酒'。天啊，天啊，艾玛怎么跟这样一个人结婚呢！"

丽莎贝特不愿意再多听醉鬼的事。她站在窗子附近向外看着，马蒂丝可能突然出现在垃圾桶当中。因为丽莎贝特知道，她就住在里努丝-伊达对面的小房子里，她曾经在这个院子里跟马蒂丝打过架。

"看啊，米娅在那边。"丽莎贝特突然说。这时候马迪根也走到窗子旁边往外看，不错，是米娅走过来了，手里拿着那根旧跳绳，头发红红的。马迪根的虱子就是从她的红头发上爬

来的,她心里很清楚。那些可怜的虱子可能觉得那里太挤了,所以爬到马迪根头上来了!马迪根向米娅招手。她还记得米娅给她送夹馅巧克力的事,此外,现在她们都长虱子了,不能再和她闹别扭。多亏了那些虱子,她似乎觉得自己已经以某种奇特的方式与米娅连在一起了,她想走到院子里告诉米娅,她们俩现在都长虱子了。

"我去跟米娅讲几句话。"马迪根说。

里努丝-伊达摇了摇头。

"哎呀,她是一个讨厌的孩子。不过不能怨她,这个可怜的孩子,都是她的妈妈造成的。"

当马迪根出现的时候,米娅停下跳绳。她用怀疑的目光看了她一眼,但是今天她没有说"臭显摆"。

"你好,"马迪根说,"你知道吗?我长了很多虱子!"

米娅不觉得这是什么大新闻。

"每个孩子都长虱子,我母亲这样说过。"

然后她笑了笑,"你的虱子可能是从我身上爬过去的,你生气了吧?"

"没有,"马迪根说,"再说,天黑前就要把它们消灭掉。"

"怎么消灭法儿?"米娅问。她从来没听说过沙巴草液。但是现在她知道了,消灭身上的虱子多么容易。

"妈妈去买了。"马迪根说。

这时候米娅好像在考虑什么。

"我真愚蠢,拿钱去买夹馅巧克力。"她说,"其实我应该买那种沙巴草液。因为别人叫我虱子-米娅的时候,听了心里觉得特别不舒服……"

马迪根觉得,她也曾经叫她虱子-米娅,为此她感到很惭愧。

"不过你现在可以叫我虱子-马迪根,想叫多少次都行,这样才公平。"

这时候米娅笑了。

"虱子-马迪根,"她高兴地说,"好,虱子-马迪根,用它代替'臭显摆'。"

她从额前的头发底下看了看马迪根。

"因为你实际上不是什么臭显摆,你还有漂亮的棕色头发和漂亮的衣服。"

马迪根从来没有想过,她的头发是漂亮还是不漂亮,不过听到米娅的话还是很高兴。

"我觉得你有漂亮的头发。你的头发全班最漂亮。"马迪根说,她突然明白了,尽管她过去没有想过。

米娅瞪着大眼睛看着她。

"你可能不聪明。"她说,但是正巧这个时候,妈妈来了,

丽莎贝特也到了院子里。

"我们该回家了,马迪根。"妈妈说,然后她跟米娅打了招呼。

"这个就是米娅吧,如果我没猜错的话。"

米娅既没说是,也没说不是,她不好意思地站在那里。

她等待着因为把虱子传给马迪根而招来的斥责。

这时候马迪根想出一个主意。

"妈妈,米娅能不能跟我们回家,让她也去消灭虱子?"

"好,同意。"妈妈说,"你愿意吗?米娅!"

米娅没有看妈妈,但是她小声说:

"愿意,如果沙巴草液够用的话……"

"不过你先去问一问你的妈妈。"

"她没在家。"米娅说,"她整天在外边给人家洗衣服。"

"那你就请里努丝-伊达告诉她一声,你到哪儿去了。免得万一她比你先回家不放心。"

"不用,她从来没有不放心的时候。"米娅肯定地说。

突然马蒂丝也蹦蹦跳跳来到院子里,就是那个被说成像小天使的她。马迪根仍然看不出她有什么地方像小天使,不过只要她梳一梳头发可能样子还不错,她的头发甚至比米娅的还乱还疯。

"她也长满了虱子。"米娅说,并且不好意思地看着妈妈。

"哎呀,真要变成一场灭虱子大战了!过来,我们走!"

当妈妈带回家不是两个姑娘,而是四个姑娘时,阿尔娃也很高兴。

"让我来给她们消灭虱子。"她自告奋勇地说,"我是灭虱子大王。我有七个弟弟妹妹,知道吧?"

丽莎贝特觉得眼前发生的事要把她排除在外。这下子她不干了。

"我也想要沙巴草液。"她对阿尔娃说,"我的身上刚刚来了一个小虱子,不过谁也看不见。"

"我们肯定能制伏这个虱子。"阿尔娃说,"想灭虱子的都坐到压板上。"

于尼巴根有一个很大的压压板,每头各有两个座位。四个人可以在上面同时压。她们一边压,一边等阿尔娃。

"好不好,马蒂丝?"米娅说,"你很高兴长虱子吧,不然你永远没有机会玩这个压压板。"

"对,长虱子真好。"马蒂丝说。

随后阿尔娃来了,她把她们的头发上都涂上气味很难闻的沙巴草液,还把每个人的头用毛巾包住,并且用一根绳子勒紧。当阿尔娃都给她们弄好以后,远处一看,还以为是四个包头巾的阿拉伯人在玩压压板。

"现在你们又可以玩压压板了,你们头上的虱子压一会儿

就断气。"阿尔娃说。

马迪根马上同情起虱子,她甚至不想再玩压压板,但这个时候阿尔娃说:

"嗨,压吧,让它们先乐一会儿!压得它们头昏脑涨更好,这样它们就可以不知不觉地死去。"

马迪根不得不承认,这话很合乎情理。她们压呀压呀,还为自己的虱子唱了告别歌谣,歌谣是马迪根编的:

带着我们的虱子压压板,咳咳哟,
压得它们晕死翻白眼,咳咳哟,
带着它们的小崽子压压板,咳咳哟,
我们自己安然无恙挺带劲儿,乌啦,乌啦!

"你真聪明,马迪根,你编的歌谣很不错。"丽莎贝特说。

然后她们走到洗衣台去洗澡。阿尔娃带过去一篮子吃的,有饮料和蛋糕,她还带了一块香皂和一把刷子。

"我觉得我们今天该进行一次大扫除了。"阿尔娃说,然后她光着脚,挽起裙子走到水里,顺手抓起一个小阿拉伯人。

第一个被抓的是马蒂丝,她早就需要进行大扫除了。

"不过米娅的腿比我的还脏。"马蒂丝一边说一边伸出一双灰色的小脚丫。米娅看了看自己的腿,确实如此,她的腿很

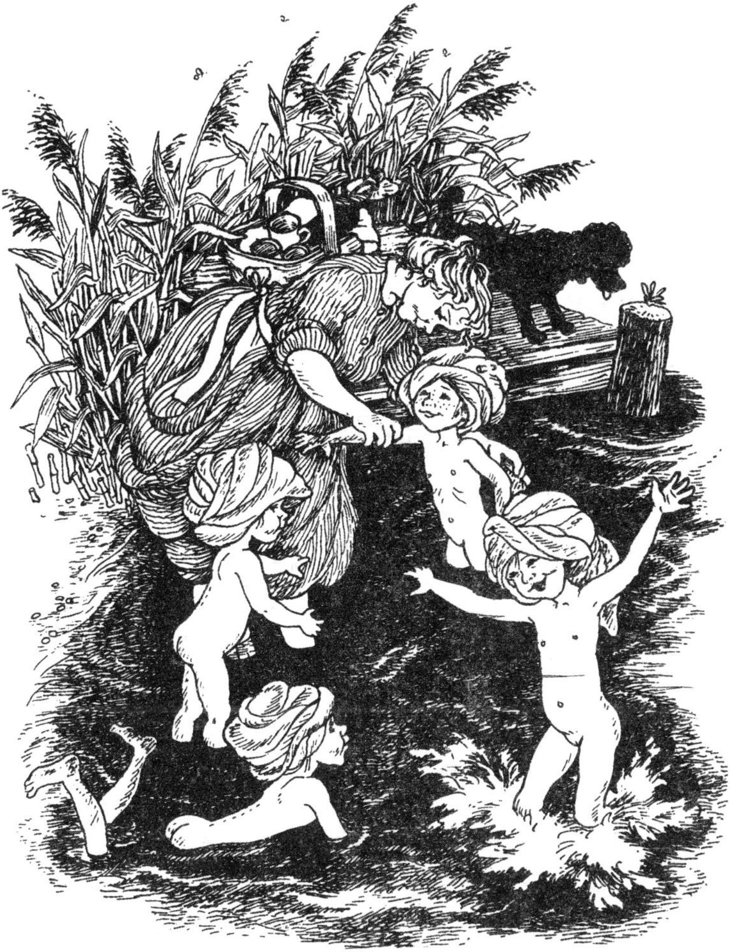

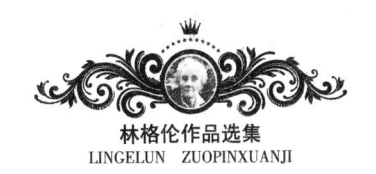

脏。这时候她笑起来。

"我还比你大两岁呢，你想过了吗？"

小狗萨苏站在洗衣台上叫个不停，它不喜欢水。但是这些小阿拉伯人喜欢水，她们喜欢这种大扫除。阿尔娃追赶她们，当她拿着肥皂和刷子走过来时，她们用水撩她。不过她还是一个接一个地抓住她们，给她们搓肥皂，用刷子刷她们。最后她把她们都洗成干干净净的阿拉伯人。

随后，她们在洗衣台上喝果汁吃蛋糕。

"马蒂丝，你很高兴长虱子吧？"米娅又问了一次。

马蒂丝只能点头。因为她满嘴都是果汁和蛋糕。

后来米娅和马蒂丝去熨衣房看小房子。她们不明白，为什么要把空箱子、破地毯和其他破烂东西收集起来建一个小房子。

"建这个房子干什么用？"马蒂丝问。马迪根想了想。

"把它当做……一家农舍！"

对，是一家农舍，现在她明白了。如果那位仁慈的撒马亚利人看见了，就会高兴起来。这时候她明白了，她们要玩什么游戏。玩撒马亚利人的游戏，一定要有一家农舍。

"哇哇，我先占了，我当强盗。"丽莎贝特抢先说。但是马迪根不同意。她和米娅年龄最大、最强壮，应该当强盗。马迪根觉得，这样玩起来才有意思。因此她向丽莎贝特解释，当

撒马亚利人更有意思,丽莎贝特接受了。

"好吧。"丽莎贝特说。她明白了,这样好。当那个可怜的马蒂丝被强盗打了以后躺在丁香树篱旁边时,丽莎贝特走过来,安慰她、抚摩她,把她抱到那个农舍。但是马蒂丝不知道怎么玩撒马亚利人游戏,丽莎贝特必须得教她。

"哎哟,哎哟,哎哟,我的血,我的血……血。"丽莎贝特建议她这样喊叫,马蒂丝试着学,最后学得很不错。

但是米娅,她行!用不着教她。她是从耶路撒冷到杰里科这段路上最野蛮的强盗,马迪根也不逊色。她们狡猾地趴在树丛里向外窥视着,抢劫过往的所有驼队和商贾。她们完全忘记了农舍里的那位撒马亚利人,最后丽莎贝特从阁楼上下来,气得像一只蜜蜂。

"你们究竟想让我们在那里待多久,又涂酒又涂煤油?"她生气地问。

丽莎贝特认为,酒和煤油是一回事,马迪根解释说,不是一回事。

"如果你往他身上涂煤油,他就活不过今夜。"

不过马蒂丝肯定活着,现在她和丽莎贝特也想当强盗。马迪根只得将农舍也改造成强盗窝。那里很快就堆满了金银财宝和宝石,因为四个强盗抢得四脖子汗流,她们从来没有玩过这么好玩的游戏,早把虱子的事忘了。但是这时候米娅开口了:

"喂,马迪根,如果我们长了新虱子,那时候我们还能来吗?"

"哎呀,你们不长虱子也可以到这儿来玩,"马迪根说,"明天就来吧!"

当她们没有力气再玩的时候,就在前廊里吃肉丸子和面条,随后吃果酱。马蒂丝吃了很多很多,米娅都为她惭愧,当马蒂丝第三次吃肉丸子时,米娅问:

"你真的还没吃饱吗?"

"饱了,饱了。"马蒂丝说,嘴里塞满了肉丸子。

"那你为什么还要吃呢?"米娅生气地问。

"省得我将来再饿。"马蒂丝解释说。

她吃得直到肚子都痛了才停下。

这时候阿尔娃正巧来了。

"现在我觉得你们都吃饱了,虱子也死了。"她说。

她把她们领进厨房,逐一给她们用篦子篦头发,下边垫一张报纸。死虱子一把一把往下掉,在报纸上堆了一堆。只有丽莎贝特没有。

"不错,因为我不像你们那么脏。"她说。

然后阿尔娃用带有玫瑰香味的香皂洗掉她们头发上的沙巴草液。米娅和马蒂丝灭完虱子回家了,她们长这么大从来没有这样干净过。

马迪根把她们送到大门口。

"米娅,你明天来吗,当然是没有虱子?"她问。

"来,如果你愿意的话,"米娅说,"当然还有马蒂丝。"

然后她拉住妹妹的手,顺着大街跑了。她们的头发像两股红色的火焰在身后飘动。

爸爸这时候正好回家来,看到了两股火焰飘过去。马迪根告诉他自己长了虱子、灭虱子和今天发生的其他有趣的事情。

尼尔松叔叔正在查看他的狐狸夹子,爸爸经过时,把尼尔松阿姨要的报纸给他。马迪根自始至终拉住爸爸的手,爸爸下班回家了,真是太好了。

"妈妈真善良,她买了那么多沙巴草液。"马迪根说,爸爸同意她的看法。

"对,妈妈一向善良!"

尼尔松叔叔听见了他们的谈话,他也点头表示有同感。

"没错!于尼巴根的贵夫人,她很善良!比我家里的那位女梦魔强多了。"

妈妈坐在前廊里,一边等爸爸,一边用毛线织东西。爸爸回来的时候,她也很高兴。

"今天我和你只能单独吃饭了。"她说,"马迪根和丽莎贝特已经吃完了。"

爸爸亲她的面颊。

"于尼巴根的贵夫人。"他说,"我听说你给两个贫穷的小孩子消灭虱子,我们明天大概可以给你在报纸上歌颂一番了。"

这时候妈妈立即变脸了,她从椅子上站起来。

"啊,少来这一套。"她说,爸爸立即后悔了。

"对不起,卡伊萨,我太愚蠢了。"

但是晚了。妈妈不声不响地走进卧室,马迪根知道她自己生闷气去了,不过她没有完全明白为什么。但是不管怎么说,还是很伤心的,马迪根真要生爸爸的气了。

"你为什么这么说呢?你是什么意思?"

"咳,我不知道。"爸爸说,"我想说的意思是,当社会上还有很多弊端、还有很多重要事情要处理的时候,帮助人抓几个虱子管什么用呢?但这些问题不应该由妈妈负责。"

"那你就不应该这么说。"丽莎贝特严厉地说。

他们坐在前廊,爸爸、马迪根和丽莎贝特,他们三个人都很伤心。马迪根想,为什么快快乐乐的一天,最后以伤心结束呢?

阿尔娃来了,给他们端来肉丸子。

"我的天啊,发生什么事啦?"当她看见这个场面时问。

"我做了点儿蠢事。"爸爸说。

"是有点儿蠢。"阿尔娃说,随后把肉丸子又端出去了。

妈妈编的东西还在椅子上。爸爸拿起来，用食指顶着。是一个小帽子，啊，一顶很小很小的帽子，丽莎贝特不可能戴。

"天啊，这么小谁能戴呀？"丽莎贝特问。

这时候爸爸说出了惊人的消息。

"你们的小弟弟出生以后戴，或者是小妹妹，反正不是小弟弟就是小妹妹。"

他不经意说出了一个大新闻！

"我们要有小弟弟啦，"丽莎贝特叫起来，"我们去告诉妈妈，她肯定会高兴起来。"

马迪根笑了。

"她早就知道了，明白吗，你？不然她为什么要织这个小帽子呢？"

她们不顾一切地冲进卧室。不管怎么样，她们一定要跟妈妈说这件事。妈妈躺在那里生闷气，但是当马迪根和丽莎贝特发疯似的欢呼时，她不可能再一个人生闷气了。

"对，你们放心，我也觉得很有意思，"她保证说，"不过差不多要到圣诞节才能生。"

然后她跟着她们去找爸爸。这时候她已经不再生爸爸的气了，另外，她也饿了。

"于尼巴根的贵夫人，你现在原谅我了？"爸爸问。

"对，我是原谅你了，"妈妈说，"这件事你也可以登在

报纸上，如果你愿意的话，坏蛋！"

夜幕降临了，马迪根像往常那样给刺猬准备好牛奶，这时候她看到尼尔松叔叔大步向城里走去，天这么晚了他还进城？尼尔松阿姨肯定不高兴。

尼尔松叔叔一边走一边摇晃着手，看样子很生气。他高声自言自语地说什么，但是没有注意到马迪根。

"我为什么跟这个梦魔结婚？"他说。听到这句话，马迪根深深叹了口气。今天怎么所有的人都气不顺。

不过于尼巴根已经没有人再生气。马迪根和丽莎贝特已经到了上床睡觉的时候。爸爸和妈妈进来跟自己的女儿们道晚安，他们两人手拉着手。看到他们和好如初，马迪根想，这还差不多。

他们走了以后，丽莎贝特说：

"马迪根，我能躺到你的床上，讲一讲我们的小弟弟吗？"

丽莎贝特如愿以偿。马迪根给她腾出一小块很好的地方，丽莎贝特枕在她的胳膊上，讲呀讲呀，充满孩子气。马迪根这时候真像一个大姐姐了，在她们又要有一个小弟弟的时候，她怎么能不当好大姐姐呢？

"想想看，多好的圣诞礼物啊。"她说。

丽莎贝特也有同感，她们躺在那里，高兴地想着，将来怎么照顾小弟弟，喂他奶，摆动摇篮哄他睡觉。

"不过有一件事,马迪根。"丽莎贝特说,"你要保证,你喜欢他不能超过喜欢我!"

"我保证。"马迪根说,并搂住丽莎贝特。她怎么能会更喜欢别人呢?

"好,不然我真要生气了。"丽莎贝特说,然后打了个哈欠,又回到自己床上。

她很快睡着了。整个于尼巴根都沉睡了。马迪根也睡着了。她梦见虱子,虱子憋得喘不过气来,啊,多讨厌的梦!它们大声喊救命。她被叫声惊醒了。她猛地从床上坐起来,心扑通扑通地跳。她确实已经醒了,但是她仍然听到有人在叫:

"救命啊!救命啊!"

喊声来自隆纳特。他们是在拼命打架,还是发生了什么事情?

马迪根跑到阿尔娃身边。她睡得很实,像一块石头,马迪根使劲推她。

"阿尔娃,有人在喊救命,你没听见吗?"

阿尔娃翻身下床,她也听见了喊声,她急忙往外跑。天啊,是谁叫得这么可怕。

是尼尔松叔叔。他躺在围栏豁口附近,像一只甲虫躺在那里乱蹬。他本来想抓住旁边的一根棍子,但是棍子突然倒在他身上。他自己只能躺在那里,当阿尔娃和马迪根跑来时,她们

还可以看到压在他胸前的警示牌：**当心狐狸夹子**。可惜这个警示晚了一点儿。尼尔松叔叔已经被夹住，当然是夹住了很长时间，不然他怎么会发疯似的喊救命呢？

当他看见阿尔娃的时候，不再喊叫，只是呻吟和诅咒。

"我腿上有什么讨厌的东西，怎么甩也甩不掉。上帝知道是什么，不过夹得我很痛。"

阿尔娃立即动手。她的双手很有劲儿，很快就把尼尔松叔

叔从狐狸夹子上松开,这时候他感激得流出了眼泪。

"于尼巴根的天使,你的大恩大德在天上和人间一定会得到好报,我保证!"

这时候尼尔松阿姨跑来了,她只穿着睡衣,肩上围着块灰色的披肩。她猛然站住,看着尼尔松叔叔,这时候他举手制止她。

"什么也别说了,艾玛!我流血了,我很快就会死去,那时候你会为你的恶言恶语后悔。"

马迪根认为,他说得太不公正了,因为尼尔松阿姨很少对尼尔松叔叔使用恶言恶语。现在她也没说什么。

"你死不了,"她只是这样说,"不过你怎么会这样愚蠢,这个狐狸夹子难道不是你自己放在这个豁口旁边的吗?你晚上回家的时候,不是总走这条近路吗?"

"人有的时候会忘事的。"尼尔松叔叔严厉地说。他扶着尼尔松阿姨,摇摇晃晃地走进家里。

"这就是狐狸皮围巾,对吧?"阿尔娃小声说。

她拿起狐狸夹子,顺手扔出去,那狐狸夹子飞得老远老远。

"都是那讨厌的烧酒闹的,"她随后说,"走吧,马迪根,我们去睡觉吧!"

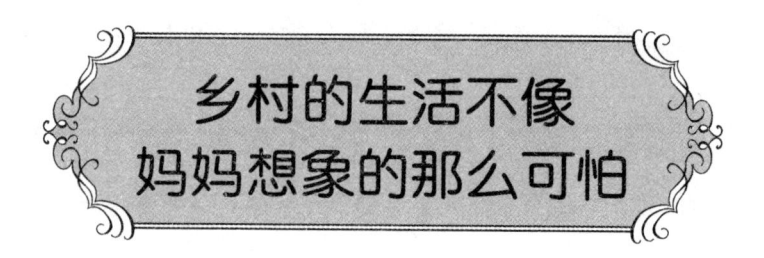

乡村的生活不像妈妈想象的那么可怕

妈妈和爸爸要去哥本哈根一趟。一天吃早饭的时候他们说了这件事,马迪根生气了。

"你们总是寻欢作乐,让我和丽莎贝特待在这儿年复一年地过着平淡的生活。"

她突然觉得于尼巴根的生活特别没意思,不管是夏天还是暑假都挺没劲。

中午过后,她和丽莎贝特坐在厨房的台阶上谈论这件事,马迪根越想越觉得不是滋味儿。

"整天就是游泳、压压板和打槌球,别的还有什么可干的?"她刻薄地说。

"对,我们最多再给花圃浇一浇水,给我们的刺猬挤牛奶。"丽莎贝特说。

"给我们的刺猬挤牛奶,你说的是什么意思?"马迪根问,尽管她正在想别的事,不过她还是想搞清楚,"你只是给刺猬

牛奶喝，你没有给它挤牛奶！"

"我没有吗？"丽莎贝特说，"当然是挤了，我给花圃水喝叫浇水，我给刺猬牛奶喝就应该叫挤奶，但是我更愿意去哥本哈根。"

"我也想去。"马迪根说。

她们走进厨房，想跟正在那里洗碗的妈妈再好好说一说。阿尔娃下午休假。

"很遗憾，你们不能去，我的小宝贝儿，"妈妈说，"我们尽量给你们找一些别的有趣的事情。"

"把碗擦干净吗？"马迪根说。因为妈妈给了她们每个人一块毛巾，让她们干活儿。

"喂，气包小姐。"爸爸说。更多的话他没说，只是看着马迪根，这时候马迪根不好意思了。

爸爸在拖厨房的地板。全城的爸爸没有谁做这种事，马迪根知道她的爸爸跟其他人的爸爸不一样，所以她喜欢他。不过现在她在生气。

正在这个时候有人敲门，随后走了进来，不是阿佩尔古伦的托尔还能是谁呢。他送来了妈妈预订的鸡蛋。不过马迪根看出来了，阿尔娃不在家令他有些失望，他非常喜欢阿尔娃。

妈妈请他喝咖啡，他很高兴，他们坐在餐桌旁，托尔、妈妈和爸爸，一杯接一杯地喝，随便聊天。不过托尔很腼腆，说

话不多,时不时地笑一笑,像所有的阿佩尔古伦人那样沉静、友善。

"你们家里那边正在忙什么?"爸爸问。

"我们正在运牧草。"托尔说。

"啊,那你们开着牧草车,一定很高兴吧?"丽莎贝特说。

"卡尔松阿姨也运牧草?"马迪根问,因为她很想知道,体重有200斤的托尔的妈妈怎么爬到牧草车上去呢。

"运牧草?没有没有,"托尔说,"母亲料理家务,挤挤牛奶。父亲、玛娅和我运牧草,人手足够了。"

"啊,你们在阿佩尔古伦真开心,"丽莎贝特又说了一遍,"运牧草、挤牛奶,在我们这里,马迪根和我只给刺猬挤牛奶。"

但是谁能想得到——第二天早晨她们刚一醒,爸爸就来告诉马迪根和丽莎贝特,在他和妈妈去哥本哈根期间,她们可以去阿佩尔古伦。

"你们愿意吗?"

啊,太好了,她们愿意。尽管不会有去哥本哈根那么开心,这一点她们知道,但毕竟不错——她们立即行动起来,包好她们要带的所有东西。妈妈过来帮助她们,也想借此机会嘱咐她们一些要注意的事情。千叮咛万嘱咐,没完没了!她对把两个女儿放到阿佩尔古伦不放心。但是爸爸认为,让她们过一

过独立生活是有益的。

"能出什么事呢!"他说,"地球上没有任何地方比阿佩尔古伦更安全了。"

"你忘记那些公牛了?"这时候妈妈说。她嘱咐马迪根和丽莎贝特没事别靠近那些公牛、暴躁的公羊、野蛮的马匹、生气的母牛、锋利的镰刀和深深的水井。她们可别掉进深水坑或者从牧草垛上滚下来。她们还要对蛇、扁虱、狗蝇、小蜈蚣、大黄蜂和其他咬人的动物特别加小心。

马迪根觉得阿佩尔古伦作为地球上最安全的地方似乎成了最危险的地方。

"我们还有要注意的地方吗?"她问。

当然有,她们必须记住早晚要洗漱,吃完饭要说谢谢,晚上按时睡觉,对于在收割牧草的大忙季节友善地接待她们的卡尔松阿姨和卡尔松叔叔要听话和讲礼貌。

"不过对玛娅和托尔我们可以像平时那样对待他们吧?"丽莎贝特说。她觉得,听她们的口气好像待在阿佩尔古伦还挺麻烦。

妈妈和爸爸也为自己的旅行收拾东西。爸爸很高兴,嘴里还哼着"我们去哥本哈根两三天……"但是妈妈还想阿佩尔古伦的各种危险,她不知道自己还敢不敢安心去旅行。

"我只知道把孩子放在于尼巴根由阿尔娃照顾我才放心。"

她对爸爸说。但是爸爸不同意她的看法，他希望他的孩子能够知道其他人怎么样生活，怎么样居住，有什么喜和忧，她们要明白，于尼巴根不是一切。

妈妈当然也懂得这个道理，但她还是不放心，她翻来覆去问马迪根，她是否真的记住了她的所有嘱咐。

"记住啦。"马迪根说，她想成心气一气妈妈。

"你是不是说过还要对卡尔松阿姨加点儿小心，免得她咬了我们？对，我记住了。还有早晚在深水坑里给卡尔松叔叔洗澡？不要离我们的牙刷太近，对那头公牛要听话和有礼貌，就是这些吧？"

"对，差不多，"妈妈说，并叹了口气，"不过，如果你能记住，你是姐姐，要懂事一点儿就更好了。"

一大清早阿尔娃用船将她们送到阿佩尔古伦。当她们与匆忙赶往火车站的妈妈和爸爸说再见时，她们只掉了几滴眼泪。跟阿尔娃说再见时，也只掉了几滴眼泪。阿尔娃在阿佩尔古伦庄园的厨房里把她们交给卡尔松阿姨。这时候卡尔松阿姨说：

"你们想去喂小鸡吗？"

她们愿意，妈妈没有说过要对可爱的小鸡加小心。阿尔娃要回家了，她们没有再哭。

"你走吧。"丽莎贝特说，然后她们匆忙跑到养鸡场。那里有很多想吃磨碎了的煮鸡蛋的小鸡，马迪根和丽莎贝特给了

它们。卡尔松阿姨让她们每个人手里拿一只小鸡,但只拿一小会儿。然后她们跟随她去鸡房,捡母鸡下的蛋。

"你们捡鸡蛋的时候,别惹公鸡生气,"卡尔松阿姨说,"因为当它生气的时候,会往人的脸上扑,想把人的眼睛啄出来。"

啊,妈妈应该知道这种事!

"她把公鸡忘了。"马迪根说。她说的是什么意思,卡尔松阿姨不知道,只有丽莎贝特知道。

不过公鸡并没有吓住她们,她们渐渐熟悉了阿佩尔古伦庄园里的生活。这也是一个非常有意思的庄园,红色的房子,山坡上长着苹果树和樱桃树,谁到这儿来都会适应。

"真好,我们要在这里待四天,"丽莎贝特说,"难道你不高兴吗?马迪根。"

"当然高兴,"马迪根说,"我一辈子也不想到哥本哈根去,我已经下决心了。"

正在这个时候,卡尔松叔叔从草场运回第一车牧草。经过她们身边时,他向她们挥手。他赶着牧草车咚咚地穿过临时搭的通道,进入牧草房。马迪根和丽莎贝特跑过去。她们一定要问候他,当然也要问候玛娅。玛娅站在草垛上,接卡尔松叔叔卸下来的牧草。

她们也问候了名叫弗雷娅和昆科的两匹马。

"因为它们不暴躁,很温顺,"马迪根说,"我们怎么走近它们都行。"

她们跳进牧草里,在里边打滚儿,玩了很长时间,直到卡尔松叔叔把车上的牧草卸完。这时候她们跟着他坐空车回到草场。托尔正在装另一辆运草车,装好以后,卡尔松叔叔就要把草运回家。

"好啊,你们在这儿,"托尔说,并微微一笑,"阿尔娃好吗?"随后他问。

"她怎么会不好呢?"马迪根说,"她在家照顾小狗萨苏和小猫古山,熬草莓酱。不过她已经说了,没有我们在她身边的时候,她会躺在吊床上好好休息休息。"

托尔认为她做得对,然后他指给她们一块长满红色野草莓的沙石地。她们一边采,一边拼命地吃,直到卡尔松叔叔和托尔把牧草装好。牧草车高得像一座楼。丽莎贝特开始犹豫,坐在这么高的牧草车上真有意思吗?但是马迪根很快爬到最高处。

"你别太胆小,丽莎贝特,"她说,"快上车,我们走。"

托尔抱起丽莎贝特,把她放在卡尔松叔叔身边,昆科和弗雷娅拉起牧草车,车子咚咚地走在高低不平的路上。丽莎贝特感到有一点儿害怕。

"妈妈说过了,我们可不能从牧草车上滚下来。"她说,并紧紧地抓住卡尔松叔叔。

"所以我要对你们特别加小心。"卡尔松叔叔说，他说的话你可以百分之百地放心。

她们坐牧草车，在别人装车的时候采野草莓，直到吃午饭。她们在卡尔松阿姨的厨房里喝青菜汤，吃摊饼，卡尔松全家人坐在餐桌周围，默默地吃饭，他们看着她俩，以阿佩尔古伦特有的友善方式笑着，马迪根很喜欢他们笑的表情。他们长得几乎一样：蓝眼睛、大鼻子。马迪根想，只有生活在阿佩尔古伦的人才能长出这种特别的鼻子。

"我们在家里从来没吃过这么好的饭，"丽莎贝特说，"真不错，我们要在这里待四天，可以解一解馋。"

小猪也要吃饭，卡尔松叔叔午间休息时一定要去照顾它们，马迪根和丽莎贝特跟他来到猪场。丽莎贝特看见那头大母

猪半天没有说话，因为这么大、这么危险的东西她从来没有看见过。

"看这个丑八怪，"她最后说，"它是公的还是母的？"

"它属于漂亮的性别，"卡尔松叔叔说，"这就是说，它是母的，你知道吧，她快生小猪了。"

"啊，你们在阿佩尔古伦真开心，"丽莎贝特说，"我们要在这里待四天，这是真的。"

这时卡尔松叔叔必须再去运牧草，马迪根和丽莎贝特走进厨房，帮助卡尔松阿姨洗碗，因为妈妈说过一定要这样做。随后她们到凉棚里玩玛娅小时候玩的玩具。玩了一会儿卡尔松阿姨来了，她说："现在我们到草场，跟托尔一起去喝咖啡，我想看看他们运送牧草的进展情况。"

于是她们一起坐上卡尔松叔叔放空的牧草车，坐在车上的还有玛娅。她们到草场的时候，托尔非常高兴。因为他一直盼望着有人送咖啡来，真是好极了。马迪根和丽莎贝特也喝了。

"这是一次例外。"卡尔松阿姨说，并且把奶酪三明治和蛋糕摆了好几排。大家坐在一堆牧草旁边，一边拿三明治蘸咖啡吃，一边闻着弥漫在整个草场上空的夏季牧草的清香。

"马迪根，你难道对我们可以在这里待四天不感到高兴吗？"丽莎贝特问。

"当然高兴，不过你别唠叨个没完好不好，"马迪根说，

"现在我想听玛娅讲故事。"

玛娅很会讲故事！她说，有一次她去外边采越橘的时候，看见过森林女妖。森林女妖正面看很漂亮，但是从后面看是空洞，还长着尾巴很讨厌，你能想得到吗！玛娅也看到过精灵和小妖魔，有好几个。

"你看到过幽灵吗？"马迪根问。

"没有，幽灵我没有看到过。"玛娅说。

但是她相信有森林女妖、精灵和妖魔，她讲关于它们的故事。当她正讲得起劲时，卡尔松阿姨突然不安起来。她肯定丢了什么东西，因为她四处寻找，在咖啡篮子里，在围裙的口袋里，在草堆周围，但是她不肯说她到底在找什么。

这时候卡尔松叔叔突然说："我的大好人，你的假牙在哪儿？"

"对，我就是在找我的假牙，"卡尔松阿姨说，"我拿下假牙，想洗一洗，可是现在我怎么也想不起来把它们放到哪儿去了。"

可怜的卡尔松阿姨，她很伤心，这一点没什么奇怪的。假牙是贵重的东西，再说今天晚饭要吃咸鲱鱼。卡尔松阿姨说，没有牙怎么嚼呢？她差一点儿要哭了。

"谁找到我有重赏。"她说。马迪根和丽莎贝特立即行动起来，这跟藏钥匙游戏差不多。大家都帮着找，卡尔松叔叔也

参加了,但是他最后说:

"我们还有其他的事要做,不能总是找你的假牙,啊,你总是乱拿乱放东西!"

说完他就和玛娅运牧草去了。

"我觉得森林女妖来过这里,它拿走了假牙,"丽莎贝特说,"据我所知,它没有牙齿。不过现在它躲在森林里,正戴上卡尔松阿姨的假牙臭美呢。"

"嗨,你真幼稚。"马迪根说。她停止寻找,那些烦人的假牙指不定在什么地方。为了取乐,她试着穿上放在牧草堆旁边的卡尔松阿姨的木鞋。她先穿上右脚那只,但是当她再穿左脚那只的时候,里边有什么东西顶着,那不是卡尔松阿姨的假牙吗?

真是值得庆祝一番!

"啊,知道了,是我放在那儿的,"卡尔松阿姨说,"当时怕弄丢了。"

卡尔松阿姨高兴了。马迪根受到很多赞扬,其实她只是想试着玩,偶尔穿上了木鞋。

"我也正想看看里边有没有。"丽莎贝特说。

"那我也要奖励你。"卡尔松阿姨说。她说话算数。

在卧室柜子的最上层,那里几乎称得上是卡尔松阿姨的宝库。当马迪根和丽莎贝特看见那么多珍宝时,她们真不敢相

信，一个人会有那么多的东西！真是太好了，想要什么就可以拿什么！这跟平安夜一样开心。可以要一只镏金的小瓷鞋，或者一个红宝石顶针，或者一个可以听大海涛声的贝壳，或者一个绿宝石戒指，或者一个猪形储币罐，或者一个毛线圣诞老人，或者一个带有黄宝石的胸针，或者一个样子像公鸡的金属哨子。

马迪根先挑，因为毕竟是她找到了假牙。

"但是你可别拿公鸡。"丽莎贝特说。马迪根不想拿公鸡，她想要贝壳，因为有了它，阿贝就可以听见大海的涛声，马迪根知道，他向往着大海，他曾经说过。

她们向卡尔松阿姨表示感谢。如果妈妈能够看到她们那么讲礼貌，一定会很高兴。

随后丽莎贝特吹起了刺耳的哨子，马迪根只得跑到马厩坡，因为她想听贝壳里大海的涛声。

晚上卡尔松阿姨津津有味地吃着咸鲱鱼。但是马迪根和丽莎贝特说不饿，她们只喝了酸奶。

"细想一想的话，我还是有点儿饿。"当酸奶端上来的时候，马迪根说。

一整天下来，她和丽莎贝特也疲倦了，尽管很愉快。

阿佩尔古伦有两个阁楼，中间隔着一间又大又黑的屋子。玛娅住其中一个阁楼，马迪根和丽莎贝特现在住另一个。她们

跟卡尔松阿姨、卡尔松叔叔和托尔道晚安。玛娅陪她们到楼上卧室。马迪根觉得，看看要住的陌生房子很有意思，她爬阁楼的楼梯时不是很快。

她很喜欢自己的房间。她觉得很舒适，尽管里边只有两张很窄的单人床、一个小桌子、两把椅子和一个洗脸池。不过太多的东西也没有什么用处，啊，睡在这儿肯定不错。夕阳透过窗子射进来，照亮了有花的糊墙纸，因此很亲切，但是有些热。

"哎呀，哎呀，这儿真热。"玛娅说。她打开窗子，透透气，放走了在玻璃上乱飞的苍蝇。然后她照顾两位小姑娘洗脸、刷牙和上床，她像妈妈一样哄她们睡觉。

"你们那个门里边有什么东西？"丽莎贝特指着她床头附近的衣帽间的门说。

"就是一些我们冬天穿的衣服，"玛娅说，"祝你们晚安！如果有什么事，你们知道我在哪儿。"

说完她就走了。

马迪根和丽莎贝特躺在床上，讲着这一天经历的所有开心的事情。

"我们没有遇到任何危险。"马迪根说。

"没有，真奇怪。"丽莎贝特说。

马迪根听了听贝壳，丽莎贝特在自己的床上轻轻地吹着哨子。但是马迪根说，她不能再吹了。因为夜深人静的时候，哨

子发出的声音特别吓人。夜幕降临了,马迪根看着床对面墙上挂的那幅画。画上有两个小孩子,长着卷曲的头发,身着白色睡袍。她们靠在妈妈的膝盖上,正做晚祈祷。马迪根躺在床上,长时间看着那幅画。这时候她突然感到,她是多么想念妈妈啊,画上的两个孩子多么幸福呀!她也想爸爸,想阿尔娃,想小狗萨苏,想小猫古山,想整个于尼巴根,啊,她想得要哭了。她也真想哭,痛痛快快地哭一哭,不过要等丽莎贝特睡着了。马迪根是姐姐,她不能带头哭鼻子,那样丽莎贝特会吓坏的。

但是这孩子今天晚上怎么也睡不着。她只是躺在那里,不时地叹气,睡不着觉。为什么不能哭一哭呢?马迪根感到,她很快就要忍不住了。

就在这个时候丽莎贝特突然说:

"马迪根,你知道吗?我要回家。"

马迪根大吃一惊,哭的想法一下子就没有了。

"你是不是很愚蠢?我们为什么要回家?"

"啊,因为那个衣帽间有一个幽灵。"丽莎贝特说。

"那里肯定没有。"马迪根斩钉截铁地说。她心里明白,丽莎贝特因为想家而不敢直说,才编造有幽灵这个借口。

肯定是这么回事。但是,一旦丽莎贝特找出了有幽灵的借口,她就咬定会有,而且幽灵随时都会打开门跑出来。丽莎贝

特不想和幽灵在一起,这时候她拼命喊叫着:"我要回家!"

"别喊,玛娅会听到。"马迪根说。

好像真的出了什么事一样!丽莎贝特喊叫的声音越来越高,玛娅慌慌张张地跑过来。

"我要回家,"丽莎贝特喊叫着。"因为衣帽间里有一个幽……幽……幽灵!"

卡尔松阿姨、卡尔松叔叔和托尔也跑过来,他们不知道发生了什么事。

"亲爱的孩子,我们阿佩尔古伦没有任何幽灵。"卡尔松阿姨说。

"有,满衣帽间都是,"丽莎贝特说,"所以我要回家!"

马迪根感到很不好意思,她很可怜卡尔松一家人。站在那里,样子非常友善,四个人都很焦急,不知道怎么做才好。

"我去给阿尔娃打电话。"玛娅说。

"对,跟她说,我要回家。"丽莎贝特哭泣着说。卡尔松阿姨很可怜她。

"不要哭,孩子!你当然可以回家。不用再哭了。"

当玛娅跟阿尔娃在电话里讲话时,她们同意丽莎贝特回家。托尔赶紧去拉昆科套车,可怜的托尔,可怜的昆科,他们劳累了一整天,现在不得不在晚上摸着黑用车把两个愚蠢的小姑娘送回家。多亏阿佩尔古伦的人都很善良。

马迪根感到很惭愧,她确实惭愧,不过当她坐在车里驶出阿佩尔古伦的大门时,她还是很高兴。她向卡尔松阿姨、卡尔松叔叔和玛娅挥手告别。他们站在那里,挥着手,露出阿佩尔古伦人特有的微笑。丽莎贝特没有回头,也没有招手。

"谢谢这个贝壳。"当马车在畜院附近要拐弯的时候马迪根说。直到这个时候丽莎贝特才转过头来,挥着手高声说:

"谢谢这个公鸡哨子!"

随后她吹起了告别曲,几乎把昆科吓惊了。

啊,世界上真有像于尼巴根这样美好的地方!那里可以游泳、压压板、打槌球、浇花圃、给刺猬喂牛奶,真是好极了。那里还有一个阿尔娃。她完全理解,马迪根和丽莎贝特多一会儿也不能待在阿佩尔古伦。

"不过我不知道,你们的爸爸会说什么。"当阿尔娃把两个小姑娘安顿在床上以后说。

"我会告诉他,他们家的衣帽间里藏满了幽灵。"丽莎贝特一边说一边抱住枕头,地球上最好的枕头!"嗨,你多么幼稚,"马迪根说,"不过你知道吗,阿尔娃,阿佩尔古伦有很多危险的东西,不信你问妈妈!我们活着回来真是太幸运了。"

第二天早晨她们高兴地醒来。她们一定要马上起床,帮助阿尔娃采摘草莓。她们每个人提一个木条编的篮子,篮子上面有启迪人的话。丽莎贝特的篮子上烫着"拼搏制胜",马迪根

的篮子上烫着"勤奋久远",她们来到草莓地,就是想勤奋干活儿。草莓地位于院子里的石头围墙旁边,那里阳光灿烂,草莓都已经成熟。阿尔娃已经采摘了好几升,不过现在有人来帮助她。马迪根光着脚,满怀激情地踩在被阳光晒热的青草上。丽莎贝特跟在后边,也是奋力奔跑着。但是她突然停住了,发出可怕的叫声。

"蛇,"丽莎贝特喊叫着,"一条蛇!"

就在这个时候,马迪根觉得有什么东西刺了她的脚,接着她看到一条可怕的毒蛇朝石头墙爬去。阿尔娃站在那里,她被吓呆了,但是她很快恢复了理智。她从墙上拆下一块石头,猛地朝蛇砸去。她虽然没有瞄准,但是正好击中。那条毒蛇再也不能咬人了。

马迪根被吓呆了,她知道发生了什么事。毒蛇咬了她,她的脚火辣辣地痛起来。

"阿尔娃,我要死了,"马迪根喊叫着,"蛇咬了我,我要死了!"

阿尔娃看着她的脚,上面有蛇牙留下的两个印迹,脚已经肿了。

"不,你不会死,"阿尔娃说,"但是我们必须去医院,马上!"

必须抓紧时间。对阿尔娃来说,只有用自行车后架带马迪

根，没有别的办法。但是丽莎贝特可怎么办？

"你现在必须要能干，丽莎贝特，"阿尔娃说，"快跑到尼尔松家，请求让你待在那里，直到我回来。"

丽莎贝特叫喊着，但是她必须得听话，她知道这一点。她也希望，马迪根能够活下来，如果可能的话，她是她的姐姐，永远，永远，永远！

"我一定能干。"丽莎贝特用颤抖的声音说。

阿尔娃和马迪根骑着自行车走了。阿尔娃用红布条把马迪根的腿紧紧绑住，防止毒素扩散。当自行车消失在街角时，丽莎贝特最后只看到一小块红布条。随后就剩下她一个人了。

这时候她一边哭，一边爬进隆纳特的围栏。但是可怜的丽莎贝特，她真不走运！那里没有一个人在家。不管她怎么敲门、怎么喊都无济于事。这个世界上现在真的就剩下她一个人了，她吓得不敢再哭了。

她又从围栏爬回来，大声叫小狗萨苏。可爱的萨苏它现在是丽莎贝特唯一的安慰！当然还有小猫古山！她坐在厨房前面的台阶上，腿上放着古山，萨苏坐在她身边。她要在那里坐到阿尔娃回来，可能还有马迪根……如果她还能活着的话！

"不过她可能不行了。"丽莎贝特对萨苏说。这话她没有跟其他人说。当她想到马迪根可能要死时，她的眼泪开始往下淌，那样的话于尼巴根会变得多么悲伤。

"尽管那个时候我就可以得到她的书包。"她对萨苏说。然后她又哭了起来,萨苏也哭了,它用爪子不停地抓丽莎贝特,以便她能明白,它对她的伤心也感到很伤心。

一个人单独等这么长时间真不是滋味。丽莎贝特最后麻木了,也不再哭泣,只是脸色苍白地坐在那里等。

但是最后……啊,总算松了一口气!阿尔娃终于骑着自行车回来了。丽莎贝特长叹一声,立刻把古山从膝盖上推下。

"啊,阿尔娃。"丽莎贝特叫着,她多么想一下子就冲到阿尔娃身边。她沿着台阶往下跑,这时候她被没有来得及躲开的古山绊倒了。阿尔娃只听见一声惨叫,丽莎贝特倒在地上,额头摔在擦鞋板上。转瞬间阿尔娃就跑过来,抱起她,当她看见丽莎贝特被擦鞋板撞破的伤口时,吓了一跳。丽莎贝特号叫着,鲜血从她的眼眶上往下淌,丽莎贝特和阿尔娃全身都沾满了血。

"阿尔娃,我要死了,我要死了,我要死了。"丽莎贝特喊叫着。

"不,你不会死,"阿尔娃说,"不过我们必须去医院,把你的伤口缝上。"

"不不,"丽莎贝特喊叫着,"谁也不能缝我!"

但是阿尔娃用一块毛巾把她的头包起来,又把她抱到自行车上,任凭她乱踢乱踹。

"难道你不能缝我吗?"丽莎贝特喊叫到最后才惶恐地说。

阿尔娃很能干,但是不能缝伤口。只有贝里隆德医生能缝。

阿尔娃又一次来到医院。丽莎贝特自始至终像魔鬼一样喊叫着,她一看到手术室里的贝里隆德叔叔,就大声对他吼叫:

"只有阿尔娃可以缝我,请你记住!"

但是还没等她明白怎么回事,贝里隆德叔叔已经在她的额头上缝了五针。

"现在阿尔娃可以带你回家了,"他说,"不过你可能愿意在马迪根身边待一会儿吧?"

"她没有死吗?"丽莎贝特问,她又惊又喜。

"啊,没有,"贝里隆德叔叔说,"她躺在楼道里的一扇屏风后面,明天她可以回家。我们也把你放在那儿好吗?"

"好,不然我可能会死。"丽莎贝特说。

阿尔娃只得一个人骑自行车回家。不过她先要看一看马迪根和丽莎贝特,她们躺在屏风后面,每个人一张床。

"我从来没有经历过这样的事。"她一边说一边摇头,然后骑上自行车走了。

"明天来接我们。"马迪根在她身后喊。她由于打针和吃药有些头晕,但有丽莎贝特在那里还是很满意。

"他锯掉你的脚了吧?"丽莎贝特问。她以为治蛇咬就要锯掉被咬的部位。

"笨蛋,"马迪根说,"不对,不过我的那只脚肿得在床上都找不到合适的地方放。"

丽莎贝特看了看,大声笑起来,整个楼道都能听到。然后她就舒舒服服地躺在床上了。

"来回来去换地方睡觉还真挺有意思。"她说。

当妈妈和爸爸旅行回来的时候,两位姑娘和阿尔娃到火车站去接他们。丽莎贝特头上打着绷带,马迪根脚上缠着绷带,不过除此之外她们身上没有其他毛病。她们高兴得坐立不安。

这时候火车终于隆隆地开来了,终于停住了。在浓浓的蒸汽中马迪根和丽莎贝特看到了两个天使,啊,妈妈和爸爸总算回家了!

"妈妈。"丽莎贝特喊叫着。

"爸爸。"马迪根喊叫着。

转瞬间妈妈和爸爸都下了火车,他们每个人怀里都搂着一个小宝贝儿。

"丽莎贝特,你头上是什么东西?"妈妈马上就问。

"贝里隆德叔叔给我缝了五针。"丽莎贝特自豪地说。

妈妈伤心起来。

"我真不明白,你们待在阿佩尔古伦怎么成了这个样子!"

"你真的相信是这样?"丽莎贝特说,但是妈妈没有听见,因为现在她正看马迪根的绷带。

"你也是这样!我的天啊……"

"我被蛇咬了。"马迪根一边说一边满意地笑了。

妈妈用责备的目光看着爸爸。

"尤纳斯,我说什么来着?"

但是这时候阿尔娃插话了。

"主人还是听我说吧。"她说。

然后他们听明白了一切。生活在于尼巴根是多么危险。

舞会上的阿尔娃

日月如梭。马迪根觉得时间不知不觉就过去了。突然夏天就结束了,突然学校就开学了,突然就到了秋天。从屋里一出来,从空气中就能感到,也能看得到。于尼巴根周围的桦树已经变黄,院子里的福禄考树、紫菀和旱金莲也露出了秋色,马迪根早晨上学的时候,树下的草丛里落满了苹果。她每天早晨走进去捡苹果时,鞋都被露水沾湿。然后她和爸爸一边走一边吃苹果,她去学校,爸爸当然去报社。

马迪根把上二年级的情况讲给爸爸听。跟上一年级差不多,没有太大的区别。唯一不同的是,米娅现在不再跟她吵架了。米娅上学了,她必须得上学。不过她仍然和别人吵架,所以大家都很讨厌她。

"那你呢,喜欢她吗?"爸爸问。

"啊,还可以,"马迪根说,"她很会玩,确实会。"

米娅和马蒂丝夏天到过于尼巴根很多次,所以马迪根知

道，米娅很会玩。但是在学校里很难应付她。因为现在，当她喜欢马迪根的时候，她就要在班上其他同学面前显摆，马迪根向爸爸解释说，这样挺烦人的。

"马迪根和我，马迪根和我，她总是这么说。如果课间休息时，我站着和安娜－丽萨讲几句话，她就老围着我们转。又唱歌，又叫喊，还起哄，弄得我们听不见对方说什么。但是玩，她还是会的！"

"那你就跟她玩吧。"爸爸说。

马迪根是跟她玩。米娅和马蒂丝继续到于尼巴根来玩，有时候马蒂丝一个人来和丽莎贝特玩，因为马迪根得上学。

马蒂丝不会玩，丽莎贝特还得教她。反过来马蒂丝教给丽莎贝特过去从来没听说过的脏话。丽莎贝特学会了很多脏话，这些脏话都很不好听，当妈妈手拉着丽莎贝特在广场上碰到市长夫人时，丽莎贝特说：

"看呀，我们又看到狗屁夫人了！"

她惹得妈妈很不高兴。

不过很幸运，市长夫人没有听见。她风风火火地走过来，跟妈妈讲她想在宾馆花园大厅举办秋季舞会的事。但是妈妈站在那里，担心丽莎贝特又张嘴说话，所以她自己既不讲话，也不认真回答。

"我相信你们全家都会参加，"市长夫人说，"而尤纳斯

一定要在报纸上多宣扬宣扬，一定啊！"

"我一定请他这样做。"妈妈说。

市长夫人走了，妈妈该开导丽莎贝特了。

"丽莎贝特，你太可怕了！这句话以后不准再说，你要保证！"

"允许我在晚上睡觉前，在衣帽间里说吧！"丽莎贝特建议说。

妈妈还是不放心。一不留神，这句话可能从衣帽间蹦到外面来，因此她不同意。

"在那里也不准说！什么地方都不准说，听见了吧！"

丽莎贝特没有作出明确的保证，这时候妈妈又想出了另外的办法。

"如果你保证永远不再说狗……那句脏话，我给你10厄尔钱！"

丽莎贝特同意这笔交易。因为她此时正在广场，花10厄尔可以在厄贝里夫人的糖摊上买很多花道儿棍糖。

"我保证。"她说。她得到10厄尔，买了花道儿棍糖。但是当她手里拿着糖的时候，突然发现比什么都好吃的戏人巧克力糖，她问厄贝里夫人：

"巧克力糖怎么卖？"

"25厄尔100克，我的小鸽子。"厄贝里夫人说。

丽莎贝特想了想，然后走回正在附近蔬菜摊上买菜花的妈妈身边。

"我说妈妈，"丽莎贝特说，"我还有一句双倍难听的话。如果我能得到25厄尔，我就永远不再说它。"

这时候妈妈生气了。

"你太不像话了，丽莎贝特，我不想跟你做什么交易。但是我如果再听到这类脏话，没你的好处，好好记住！"

这回妈妈变聪明了。因为丽莎贝特存着很多衣帽间脏话，如果妈妈把它都买下来，她真要破产了，至少爸爸这样认为。他回家以后，知道了丽莎贝特的脏话和交易方法。他也知道了市长夫人讲的秋季舞会的事。

"好哇，又到时候啦。"他说。这样的舞会每年举行一次，由市长夫人主持和操办，因为舞会是公益性的，而市长夫人是全城最热心公益事业的人。她想出的主意很不错，富人跳舞，为穷人募捐，这个城市里有很多穷人，因此参加她的舞会要花很多钱。不过，可能也值得，因为跳舞是很有意思的事！

有一个人特别喜欢跳舞，就是阿尔娃。她当然可以跳舞，但是不能到舞会上去跳。

"舞会不是为女佣举办的。"阿尔娃说。但是她还是很高兴，因为她被邀请参加贝尔塔表妹的婚礼。贝尔塔总算有了出头之日，她要和一位中尉结婚了，真让人高兴！有一天信箱里

来了一份请帖,是给阿尔娃的。她过去从来没有邮件,也没有接到过参加婚礼的邀请。

"不过,亲爱的,我不能去参加婚礼,"阿尔娃说,"因为我没有一件婚礼上能穿的连衣裙!"

这时候妈妈走进自己的衣帽间,可不是为了说脏话,而是为了看一看,有没有适合阿尔娃穿的连衣裙。

还真有。她出来时,拿了一件白色的穆斯林式长连衣裙,给了阿尔娃。

"穿上试一试!我穿不了了,因为我越来越胖。"

"啊,这件连衣裙对我来说太奢侈了。"阿尔娃说,但是妈妈坚持让她试。

"快穿上试一试。"她说。

阿尔娃走进女佣卧室去穿连衣裙,妈妈、马迪根和丽莎贝特坐在厨房里等着。

等了很长时间,最后阿尔娃总算出来了。一个过去她们从来没有见过的阿尔娃出现在她们面前。

"啊,你真漂亮,"马迪根喊叫着,"啊,你真像一位新娘!"

"比新娘更漂亮。"丽莎贝特说。

阿尔娃双颊红润,两只眼睛亮亮的。

"啊,我自己觉得,我的样子还不错。如果我穿得像新娘

一样去参加婚礼,贝尔塔会说什么呢,本来她是新娘子,而我不是。"

"她愿意怎么说就怎么说吧,"妈妈认为,"反正阿尔娃一定要穿这件连衣裙。"

此后每天阿尔娃都为有机会参加婚礼和穿这件白色连衣裙跳舞而高兴。

"这是我一生值得纪念的事。"她对马迪根说。

但是一个礼拜一的早晨,又来了一封给阿尔娃的信。婚礼取消了,那位中尉开拔了,真是难以想象!

阿尔娃非常同情贝尔塔,这对她当然是很大的打击,不过对阿尔娃来说是一个意外的惊喜。

"夫人还是收回那件连衣裙吧,"她说,"我拿它可能永远也派不上用场。"

"但是我希望阿尔娃穿上它去跳舞!为什么不在秋季舞会上穿呢?我邀请你!"

一开始阿尔娃不愿意。

"谢谢,好心的夫人,但是不行。市长夫人会气死的。"

"她愿意死就死吧。"妈妈说。

马迪根和丽莎贝特不明白,为什么市长夫人会气死,如果阿尔娃参加她举办的舞会的话,她们不知道高贵的人和其他人是有区别的。有一天晚上,阿尔娃在厨房里教她们跳舞时解释

说，市长夫人只邀请高贵的人参加她的舞会。但是阿尔娃已经决定，她要跟着去。她的想法很简单，绝对不让市长夫人得逞。

"她总不能把我赶出去吧，"阿尔娃说。"编辑先生也认为我应该参加。"

马迪根事先已经知道爸爸的观点，因为当妈妈把她邀请阿尔娃参加舞会的事告诉他时，他满意地说：

"不错，不错，你真不错！你比我想象的好多了。"

这时候妈妈像往常那样说了句"啊，讨厌"，但是这次只是开玩笑。

马迪根和丽莎贝特从来没有参加过什么舞会，对她们来说也是第一次。她们像阿尔娃一样高兴，当阿尔娃在厨房里给她们上跳舞课时，不停地讲舞会的事。阿尔娃的舞确实跳得不错！

"那还用说，"她说，"在我整个一生中，几乎每一个夏天我都是在舞蹈训练场度过的。"

时间慢慢地过去，舞会的日期越来越近。

"礼拜六舞会就到了。"阿尔娃说，她又开始不安起来。

"我是不是有点儿傻？干什么非得到高贵的人当中去呀！"

"哎呀，"马迪根说，"当你穿着连衣裙漂漂亮亮出现的时候，大家只会高兴。"

丽莎贝特也这样认为。

"不然他们就是笨蛋、就是真正的狗……啊，我不能说这

个词，因为我已经从妈妈那里得到10厄尔。"

看样子阿尔娃还是有所顾虑。

"有一点是肯定的，如果没有你们俩在我身边，我肯定不敢踏进舞厅。"

礼拜六到了。晚上到了。不管是害怕还是不害怕，都到了去舞厅的时候。

"我们于尼巴根的人全体出动。"妈妈说，"不用害怕，阿尔娃，一定会很有意思，知道吧！"

"啊，不知道会怎么样。"阿尔娃小声说。

从老远就听到了铜管乐声，宾馆花园位于漆黑的树林中，大厅里灯火辉煌，宽敞的前廊彩灯高悬，台阶上点着蜡烛，非常好看，马迪根认为，真像到了童话世界。在这样一个美妙的地方举行舞会一定会成功！今天来了很多很多人，在前厅脱外衣的时候，他们笑着、交谈着，彼此招呼着。大家彼此都认识，相互问候，相互致意，他们对能再次见面感到高兴。大家穿得都非常漂亮，男士们身着燕尾服或西装，女士们则是拖地长裙，珠光宝气，秀发迷人。

马迪根想，我们也很讲究，妈妈身着红色开领天鹅绒连衣裙，阿尔娃穿白色连衣裙，她自己和丽莎贝特穿绣花连衣裙。

当阿尔娃听见周围人谈话的声音时，她害怕了，很害怕，但是马迪根和丽莎贝特神气十足地领着她走进舞厅。爸爸在前

林格伦作品选集
LINGELUN ZUOPINXUANJI

疯丫头马迪根 *Fengyatoumadigen*

边引路。

她们走进去时,第一个看到的就是市长夫人,她客气地微笑着。

"我把我家的所有女性都带来了,一群漂亮的姑娘。"爸爸自豪地说。

但是当市长夫人看见阿尔娃的时候,她就不再微笑了。她还没有忘记阿尔娃不让给她三文鱼的事,不过她露出这副表情不仅仅是这个原因。

"亲爱的尤纳斯,"她说,"我们通常不把用人带到这种舞会上来。"

她说的声音很低,假装不让阿尔娃听见。可是阿尔娃的听力特别好,她的脸一下子红了。

爸爸用眼睛瞪着市长夫人。

"是吗,不准带?"他说,"那就到了该改一改的时候了,我是这么看。"

然后他一只手牵着妈妈,另一只手牵着阿尔娃,堂堂正正地穿过大厅,来到他预定的桌子前。马迪根和丽莎贝特紧随其后。

马迪根不安地看了看阿尔娃,看她是不是生气了,但是阿尔娃只是用眼朝四周打量一番。马迪根也朝四周看了看,啊,大厅真是美极了,灯火辉煌,金光闪闪,还有一个大舞池,铿

光闪亮,谁要是不在那儿跳跳舞那就只能怪他自己了。舞池周围摆着长长的一排桌子,人们还可以在那里饮酒吃饭。

"市长夫人希望我们为穷人大吃大喝一顿,"当爸爸在桌子旁边坐下来时说,"我们借此机会吃点儿美味佳肴也不错。"

他们坐的位置靠近舞池。正好,所有参加舞会的人都可以看到身着连衣裙的漂亮的阿尔娃。马迪根相信,她肯定会成为舞会的皇后,节目单上写着要选这样一位皇后。这是市长夫人想出来的,如果真的落到阿尔娃头上,那市长夫人就活该了!

坐在乐池里的军队铜管乐队演奏着美妙的音乐,马迪根觉得一切都是那么美好。像阿尔娃说的,这一切对一生都有纪念意义。

爸爸订的菜名为美味大餐,当菜端上来的时候,阿尔娃的眼睛亮了。在此之前她坐在那里一直很忧郁,当美味佳肴摆在眼前的时候,谁也不会再忧郁。淡水龙虾、熏三文鱼、熏鳗鱼、凉鸡块、沙丁鱼和鳕鱼,各种奶酪、色拉、肉冻、蛋黄酱以及小肉丸子。阿尔娃是个美食家。马迪根喜欢龙虾。丽莎贝特就吃丸子,这是她最爱吃的。

"花了5克朗,你就坐在那里吃肉丸子?"爸爸问。

"对,因为谁都拣最好吃的吃。"丽莎贝特说。好像她每天都下馆子,一副内行的样子。

进餐的时候,市长夫人在所有的桌子周围转,向男士们兜

售小纸花,这也是她想出来的为穷人募捐的好办法。用这些纸花,男士们还要选出舞会皇后。得花最多的人就将成为幸运者。马迪根欢呼着,好像现在就板上钉钉了,舞会皇后准是阿尔娃。因为男士们从市长夫人那里买了花以后,都目不转睛地看着她。市长夫人一直没有到他们的桌子前来。她大概没来得及,因为此时唱歌和人物造型表演就要开始了。这是一种家庭式聚会,市长夫人已经说过了,她希望孩子们也能乐在其中。但是舞会开始时,孩子们必须回家睡觉,都得走。

"但是不包括丽莎贝特和我,"马迪根说,"因为阿尔娃也在这儿,没有其他人接我们回家。"

她们来这里的目的,首先是要看阿尔娃穿白色连衣裙跳舞,而不是为了听市长夫人唱歌。

"不过好的坏的都得看一看。"爸爸说。

再说市长夫人确实有一副好嗓子。

"当夜幕降临,你不应该倒头睡大觉。"她唱道,对,不过也没有一个人想去睡觉,马迪根想。

她认为,市长夫人唱得很好听,但是所有的孩子都不喜欢听,特别是丽莎贝特。她不喜欢这首唱起来没完没了的歌,这时候她突然站起来和贝里隆德医生的儿子在桌子之间穿来穿去,那男孩叫马丁。丽莎贝特追他,两个人又说又笑,搅得四处不得安宁。妈妈喜欢歌曲,她坐在那里聚精会神地欣赏着,

她发现丽莎贝特的举动时,已经晚了。这时候她赶紧跑过去,把丽莎贝特拉回桌子旁。但是丽莎贝特一会儿又不见了,啊,因为这时候她和马丁趴在地板上,改在桌子底下互相追逐。这样玩更有意思。

"这么多脚,真不聪明。"丽莎贝特说。她有点儿发疯了,挤鼻子弄眼,招马丁笑,他真的笑起来,笑得上气不接下气,而就在这时,丽莎贝特引他闯了祸。因为他们悄悄地到了舞台,马丁无意间碰倒一把椅子,哐当一声,正赶上市长夫人唱的花腔女高音最后一个音阶。这时候马丁害怕了,赶紧跑回妈妈爸爸身边。

但是丽莎贝特却笑呵呵地从地上爬起来,这么好的舞会过去她从来没有参加过!谁站在她前面,不是市长夫人还能是谁呢!这个笨蛋总算不号了,不过她的表情非常严肃。丽莎贝特不知道为什么。

这时候市长夫人说话了:

"小丽莎贝特,你知道我是谁吗?"

"知……知道,但是我不能说,因为我已经得到 10 厄尔。"丽莎贝特说,并直接冲着她怪笑。

市长夫人不明白其中的奥秘,这时候她只好接着说:

"我很伤心,你知道吧,因为我为小姑娘们唱歌的时候,她们不安静地坐着听。"

这时候妈妈已经走过来,为丽莎贝特的淘气表示歉意。丽莎贝特被拉回桌子旁边,并受到责备,不过并不厉害,因为这时候由活人扮演的各种人物造型开始了。

马迪根觉得这些人物造型真是太美了。"骑士和美人"、"鹿皇后"和"维京海盗大厅",这些由活人扮演的造型非常好看,这些都是市长夫人精心策划和安排的,她很能干。由她自己的女儿扮演"鹿皇后",身着薄纱,头戴花环。这个姑娘一定觉得很幸福,马迪根想,她问阿尔娃:

"是不是美死了?"

"对,"阿尔娃说,"这么漂亮的造型过去从来没有见过。"

后来乐队再次进场。刚才他们吃了一点儿饭,现在他们又精神抖擞地奏起了舞曲。马迪根欣喜地看着阿尔娃,真紧张,看谁第一个邀请她。是军官中的一个中尉,或者是那位瘦小的法务助理,如果他快一点儿的话。

"华丽华尔兹"奏响了,大厅里一下子挤满了对对舞伴。丽莎贝特舞兴大发,立即抓住马迪根的手。

"来,我们跳华丽华尔兹,你和我!"

马迪根实际上希望等到阿尔娃被人邀请走了自己再跳,但是丽莎贝特着急地拉着她,既然已经学会了华尔兹,这回可该露一手了。

不过马迪根也想试一试到底会跳不会跳，她用力抓住丽莎贝特就转起来。"一、二、三，"马迪根数着，跟阿尔娃教她们时完全一样。跳得不错，甚至比她们在厨房里跳得还好，因为现在有正规的音乐。人们彼此磕磕碰碰不算什么，只要别乱了节奏，"一、二、三，"她们来回来去转着。不过马迪根很仔细，她不到远处去跳。她想看到谁去邀请阿尔娃。

但是阿尔娃还是坐在那里，没有一个人邀请她，天啊，这到底是怎么回事？马迪根不明白，她无心再跳下去，她一定要去看看阿尔娃是否伤心了。

阿尔娃无精打采地坐在那里，看样子她很想离开那里，参加舞会可不能有这副表情，要高高兴兴，眼睛朝周围看，不然没有人会邀请你。连马迪根都知道。

"你必须要露出微笑，阿尔娃。"她动情地说。但是阿尔娃一点儿表情也没有，妈妈爸爸竭力和她讲话，鼓励她。但是不起作用，她听不进去他们的话，默不做声。今天晚上阿尔娃的话特别少。

下一个舞曲是波尔卡，还是没有人邀请阿尔娃。这时候爸爸站起来邀请她，但是阿尔娃一副担惊受怕的样子。

"不，上帝保佑，编辑先生别为了我在高贵的人面前丢脸！"

这时候丽莎贝特没精神了，她爬到爸爸的膝盖上睡着了。

这下子爸爸跟谁也不能跳舞了，不管是阿尔娃还是妈妈。另外妈妈也不想跳，她说她感到身子沉重。但是她希望阿尔娃跳，玩得开心。

阿尔娃很不开心。大家跳呀跳呀，跳得地板都直颤，但是没有人跟阿尔娃跳。音乐一起，男士们马上跑到其他年轻的女士和贵妇人面前去邀舞。阿尔娃没有人理睬。

除了市长夫人跳舞时偶尔经过他们的桌子以外，没有其他人光顾这里。市长夫人冷淡地看着阿尔娃，还拉起自己的裙子，好像担心碰到谁。

爸爸满脸的怒气，马迪根看出来了。他气愤地坐在那里，不知道该怎么办。妈妈也很沮丧，马迪根听见她跟爸爸在小声说话。

"那个妖婆，她跟每一个桌子上的人都说了不请阿尔娃跳舞的蠢话。"

"对，你说得没错，"爸爸说，"不过总有一天我要把她赶到一个角落里，好好教训教训她。"

马迪根不安地看着阿尔娃，这时候她看到了她的泪水像一条小河似的从面颊上流下来，但是阿尔娃很快就把泪水擦干了，她大概不想让别人看到她有多么伤心。

但是马迪根知道，她当然知道她喜爱的阿尔娃此时内心的感受。她不是因为不能跳舞而哭泣，而是因为市长夫人和那些

愚蠢人们的盛气凌人和卑鄙手段伤害了她。马迪根觉得,他们伤害了她的自尊心,对,她们肯定深深地伤害了她。阿尔娃有些反常。

"我就是我,爱怎么样就怎么样",阿尔娃总是这样说,她平时也确实如此。但此时此刻变了,她好像因为自己是阿尔娃而害羞。

马迪根再也忍不住了,她感到自己随时都有可能大哭一场。这么可怕的事千万不能发生。她一定要离开,找一个地方偷偷去哭,前廊好吗?

"我很快就回来。"她小声说,没有人拦她,还不错。

前廊空无一人,还真巧。平时那里经常站很多人,从窗子往里边看。不能进去开心娱乐的人,总还可以站在外边看,这是允许的。甚至城里的游手好闲之辈也从"特意来"酒馆醉醺醺地出来,站在这儿听音乐,看大厅里的风景。

彩灯不是很亮,前廊里有些暗。这对于想大哭的人正合适,马迪根立即哭起来。她双手捂着脸,伤心地哭着,当生活本来应该快快乐乐的时候,为什么会变得这么让人心酸,为什么没有人回答呢?

她站在黑暗里,哭泣了很长时间,薄薄的连衣裙使她冷得发抖。这时候她听见身边有人说话。

"你怎么这样伤心呀?"

是烟囱工站在那里，脸黑得像午夜，他几乎把马迪根吓死。不是因为她平时害怕他，正好相反。他到于尼巴根掏烟囱的时候，他们经常互相交谈。但是现在他确实吓了她一大跳。

这位烟囱师傅刚为大长街一家人的烟囱掏过灰。周末的晚上他也得工作，然后他在"特意来"喝了几杯啤酒解渴。现在他想看几眼跳舞的欢乐场面，不是想来吓唬马迪根。

这位烟囱工很招女人喜欢！他喜欢跟她们聊天，也喜欢跟像马迪根这样的小姑娘聊上几句。这时候他知道了，马迪根为什么伤心。整个事情的经过他都听到了。关于那件白色连衣裙，关于贝尔塔的婚礼，关于市长夫人，关于阿尔娃饱含泪水坐在大厅里，一次跳舞的机会也没有。

"真见鬼，"烟囱工说，"这么漂亮和善良的姑娘愣没人邀请！真是见鬼！"

烟囱工从窗子往里看，马迪根指给他阿尔娃坐的位置，从远处看她还是没有笑容。

"舞会上，哪一位姑娘都不应该是这种样子。"烟囱工说。

这时候大厅里又奏起了一首华尔兹《野百合花的惜别》。马迪根听出来了，这是阿尔娃喜欢的华尔兹。

烟囱工多才多艺，他也会唱歌。他站在那里，哼了一下这支曲子，从窗子看了看阿尔娃。突然他满腔怒火，冲进大门，走了进去，他哼着曲子，横穿舞厅，直接来到阿尔娃跟前。马

迪根像一只小耗子一样紧随其后。

"请吧,阿尔娃小姐,"烟囱工一边说一边鞠了个躬,"不过我浑身污黑,样子很可怕,嘴里还有啤酒味儿!"

如果市长夫人刚才没看到热闹的话,现在就看吧,马迪根想。但是其他的人都以为舞会上出现一个哼着曲子的烟囱工是事先安排的。那些已经被邀请的人停着不动,等着看会发生什么事。

烟囱工也等着。

"请吧,阿尔娃小姐。"他说。

这回阿尔娃来了精神,她笑了笑,勇敢地直视着烟囱工的眼睛。

"好,谢谢,"她一边说一边梗了梗脖子,"总算到了该我跳舞的时候,让这群猪狗见识见识!"

她站起来,烟囱工伸出一只黑手搂住她的腰。然后展示他们的风采。

舞池里只有他们一对,他们像一双鸟儿轻松地旋转飞翔。他们俩还唱着歌,互相深情地看着彼此的眼睛。阿尔娃的连衣裙在她四周飘动,他们跳呀跳呀,又唱又笑,马迪根过去从来没有看到过任何人像他们跳得那么好。太漂亮啦,啊,太漂亮啦!阿尔娃又漂亮又白净,烟囱工又漂亮又黑,马迪根屏住呼吸看着他们。她真希望,他们永远这样跳下去。

站在周围看的人群也发生了变化。那些答应市长夫人要冷落英斯特罗姆家女佣的人早已经忘了那码事。他们兴奋起来，随着音乐的节拍开始一起唱歌鼓掌。

马迪根看了看爸爸，他显得又激动又高兴，他对妈妈说：

"好好看吧，你永远也看不到比这更精彩的场面！"

市长夫人既不鼓掌，也不跟着唱，她刚才唱得太多了。

但是整个晚上一直静静地坐在桌子旁边喝彭士酒的市长，这时候终于站起来，当他看到这一对黑白分明的舞伴在舞池里旋转的时候，也满意地鼓起掌来，他问自己的夫人：

"你从哪里找来这么好的一对舞伴？真是一对漂亮的舞伴！"

"我看你现在该回家了。"这时候市长夫人说。

乐队还在演奏，他们不想停下来。直到市长夫人生气地挥了挥手，他们才停下。

烟囱工给阿尔娃鞠了个躬，又给市长夫人鞠了个躬，他还给观众鞠了个躬。然后他搀着阿尔娃唱着歌走出大门。但是在他们出门之前，烟囱工高声说：

"我带走了野百合花！现在你们可以尽情地跳了，你们这些俗气鬼！"

他们从舞厅回到家以后，马迪根在厨房里找到阿尔娃。虽然已经是午夜，但是阿尔娃还没有去睡觉。她坐在那里喝牛

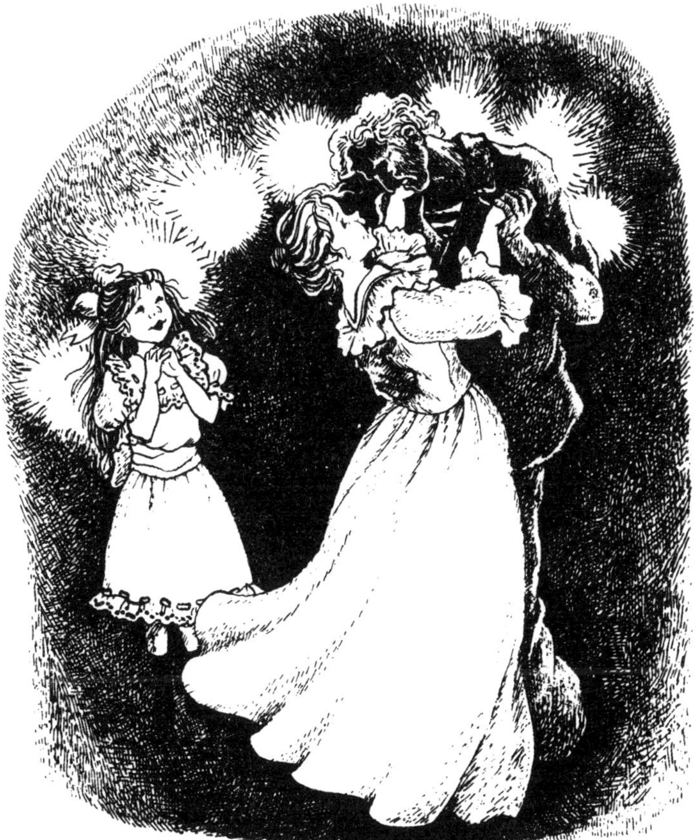

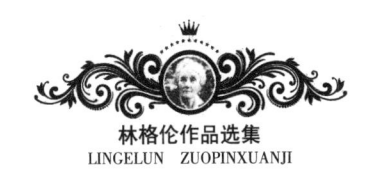

奶，吃硬面包，一副兴奋的样子。她仍然穿着白色连衣裙，但白连衣裙已经不白了，腰部都是大黑手印。

"哎呀，我太爱那个烟囱工了。"阿尔娃说。

马迪根立即不安起来。

"不，你不能爱他。他已经结婚，有了五个孩子。"

"我知道。"阿尔娃说，"所以我爱他差不多到礼拜四吧，也可能礼拜五。然后我可能重新理智起来……但是在此之前，哎呀，我是那么爱他，我觉得我爱得简直要疯了！"

"看得出来。"马迪根平静地说。礼拜五之前,阿尔娃都会爱他。

马迪根打了个哈欠,她困了。长这么大,她从来没有到这么晚还没睡觉的时候。但是有一件事在她睡觉之前,一定要告诉阿尔娃。

"当大家选舞会皇后的时候,你知道爸爸说什么了吗?你知道他对整个大厅喊什么了吗?"

"不知道,喊什么了?"阿尔娃问。

"'不行啊,'他喊叫着,'因为舞会皇后刚才已经回家了。'"

"哈哈。"这时候阿尔娃笑了。

我的儿子——飞行男爵

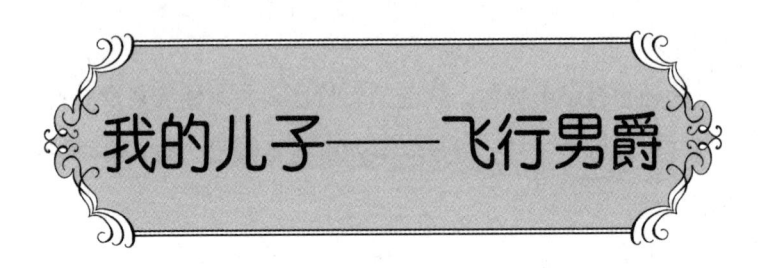

秋天真的到了,雨下个不停,整个于尼巴根都好像要被大水冲走。马迪根穿着雨衣和大雨鞋上学,放学回家的时候双脚都是泥,浑身湿透,又累又生气。丽莎贝特多舒服,跟妈妈坐在火炉前的沙发上,听讲故事,而她自己却要坐在教室的硬椅子上,乏味地听老师讲"相同的发音但有不同的拼写方法"。

"你知道吧,每次都不一样。"她对妈妈抱怨说,"为什么不能有点儿规律呢?"

她四脚朝天地躺在火炉前,现在她也该舒服舒服了。

妈妈坐在那里缝婴儿的衣服。丽莎贝特在织什么东西,她把织的东西戴在头上,弄得脸都红了,因为她刚刚在学,所以织起来很困难。

"我想给我们的小弟弟织点儿什么。"她告诉马迪根。不过她自己也不知道是什么东西。

"一顶帽子或者一个小毯子,等织完了才能知道。"她说,

这时候妈妈也用同样的口气说：

"是男孩还是小女孩，等生下来才能知道，还不能保证你们一定会有一个小弟弟。"

虽然圣诞节以后才能知道，但是妈妈已经把马迪根和丽莎贝特小时候躺的摇篮从阁楼上拿下来，她和阿尔娃给摇篮换上了新花布和新的荷叶边。她们讲了很多摇篮的事。

爸爸什么都不知道，他把这类谈话统统称为"荷叶边闲话"，不管是讲荷叶边或者别的什么东西。

"谢谢，我对荷叶边闲话不感兴趣。"有时候妈妈请人来喝咖啡和聊天的时候爸爸这样说，而妈妈希望他至少进来打个招呼。爸爸还担心，马迪根和丽莎贝特长大了以后，是不是也要搞这类"荷叶边闲谈"。所以他认为，最好家里再有一个男孩，尽管他此时也希望再有一个女孩。

"这类女孩不能太多。"他说。

但是不管是生男孩还是女孩，只有过了整个阴暗的秋天才能知道，马迪根认为要等的时间太长了。

"太平淡了，一天到晚什么事都没有。"她跟阿尔娃抱怨。

"没有吗？"阿尔娃说，"难道我们的地下室没被水淹了吗？"

马迪根认为，这事不值得高兴，因此她经常去隆纳德，跟阿贝去聊天。跟他在一起至少不觉得时间难打发。他一边讲，

一边烤面包圈。只有他们两人单独在厨房的时候才这样。这时候马迪根会听到很多他长大了以后的各种抱负，真不简单。他可能当"女战神"号双桅船上的船长，在惊涛骇浪中周游世界，或者当火车司机，奔驰在西伯利亚大铁路上，不过现在他还没有决定。马迪根认为，当火车司机好，安全、舒服。但是她错了，西伯利亚大铁路有一伙身上带着炸弹的无政府主义者，三天两头发生轰的一声整列火车被炸飞的事。

"这时候就要手疾眼快，不然就变成肉酱了。"阿贝说。

马迪根吓得直打战，阿贝却露出了满意的微笑。

"你知道人在什么地方吗？有时候在汹涌澎湃的大河里，有时候在蛇洞里。你以为西伯利亚大铁路像我们这儿的东线中心铁路吗？"

马迪根越来越觉得，阿贝最好当探宝者，他确实考虑过。

"可能吧。"阿贝说，"不过探宝者一定要钻进挤满爬行动物的可怕山洞。"

"为什么？"马迪根问。

"啊，不藏在那儿，1000多年前的老国王能把20桶黄金藏在什么地方呢？只能藏在挤满爬行动物的山洞里，这样才保险。"

阿贝说，如果找准了洞，就能取回大桶大桶的黄金。

如果他有时间，他还想乘一只气球到北极去，他一边翻面

包圈，一边给马迪根唱歌：

> 你可听到过一个坚定的理想，
> 他出自安德烈先生的心房，
> 总会有一天安德烈先生，
> 乘坐一只气球到北极观光。

阿贝认为，这是一个非常出色的理想，像他自己说的，他想逐渐尝试这个理想。

"真是不错，世界充满冒险，"他说，"但愿我能如愿以偿！"

"那你就不烤面包圈了？"马迪根问。

"对，你觉得怎么样？不过当我在'女战神'号上庆祝圣诞节的时候，我可能还要烤几个。如果风暴不会把面包圈从铁铛上吹下来的话。"

在隆纳特有时候也会有风暴，不过不至于把面包从铁铛上吹下来，因为那仅仅是尼尔松叔叔发脾气。当天上下雨、浓雾笼罩他的房子时，他感受不到生活的乐趣。这时候他心里只想着伤心的事，他对尼尔松阿姨说，她做的一切都是愚蠢的。不单是她，全城、全国和全世界的其他糊涂虫都一样。他躺在沙发上，双手放在胸前，用责备的目光看着尼尔松阿姨，好像一

切不顺心的事都是她的错。

"但是还真运气,至少有一个人无所不知,从不做蠢事。"阿贝说。

"那是谁呢?"尼尔松叔叔生气地问。

阿贝用食指指着他的鼻子。

"就是你,好爸爸!"

"嗨嗨。"尼尔松叔叔说,然后不吭声了,静静地躺在那里,胡思乱想,不时地叹一口气。当他终于去了"特意来"酒馆的时候,尼尔松阿姨轻松了很多。

"他心情不好,真可怜。"尼尔松阿姨说。

"可是谁心情好呢?"马迪根在回家的路上想,天下着雨,家里一大堆作业等着她。

但是有一天终于发生了一件事。一件好事,一件让人难以置信的好事!爸爸从报社回来讲的。一位飞行员要开着飞机到这座城市来,想起来真高兴!他将在南关外边的风车草地上表演,他将升空和飞越城市。爸爸在报纸上给他登了广告。

"他会跳伞吗?"自己曾试图跳伞的马迪根问。

"绝对不会。"爸爸肯定地说。但是他将驾机盘旋,并且在空中翻跟头。一些人也可以坐上飞机转几圈。广告上登着,谁交100克朗就能坐飞机在城市上空飞行10分钟。

当马迪根拿着尼尔松阿姨的报纸并把上面的广告指给阿贝

看时,他简直要疯了,激动得眼泪都快要流下来。

"真让人伤心,我为什么没有100克朗呢?想想看,要能坐上飞机该多好啊!"

尼尔松阿姨认为,阿贝每天拼命烤面包圈肯定值得给他100克朗。但是不能花在这发疯的举动上,这有悖于神灵。再说即使她愿意,她也拿不出100克朗给他。

"这事不可能,这事不可能,你是知道的,小阿贝。"

阿贝当然知道。坐飞机,那是百万富翁和其他阔佬的事。不过想一想还是可以的,只是阿贝想得有点儿发疯了。

"不过那天我至少可以去看一看飞机。"他对马迪根说,两个人对此都非常兴奋。

飞行员的运气不错,飞行那天,天气非常好。风车草地上空万里无云,阳光灿烂。全城的人都涌向那里,市长、富人和其他阶层的人,哪一家翻一翻坛坛罐罐找不出5克朗门票钱呢。"从这么近的距离看一个真人驾驶真飞机还是值得的。"爸爸说。不过他自己是免费的,因为他是报社的人。

"他们这类人不用付钱。"马迪根对丽莎贝特说。

不过爸爸还是花了不少钱,他得请妈妈、阿尔娃和两个女儿,他也想请里努丝-伊达,但是她谢绝了。

"天啊,天啊,我宁愿千刀万剐也不到空中去打滚儿。"

里努丝-伊达认为,爸爸想让她坐飞机,其实不是。再说

飞行员驾机做翻滚动作时，也不叫打滚儿，爸爸解释说，英文叫"looping"，意思是翻滚动作。飞行员做"looping"是他单飞时，不带乘客，除非有人提出特殊要求。

他们站在草地上，看飞行员在蔚蓝的天空中做翻滚动作。马迪根和丽莎贝特过去从来没有看到过如此精彩的表演。

阿贝肯定也没见过，马迪根看到了他。他站在把飞机起降地点圈起来的绳子旁边，明亮的眼睛看着天空。他似乎觉得，那是他自己在空中盘旋和做翻滚动作。

这时飞行员降落在地面上，大家一齐冲过去，都想从近距离目睹这架奇特的飞机。谁也没有阿贝看得仔细，他抚摸着飞机，好像那是一匹马。

"喂，"他对马迪根说，"如果去北极，这个比气球好。"

飞行员站在飞机旁边，穿着飞行服，戴着飞行帽，特别神气。他很礼貌地回答大家提出的各种问题，非常希望有人能买坐飞机到空中转几圈的机票，每张100克朗。但是没有人肯花那么多钱，也许这个城市里没有一个人敢跟他一起在空中飞行吧？

这时候他走到爸爸跟前，问这位编辑愿意不愿意跟他到空中转一圈，完全免费。因为爸爸给他很多帮助，请他到宾馆吃饭，还给他做广告。他确实有资格坐飞机转一圈。

"要让民众知道，坐飞机并不危险。"飞行员说。

"啊，爸爸，你真幸运。"爸爸还没来得及回答，马迪根就喊起来，"啊，你真幸运！"

飞行员高兴地看着她。

"是这样！如果你愿意的话，你可以跟着。"

如果你愿意的话！马迪根感到心开始咚咚地跳，多好啊，可以差不多像燕子一样飞上天空，没有比这更开心的事了。她愿意不愿意？愿意，她当然愿意！

"你不害怕吧？"飞行员问。

"这孩子从来不知道害怕。"这时候妈妈说。

对，马迪根唯一担心的是，有人说话不算数，不是爸爸就是飞行员，不敢肯定。她抓住爸爸。

"过来，你快一点儿！"

但是就在这一瞬间，她看到了阿贝。他还站在飞机旁边，目不转睛地看着。他的手始终也没有离开那架飞机，他使劲摸着，好像要证实一下他摸的是不是一架真飞机。

马迪根知道，如果地球上有一个人真想坐飞机，那就是阿贝。在这个时候，她，马迪根，在他眼前坐着飞机飞向天空，啊，不行，她不能这样做！太不公平了！她一边放慢脚步，一边思考。然后她知道该怎么做了。

"爸爸，我反悔了，"她小声说，"让阿贝替我坐飞机吧？"

爸爸惊奇地看着她。

"为什么?"

"我害怕了。"马迪根小声说。

"不,你不会害怕,"爸爸说,"不过随你的便吧。"

知女莫如父,他知道马迪根很喜欢阿贝。当一个人喜欢谁的时候,是不惜代价的,这一点他明白。

爸爸向飞行员做了解释,然后他叫阿贝。

"阿贝,过来!"

阿贝吓了一跳,以为自己做了什么错事。

"不过我没动什么,"他争辩说,"我只是看一看。"

"你想坐飞机吗?"爸爸问。

阿贝怎么能回答这个问题呢?他真不敢相信马迪根的爸爸是认真的。因此他愣愣地站在那里,一副茫然的样子,直到马迪根急了。

"你听到了吗?你可以跟我爸爸坐飞机,你愿意吗?"

可怜的阿贝,他还是不能回答!他当然听到了,不过他以为,他们在开他的玩笑。

真的坐在机舱里,戴上飞行帽,穿上一件过大的皮大衣,这时候他才相信这是真的,他才意识到将要发生一件惊人的事情,他喜出望外,周围的人看到以后都笑了起来。

"他们为什么要笑?"马迪根不解地问。

"因为他们看到了一个非常幸运的男孩。"妈妈说完也笑了。其实妈妈还是不放心,马迪根知道,实际上她一点儿也不希望爸爸去坐飞机,但是当爸爸坐上飞机的时候,她还是笑着向他招手。

飞行员刚要上飞机,这时候市长夫人风风火火地走过来。她挤到飞行员的身边,用责备的口气说:

"我觉得,应该让一市之长先坐!"

马迪根看到,阿贝非常不安,他肯定认为,坐飞机的事这下子泡汤了。

但是飞行员根本不买市长夫人的账,市长也得等。其实市长很愿意等,他是一个矮小、肥胖、温顺和胆小的人,他根本不愿意坐飞机,是他的夫人逼着他坐。这还不够,他还要在议会大厦上空跟飞行员做翻滚动作。为此市长夫人特意请了摄影师贝克曼到广场,抓住这个机会拍下照片。

"这对于我们的家庭相册太有意义了。"她向妈妈解释说。

可是妈妈根本没有心思听她说什么,在爸爸要乘飞机飞向天空的时候,她哪里有这个闲心呢,心情真是太紧张了!大家都挥着手欢呼。飞机直冲蓝天,进入城市上空,并很快变成一个小黑点。

这时候丽莎贝特哭了起来。

"想想看,爸爸要是掉下来……"

妈妈脸色苍白,她也担心,爸爸会掉下来。

"哎呀,没什么危险。"马迪根说。她拉着妈妈的手,安慰她。而她自己内心安宁吗——坐飞机肯定没有危险吗?

这时飞机突然回来了,还做了翻滚动作,先后做了两次。众人欢呼、跳跃,但是妈妈生气了。

"准是他的主意。他大概要吓死我,我敢肯定。"

"不对,肯定是阿贝请求做翻滚动作。"马迪根认为。

"我会问他的,"妈妈刻薄地说,"等着瞧吧!"

但是当阿贝回到地面上时,却无法跟他谈话。虽然他站在那里,但是他的心没在,真正的阿贝仍然在天空中飞翔。

"有意思吧?"马迪根急切地问。

阿贝摇了摇头。

"有意思!说有意思还不够。真叫人……别提多有意思了!你自己为什么不坐一坐飞机呢,那样的话你就会有更好的体会。"

随后他又笑了。

"你看到我们做翻滚动作了,对吧?前后两次,是我要求的。当我有了自己的飞机时,我一定要不停地做翻滚动作。"

现在轮到市长坐飞机了。他要飞上蓝天,在议会大厦上空做翻滚动作。市长夫人吵了好久,他无法躲避,不管他是多么害怕。他确实很害怕,但是市长夫人很勇敢!她叉着腿站在那

里，向市长挥手，并高声喊叫着，整个风车草地都能听到。

"别忘了在议会大厦上空做翻滚动作!"

飞机冲上蓝天，可怜的市长进入城市上空。他确实在议会大厦上空做了翻滚动作，但是他还额外做了点儿别的事情。对市长来说不太合适，只有很小很小的孩子才做得出。

很快全风车草地的人都知道了这件事。大家偷偷地谈笑着，甚至丽莎贝特也听到了一些，她问马迪根：

"他为什么要直接到澡堂子去呀？"

马迪根小声在她耳边说了原因，丽莎贝特咯咯地笑了。

"有什么好笑的，"马迪根说，"我想，如果你是市长你肯定笑不出来。"

"对，但是我不是市长。"丽莎贝特说。

最近一个时期，马迪根每次去隆纳特，阿贝都没完没了地讲坐飞机的事。尼尔松叔叔也是这样。

"我觉得就像跟两架飞机住在一起似的。"尼尔松阿姨说。尼尔松叔叔为阿贝感到很自豪。"我的儿子——飞行男爵"，他这样称呼阿贝，他一遍又一遍地说，他怎么样把最后剩下的5克朗给阿贝买票。

"你知道，马迪根，我当时对自己说，尼尔松，尼尔松，你这一生多么小气都没关系，因为你已经习以为常，但是要给

儿子5克朗，一定要给！"

马迪根认为，尼尔松叔叔确实很慈善。他毕竟也看到了阿贝飞过城市上空，因为他和尼尔松阿姨以及其他没有5克朗的人站在广场上看。

"但是我做梦也没有想到，是我儿子像一只雄鹰一样在高空飞翔。"尼尔松叔叔说。

后来有一段时间他经常坐在特意来酒馆里，讲自己的儿子——飞行男爵和最后5克朗的故事，每次还真有人听。

"不过城里所有不三不四的人都听过了，"尼尔松阿姨说，"这回你应该在家里待会儿了吧。"

她真不应该这么说。

"你这个梦魔。"尼尔松叔叔生气地说，他立即戴上帽子、穿上大衣，去特意来酒馆了。但是他很快就回来了，也不再生气了。

"哎呀，你还在这儿，小马迪根。"他说，并用手抚摩着尼尔松阿姨。

"你，我心灵的抚慰和百合花，你有没有鲱鱼和土豆给你充满爱意的丈夫吃？"

尼尔松阿姨有这些东西。

秋天越来越黑得早，雨继续下着，几乎一天都不断。河水

越涨越高,马迪根和丽莎贝特连洗衣台都无法走近。她们也不愿意走近,因为河水哗哗响得吓人。

"谁要是掉下去,谁就完了。"马迪根对丽莎贝特说。

她们几乎不到室外去,但是在室内也玩得不错。她们玩纸做的娃娃,在儿童卧室建小房子,和阿尔娃跳华尔兹。不过有时候马迪根还是不耐烦。

"太平淡了,一天到晚什么事都没有。"她又抱怨起来。阿尔娃认为,说这样的话不吉利。

"有事也可能是悲伤事,别忘了这一点!"

还真让阿尔娃说着了。

一个礼拜天的早晨,尼尔松阿姨来到于尼巴根,她号啕大哭,惊醒了全家。她几乎说不出一句完整的话。只是哭,差不多是喊叫。爸爸最后抓住她的手摇着她。

"我现在想知道到底发生了什么!"

尼尔松阿姨费劲地讲着,没有一句完整的话。马迪根站在那里,她感到内心很痛苦。尼尔松阿姨说的是什么意思呢?关于阿贝……阿贝淹死了,不会,这肯定是马迪根在做梦!从尼尔松阿姨哭叫中夹杂的只言片语中猜测,那仅仅是一个可怕的梦。肯定是!马迪根咬紧嘴唇,竭力使自己镇定,但她还是听到了尼尔松阿姨说的话。

"我一直躺着睡觉，直到刚才我才知道。阿贝不见了，我看到，他根本没躺在床上睡觉，尼尔松，那个不幸的家伙，几乎什么也不记得了。只记得他昨天晚上从特意来酒馆回来，掉进河里，他不会游泳……"

"不过我相信那是阿贝。"爸爸说。

"对，因为阿贝跳到水里把他拖上来，尼尔松就记得这一点。不过你们知道，那个笨蛋后来干什么了？啊，他直接走进屋里，躺在床上就睡，他醉成什么样子！他把阿贝忘了。阿贝还在河里，他！"

尼尔松阿姨再也说不下去了，她趴在餐桌上就大哭起来，马迪根从来没有听到过有谁哭得这么厉害。妈妈竭力安慰。她拉着尼尔松阿姨，自己也哭。阿尔娃也哭了，还有丽莎贝特，但是马迪根没有哭。她只是感到内心越来越痛苦，她不能哭。

"阿尔娃跟我来，"爸爸说，"你们其他人都待在这儿！"

爸爸和阿尔娃朝河边跑去。马迪根从窗子看着他们，她看着他们消失在于尼巴根和隆纳特两个洗衣台之间。

然后她看到，他们怎么样抬出阿贝。这时候她终于哭出声来了，因为眼前的景象是那么可怕。尼尔松阿姨大声叫起来，就像有人用刀子扎她。但是爸爸叫的声音更高：

"他活着！"

"不对，肯定不对。"尼尔松阿姨叫喊着，她不顾一切地

冲出去。妈妈竭力阻止马迪根出去,但是拦不住,她一定要到那里去,亲眼看一看阿贝是否真的活着。

阿贝已经很虚弱,都看不出他还活着。当大家把他抬进隆纳特厨房的时候,他仍然闭着眼睛,没有醒来,阿尔娃拉了一下他的衣服他也没有醒。他面色苍白,浑身冰冷。因为他躺在洗衣台上已经有很长时间,很幸运,他不是像尼尔松阿姨说的在河里。

"不过他肯定很虚弱了,所以他没有力气再往前爬。"爸

爸一边说一边严厉地看着尼尔松叔叔。

他站在那里,两眼红肿,身心疲惫。当他看见自己的飞行男爵被救的时候,泪水淌下来,他责怪自己忘恩负义地把他一个人单独丢在黑夜之中寒冷的洗衣台上。

"你们在水里待了多长时间?"爸爸问。

"很长。"尼尔松叔叔一边说一边惶恐地把头靠在爸爸的肩膀上,"把我送进疯人院或监狱吧,给点儿水和面包就行,这可能是最好的办法!"

"对,我看差不多。"尼尔松阿姨说,平时她对他从来不这么强硬。

爸爸忙着上班。

"我先回家,打电话找贝里隆德医生来。但是要注意给他保温,不然他会死去!"

阿尔娃给阿贝脱掉湿衣服。她和尼尔松阿姨把他抬进卧室,放在一张大床上。尼尔松叔叔沮丧地跟在后面,他高声喊叫:

"阿贝,我的儿子,你听见我说话了吗?"

"闭嘴,"这时候阿尔娃说,"你们俩都把衣服脱了,躺在他身边。这是使他暖和过来的唯一办法。"

只有阿尔娃才想得出这种妙招。她现在成了大指挥,他们都听她的。

在此期间阿尔娃和马迪根等在厨房里。阿尔娃把热水倒在几个空瓶子里，用毛巾包住。

"可怜的阿贝，他的脚趾需要这些热水瓶子，因为尼尔松的脚也很冷。"她说。

然后她们又走进卧室。阿贝像一个小孩那样躺在爸爸和妈妈中间。他们紧紧靠在一起，互相搂着，以便阿贝能暖和过来。阿尔娃把找来的毯子和被子盖在他们身上。最后只有阿贝的鼻子露在外面。

"阿贝，我的儿子，你可以从我的血液中吸去所有的热量，只要你醒来，能原谅我这个坏蛋，"尼尔松叔叔说，"但是他怎么像魔鬼一样凉，"随后他说，"我们三个人都要感冒了。"

这时候阿贝长长地出了一口气，他睁开了眼睛。

"你们干什么都挤在这儿呀。"他说。然后又睡着了。

第二天阿贝得了肺炎。是丽莎贝特在马迪根放学回家时告诉她的。

"这是最危险的一种病，"丽莎贝特肯定地说，"得了这种病咚的一声就死了，里努丝－伊达这样说过。"

"住嘴，"马迪根喊叫起来，"住嘴，你这个笨蛋，我叫你住嘴！"

她急忙朝隆纳特跑去，因为她必须打听明白，阿贝到底病

到什么程度。

"啊,现在他身上又太热了,"尼尔松阿姨说,"这个可怜的孩子,他发烧了,好像身上的血都开锅了。"

"危险吗?"马迪根问。

这时候尼尔松阿姨用她疲惫的眼睛忧伤地看着她。

"10天以后才能知道,因为贝里隆德医生说,那时候是危险期。"

马迪根不知道什么是危险期。但是尼尔松阿姨解释说,当危险期到来时,病就到了转折点,有可能好了,也有可能……

她没再说下去,她不想把"死"字说出口。

每天放学以后,马迪根都要到隆纳特打听消息,病情是否已经好一些,但是没有好转。她不能到阿贝的卧室去,贝里隆德医生说,只有尼尔松阿姨可以到那里去。因为阿贝病得太厉害,身体虚弱,所以他们不敢把他转移到医院的病房里。

尼尔松叔叔不讲话了。什么也不讲,一个字也不讲,也不到特意来酒馆去了。他只躺在沙发上,样子很痛苦,两只眼睛跟小狗萨苏生气的样子差不多。马迪根认为,看到他心里很难受。

啊,这几天马迪根确实很难受。让她内心痛苦的这件事迟迟不过去。有时候在学校她忘掉了,但是一回家就不行了。最难受的时候是晚上躺在床上,各种可怕的想法全来了。

如果阿贝死了可怎么办呢,这会使她终生痛苦吧?她怎么会忍受得了呢?有时候她想起了阿贝说的那句话:"让我把一切都做完吧!"而此时此刻他躺在那里,可能连驾飞机到北极都来不及,可能什么也来不及了,什么也来不及了!西伯利亚大铁路只得寻找别的火车司机,"女战神"号双桅船也无法在惊涛骇浪中周游世界。

马迪根躺在枕头上哭了。

日月如梭,她知道,危险期渐渐来临。

"那个臭危险期不是很快就来了吗?"丽莎贝特说。当马迪根整天愁眉苦脸的时候,日子过得真没劲。

"对,是快来了。"马迪根说。

在第9天的早晨,她收到一封信。信封上写着:

本地区于尼巴根

让人引以为自豪的少女马卡丽达·恩斯特罗姆收

信是尼尔松叔叔写的,字体很优美,信的内容如下:

我不是教徒,马迪根,我一直不是,所以我无法请上帝保佑。但是你可以,那你就请上帝保佑阿贝吧。我的梦

魔这几天一直都在祈祷,但是没有什么效果。我相信,上帝可能更愿意听像你这样一个天真无邪的儿童的祈祷。不多麻烦你,只请你问一问上帝,如果阿贝被领走,隆纳特的埃米尔·尼尔松会怎么样。这个家没有阿贝怎么办,请你问一问上帝!速速回音。

预先对你千恩万谢的埃米尔·尼尔松

又及:如果阿贝死了,我也上吊。不过你可能不需要把这件事告诉他,唉,告诉他也行!

马迪根走进丽莎贝特平时说脏话的衣帽间,她在那里为阿贝祈祷。啊,要多虔诚有多虔诚!她还为尼尔松叔叔祈祷,他也不需要上吊。她还为尼尔松阿姨祈祷,别让她总是伤心落泪。她还点名提到西伯利亚大铁路和"女战神"号双桅船船长,其目的是要让上帝知道,阿贝需要长大成人。他不能只烤面包圈,他一定要做更多的事情。

"也为了我,亲爱的上帝。"她最后祈祷说。

随后她去上学了。放学回家的时候,她特意在隆纳特大门口站了一会儿,仔细想了想,不行,今天她不能进去,因为危险期现在可能正好在那儿。

但是第二天,当她出来,准备上学的时候,尼尔松叔叔站在围栏旁边呼喊她。尼尔松叔叔已经没有小狗萨苏式的眼神,

他神采奕奕，满脸笑容。

"我不需要上吊了，马迪根！你有时间进来看一下阿贝吗？"

马迪根实际上没有时间。不过迟到就迟到吧，反正就一次，她不在乎了。现在她必须去看阿贝。

阿贝坐在床上，后背靠着很多枕头，他正吃粥和三明治，脸色还是很苍白。不过坐在那里的还是原来的那个阿贝。他将驾驶飞机去北极，乘"女战神"号双桅船去周游世界。

当他看见马迪根时，他笑了笑。

"你还好吧?"

"好,我很好。"马迪根说。她感到,使她内心痛苦的事现在已经完全消失了。

马迪根和丽莎贝特得到天赐的礼物

"没错,我们当然要像通常那样庆祝圣诞节。"爸爸在平安夜那天早晨说。但是马迪根和丽莎贝特不知道怎么庆祝,因为妈妈躺在床上,很明显她们的小弟弟已经决定要在平安夜来到人世。

"他已经等那么久,那就让他再等几天吧。"马迪根认为。

"对,因为只要他活着,他的生日就永远在平安夜,"丽莎贝特说,"那样他就不会得到很多生日礼物,只能得到圣诞礼物,活该。"

马迪根和丽莎贝特为有小弟弟已经高兴了很久,但是现在她们开始对他不满了,因为他把整个平安夜给破坏了。圣诞树上装饰着点燃的蜡烛,壁炉里的火熊熊燃烧,阿尔娃已经端来咖啡和圣诞点心,他们要坐在一起,像往常一样度过美好的平安夜之晨。但是妈妈不在场的时候,不可能像平时一样。晚上圣诞老人来了以后,怎么分圣诞礼物呢?如果妈妈不得不躺在

卧室里，并且一直肚子疼，那就一点儿快乐也不会有。

"我知道我们应该怎么做。"爸爸说，"今天我们先过一个小平安夜，明天我们和妈妈、小弟弟再过一个。因为那时候，他已经来了。我可以给圣诞老人打电话，告诉他，我们可以等到明天晚上再分圣诞礼物，这样难道不好？"

丽莎贝特赞成。

"好，因为那个时候我们的小弟弟看到圣诞老人坐着雪橇来，肯定会大吃一惊！"

马迪根也赞成。

"因为他根本不知道有什么圣诞老人。"

后来马迪根又想起一件事。

"爸爸，你知道米娅前几天说什么吗？她这么说：圣诞老人，他只到富人家，从来不到我们穷人家。"

"对，这就是圣诞老人的过错。"爸爸说。

马迪根觉得，这是整个圣诞节的过错，她深深地叹了口气。

阿尔娃不想听这些。

"我们别在这儿高谈阔论了！我们该喝咖啡、吃圣诞点心和唱《此时又到圣诞节》了，不然你们的小弟弟认为，这家子真不开心。"

她点燃所有的圣诞枝形蜡烛，一切看起来都和通常一样。马迪根想，大家竭力装作跟通常一样。但是正在喝咖啡的时

候,外边的门铃响了。马迪根去开门,是埃克贝里夫人站在台阶上,她使劲跺掉鞋上的雪。她是这座城市的助产士,不管是平安夜还是仲夏夜,哪里有婴儿出生的时候,她都带着自己的小黑包出现在那儿。

"好哇,到时候了,"她说,"鹳鸟和圣诞老人同时来了,双喜临门很好吧?"

马迪根不觉得好。此外,她不相信鹳鸟。她知道,根本没有什么能把小孩子带到人世的鹳鸟。她内心也不相信有圣诞老人,不过她暂时还是愿意有圣诞老人吧。

这是一个多么奇怪的平安夜!爸爸焦躁不安地在屋里徘徊,一次又一次地走进卧室,当他每次出来的时候,他的表情都比上一次焦虑。

"不用着急,"阿尔娃说,"我有七个弟弟妹妹,我知道这种事。要拖一段时间,到时候就好了。"

阿尔娃准备了一篮子圣诞食品,马迪根和丽莎贝特像往常一样给里努丝-伊达送去。每年平安夜时她们都去送。

"我就要有一个小弟弟了。"丽莎贝特告诉里努丝-伊达。

"是吗,"里努丝-伊达说,"但是马迪根呢?你是不是也要有一个小弟弟啦?"

"不对,我们肯定只有一个,"丽莎贝特说,"那我们共同有他吧!"

林格伦作品选集
LINGELUN ZUOPINXUANJI

Fengyatoumadigen 376 疯丫头马迪根

"你多么幼稚,小丽莎贝特。"马迪根说。

里努丝-伊达想给她们唱"圣马丁努斯骑士骑着高头大马来了",但是马迪根没有心思听,她要尽快回家。

"我们改日再来吧,圣诞快乐!"说完她们就走了。

在街上她们遇到米娅。她出来买牛奶,她低着头走路,一副忧郁的样子。但是当她看见马迪根的时候露出了微笑。

"圣诞快乐!"马迪根说。

"圣诞快乐!"米娅说,"我们从济贫会领到了圣诞火腿,啊,别提多好吃了!马蒂丝一下子就把火腿都吃光了。"

马迪根听了很伤心,也觉得很奇怪,一些人家里由圣诞老人送礼物,另一些人家只能到济贫会领东西。圣诞火腿当然好吃,但是米娅该得到更多的东西,应该有真正的圣诞礼物。马迪根想了想,她有没有什么东西可以送给米娅呢?她摸了摸口袋,没有,什么东西也没摸着。但是这时候她想起了一件东西。她戴着一个"金心"。转眼间她就摘下那细细的链子。

"你可以得到这个作为圣诞礼物,如果你愿意。"她一边说一边把"金心"连同链子放到米娅的手上。米娅只是愣愣地看着她。但是在她还没有完全弄明白自己的幸运时,马迪根和丽莎贝特已经走了。

"你真不聪明,马迪根,"丽莎贝特说,"你怎么会把自己的'金心'送人呢?"

马迪根已经很后悔了。这个"金心"差不多是她最珍贵的东西,她怎么会这么愚蠢竟把它送人呢!

她一边走一边吃后悔药。但是她突然想起了里努丝-伊达说过的一句话:"送给穷人的东西会得到十倍的偿还"——如果这是真的,她随时可以得到10个"金心",她可能以圣诞礼物的形式得到,至少会有好几个吧。

"你没有'金心'了,我觉得你真可怜。"

"哈哈,我会得到10个'金心'作为圣诞礼物,《圣经》上写着呢。"马迪根说。

丽莎贝特想打听清楚是怎么回事,当她明白了以后,执意要返回去,想把自己的"金心"送给马蒂丝。但是马迪根没有同意。

"哎呀,我可以把我得到的'金心'送给你几个。"她保证说。然后她们就一路跑回家。谁知道,在她们外出的时候,家里会发生什么大事。

家里没有发生什么大事。

当大家坐在圣诞餐桌旁准备吃面包蘸肉汤的时候,埃克贝里夫人坐在妈妈的位置上。她很和善,但是她无法取代妈妈。马迪根更愿意她从视线中消失。平安夜的餐桌旁不应该有助产士。

随后马迪根来到隆纳特,她也送给阿贝一件圣诞礼物。是

一本书，是她从阁楼的一箱子旧书中找出来的，书名叫《浪迹在凶残的骑士和强盗中》。从封面上看，这本书很惊险。

"看样子不错。"阿贝说。他喜欢内容惊险的书，这一点马迪根知道。

阿贝已经痊愈了，他又开始烤面包圈。真有运气，因为过圣诞节的时候，人们要买很多面包圈。

尼尔松叔叔包了一大包面包圈，他要亲自给市长送去。啊，因为是圣诞节，他可以得到一些小费，他说市长还可能请他抽支烟。

"但是送完以后你会直接回家吗？"尼尔松阿姨担心地说。

"别着急，别担心，我心灵的抚慰和百合花。"他说完就走了。

每到平安夜，当夜幕降临以后，马迪根和爸爸都要到城里做一次平安夜漫步。这件事与圣诞树和圣诞礼物一样重要。这时候教堂里有圣诞祈祷，妈妈和丽莎贝特平时经常去那里。但是爸爸从来不去教堂，他是尼尔松叔叔那类的异教徒。是就是吧，马迪根知道，整个地球上没有像他那样优秀、善良的异教徒。她非常喜欢那种平安夜漫步，这种漫步是任何其他活动都不能代替的。不过不知道他今天愿意不愿意去，想想看，这是一个奇怪的平安夜，一切都乱糟糟的，她必须立即去问一问爸爸。

爸爸愿意，他已经站在衣帽间等着。

"现在我们走吧，"他说，"妈妈希望我们离开她一会儿。"

丽莎贝特和阿尔娃早就到教堂去了，教堂的钟声已经敲响。当爸爸和马迪根来到城里时，整个城市上空都回荡着教堂的钟声。他们走的路和往年平安夜走的路相同，弯曲的小路经过的房子一点儿也不比里努丝－伊达住的房子大，马迪根可以从那些低矮的房顶上抓雪做雪球。街道很黑，但是各家的灯光都很亮。住在那些房子里的人家没有窗帘，也许是因为他们不在乎是否有人往里边看。

"我们在这里看到的东西不是很开心，"爸爸说，"你看到，这里与于尼巴根不完全一样，对吧？"

对，与于尼巴根相差很远！不过马迪根认为还是挺有意思的，至少个别地方还不错。尽管这里又小又挤，没有多少家具，里边也没有很大的供孩子玩耍和打闹的空间。但是看得出来，他们还是竭力要创造一种圣诞的良好气氛。当然，一部分地方显得杂乱无章。

"我可不想住在这儿。"这时候马迪根说。

"对，对。"爸爸说。

堆满积雪的街道和屋顶上盖着白雪的房子还是很好看的，这里显得很有圣诞节的气氛。爸爸也这样认为。马迪根想在这里多走一会儿，她真不想回到有助产士和痛苦的于尼巴根，但

是爸爸想回家。

"住在于尼巴根还是很不错的。"马迪根看到繁星下白雪皑皑的森林中自己家的红色房子时这样说。所有的窗子都亮着蜡烛,从远处看,人们肯定相信,这里是平安夜,跟往年完全一样。

隆纳特也很明亮。所不同的是,马迪根看到在紧靠门前的雪里有一个东西发出微弱的光。是阿贝做的一个雪灯,还是别的什么东西在黑暗中闪闪发亮呢?

"你先回家,"马迪根对爸爸说,"我很快就来。"

她一定要搞清楚,是什么东西在闪亮。

是尼尔松叔叔抽的香烟在闪亮。他仰面朝天地躺在雪里,津津有味地吸着烟。马迪根害怕了。

"尼尔松叔叔为什么躺在这儿?"

这时候尼尔松从嘴里拿开香烟。

"啊,你看,小马迪根,我好像听到刚才有人摔倒了,那肯定是我啦。"

"尼尔松叔叔病了吗?"马迪根问。

"没有,"尼尔松叔叔说,"我醉了,不过没有完全醉,我可以站起来,那样的话香烟就糟蹋了,所以我想把烟抽完了再说。但是如果你发一发善心,把我的那个梦魔叫来,我会非常感谢你的。请你告诉她,我需要扶一把。"

"可怜的尼尔松阿姨。"马迪根生气地说。但是尼尔松叔叔一点儿也不介意。他仍然平静地躺在那里,在烟雾中朗诵着:

眼睛看着闪亮的群星
我慢慢进入梦乡……

"好,你睡吧。"马迪根更生气地说,然后她去叫尼尔松阿姨。

多么奇怪的平安夜!马迪根和丽莎贝特完全像平常的一个夜晚那样去睡觉。

"十月的一个礼拜二,或者别的什么日子吧。"当阿尔娃代替妈妈哄她们睡觉并向她们道晚安的时候马迪根这样说。

丽莎贝特真的生小弟弟的气了。

"愚蠢的小不点儿,我们要他会得到什么好处呢?"

"啊,一个十足的慢性子,他肯定是这样。"马迪根说。然后她们就睡着了。

圣诞节那天早晨,当她们醒来时,听到有谁嫩声嫩气地叫着。啊,真的,是小孩子在哭叫!

"他来了。"丽莎贝特说。

这时候爸爸站在门口笑。

"你们大概想来看一看你们的小妹妹吧?"

马迪根和丽莎贝特惊奇地张大了嘴巴。

"那个弟弟没了?"马迪根平静下来以后问。

随后她们跑进卧室。妈妈坐在床上,抱着她们的小妹妹。现在她不再哭叫了。

"她为什么哭叫?"丽莎贝特马上问。

"她希望你们能进来问候她一下,"妈妈说,"她已经等了好几个小时了。"

她们的小妹妹要多甜蜜有多甜蜜。她有长长的黑头发,明亮的蓝色大眼睛,当马迪根和丽莎贝特爬到床边紧靠着她时,她一本正经地看着她们,那样子好像什么都知道,什么圣诞老人之类的东西。

"她可能想问,她是从什么地方来的。"丽莎贝特说。

她们俩每一个人可以抱她一会儿。当马迪根把她抱在怀里时,她感到她是多么小,这时候爱心好像突然就融化在她身上,人怎么能不喜欢像她这么小的生命呢?她真舍不得马上就把她还给妈妈。

"看呀,她长得多么像妈妈,"爸爸说,"鼻子完全一样!她是一个小卡伊萨,你们看出来了吗?因此她的名字也叫卡伊萨!"

妈妈理了理卡伊萨的黑色头发。

林格伦作品选集
LINGELUN ZUOPINXUANJI

Fengyatoumadigen 384 疯丫头马迪根

"小宝贝儿,你的鼻子像不像我没什么关系,只要你的内心像你爸爸,有他那样的好心肠就行,这是我最大的愿望。"

平安夜很奇怪,而圣诞节这一天也很奇怪,不过很有意思。马迪根和丽莎贝特都这么想。她们看卡伊萨吃奶,围着圣诞树与阿尔娃和爸爸跳舞,看卡伊萨洗澡。她们剥核桃,吃橘子,看着卡伊萨哭叫,她们给卡伊萨唱圣诞歌。在她们等待圣诞老人的时候,她们在卧室的窗子外边堆了一个雪灯,以便让卡伊萨看到,有一个东西叫雪灯。她们点灯的时候,爸爸抱着卡伊萨正站在窗子旁边。

"这可能是这个小不点儿一生中看到的最漂亮的东西。"丽莎贝特说。

圣诞老人总算坐着雪橇来了。他是从通向阿佩尔古伦那条陆路来的,这个圣诞节他不能像往常那样从河里来,因为今年河里没结冰。

圣诞礼物在卧室里分,这也有点儿奇怪。更使人感到奇怪的是,马迪根连一个"金心"也没得到,不过她不在乎。因为她得到很多其他礼物。

马迪根想了想。她得到了书、新冰鞋、纸娃娃、一副棋、信纸、一条裙子和一个杏仁蛋白小蛋糕。所有的礼物都非常好看,但是她可能没有得到天赐的礼物。不过不能要求每年都能得到这样的礼物,马迪根还是挺满意。

丽莎贝特有些犹豫不决,她不知道在她得到的圣诞礼物之中有没有确实可以称作天赐的礼物。但是这时候马迪根用凯旋式的语调说:

"有,你得到一个天赐的礼物!我也一样!我们不是得到了卡伊萨吗?"

丽莎贝特笑了。

"对,我们已经得到了卡伊萨,真的!"

啊，五月的太阳笑得多么灿烂

卡伊萨，她是天赐的礼物，随着岁月的流逝，她在家里变得越来越可爱。她突然就能抬头了，突然就会笑了，突然就看见自己的手，突然就看着她们，好像从来没有看见过这么有趣、这么奇怪的东西。卡伊萨做的一切都让人惊喜，甚至她打哈欠和哭叫时都显得很甜。家里所有的人都爱她。

"你那么甜，我真想把你偷走。"阿尔娃说，这时候卡伊萨笑了，好像她全听懂了。

马迪根认为，丽莎贝特可美了，她可以整天跟她们的小妹妹在一起，而她却得去上学。她只有趁放学回家的时候，才能跟卡伊萨在一起。她一进门就问：

"卡伊萨在哪儿？"

卡伊萨经常躺在婴儿车上在院子里睡觉。里努丝－伊达竭力劝说母亲不要做这种发疯的事。

"你们想要孩子的命吗？"她问，"天啊，天啊，我从来

没听说过,大冬天让小孩子躺在外边!"

但妈妈只是一笑。当卡伊萨进屋里吃奶的时候,她的脸颊红红的,显得特别健康。

"请看,"妈妈对里努丝-伊达说,"她像不像一个冬天的苹果?"

这时候丽莎贝特走到衣帽间照镜子。

"我大概也是一个冬天的苹果吧?就是大一点儿!"

丽莎贝特认为,大家对卡伊萨爱得太过分了,睡觉的时候,她跑到马迪根的床上,枕着她的胳膊问:

"你现在喜欢卡伊萨胜过喜欢我吧?"

这时候马迪根说,当然不是,只是爱的方法有点儿不同。她喜欢卡伊萨用一种方式,喜欢丽莎贝特用另一种方式,两个她都喜欢!

"顺便问一句,你喜欢谁呀?"马迪根问。

"我也非常喜欢卡伊萨,用所有的方法,"丽莎贝特说,并笑得咯咯响,"但是也喜欢你!还有卡伊萨!还有妈妈!还有爸爸!还有阿尔娃!还有萨苏和古山!还有马丁·贝里隆德,但只是一点点!还有等等,等等。"

冬季一天一天过去,河水结冰又融化。不久前马迪根和丽莎贝特还在那里滑冰,不久前她们还在木柴屋外面用雪堆城堡,但是现在冰化雪消。第一枝雪莲花已经露出了头,有一天

蓝色银莲花开了,春天突然来了。啊,突然又到了四月的最后一天,想想看,一年过得多么快啊!

"妈妈,今天晚上我可以穿我的新皮凉鞋吧?"马迪根吃早饭的时候就问。

"好吧,如果你想一开始就把它们毁掉的话,"妈妈说,"你知道,马迪根,你的旧皮凉鞋很适合穿着在五朔节篝火周围跑。"

马迪根记得去年发生的事,她没有再多说什么。

今天爸爸、妈妈也去参加五朔节篝火晚会,还有卡伊萨。

"她必须去看看五朔节篝火晚会那样的精彩场面。"爸爸说。

"对,"丽莎贝特说,"也让大家看看像卡伊萨这样漂亮的孩子!"

马迪根认为她说得很有道理。

"那时候他们就会像林德奎斯特疯老头儿说你一样,'让我看看这个小人',你还记得吧?"

"记得,我当然记得,"丽莎贝特说,"不过我现在已经大了。"

爸爸马上要去报社。今天他不能跟马迪根结伴,因为今天学校放假。

"林德奎斯特,对,"爸爸说,"那个可怜的人,他无论

如何应该住院。他不应该再住那间破房子,再说对他自己和对别人都很危险。"

阿尔娃很可怜林德奎斯特。

"唉,可怜的疯老头儿,我希望他至少可以在医院里享受一点儿鼻烟,因为这是他唯一的乐趣。"

说完阿尔娃就走了,她要到洗衣房去洗衣服。不过今天晚上她也去参加五朔节篝火晚会。

妈妈答应陪丽莎贝特到城里去买书包和铅笔盒。这么重要的事一分钟也不能再等,实际上丽莎贝特再过四个月才开始上学呢。但是她已经注册了,所以她已经是堂堂正正的女学生,而书包她已经盼望很久很久了。

"我想现在就准备好。"她说。

马迪根要留在家里,在此期间照顾卡伊萨。

"她肯定能一直睡到我们回来,"妈妈说,"不过你还是要看好她。"

这是五月初温暖的一天。马迪根坐在厨房前面的台阶上,一边读《幽灵宫的秘密》,一边看着樱桃树下的婴儿车。这是一部令人毛骨悚然的书,但是在光天化日之下读这本书时,古城堡里的幽灵并不让人觉得特别害怕。

古山第一次生小猫,它躺在台阶上,像往常一样晒太阳,也跟马迪根一样,它一边晒太阳,一边看着自己的三个小猫。

它们在沙石小路上蹦蹦跳跳地玩耍，假装在捕捉老鼠。马迪根认为，它们看起来非常甜蜜、开心。唯一让人感到伤心的是，小猫必须送给别人。妈妈只同意家里养一只猫。里努丝－伊达要一只，另一只将送到阿佩尔古伦庄园。只有那只黑色的给谁还没定下来。可能给女教师，如果她想要一只小猫的话。

马迪根又回到那本书里，啊，进入幽灵宫！一个骷髅咚咚地从秘密通道走来，进入女伯爵的寝宫，不知道她会不会被吓得撕心裂肺地喊叫。

喊叫了！还有另一个人喊叫——卡伊萨！马迪根抬起头，这时候她看到……天啊，谁站在那里，怀里抱着卡伊萨？她睡得正香的时候，怎么可以把她揪起来呢！一个男人，长着长长的白头发，他背对着马迪根。但是这时候他转过身来……救命呀，是林德奎斯特！

马迪根不怕爬树，也不怕爬房顶，可是现在完全是另外一回事。马迪根害怕了，怕得浑身打战，连喊都喊不出来，连动都动不了，救命呀，她该怎么办呢？

最后她试图讲话，但是声音发抖，听起来好像是别人的声音，不是她自己。

"这……是我的妹妹，她现在要睡觉！"

林德奎斯特用迷茫的眼睛看着马迪根。

"这要由我来决定，"他说，"她不是你的，她是我的，

知道吧!"

"不对。"马迪根说,她尽量说得坚定一些。

林德奎斯特严厉地看着她。

"别反对我,不然的话我什么事都做得出来!她是我的,因为这个世界必须得公平。"

这时卡伊萨哭叫起来。林德奎斯特不高兴了,他摇着她。

"别叫!你一叫我耳朵痛,别叫,我已经说过了!"

马迪根坐在那里,心里难过极了。如果卡伊萨不安静下来,林德奎斯特可能会生气,用他的大拳头打她。如果阿尔娃这时候能来就好了!马迪根想叫她,但是她不敢,怕惹林德奎斯特生气。她必须在没有别人帮助下解决这件事,她自己,不要其他人做什么,要快,不能像胆小鬼一样坐在那里浑身打战。

"林德奎斯特先生为什么要一个小孩?"马迪根最后用一种新的奇怪声音问。

林德奎斯特皱了皱眉头,看样子他在考虑。

"一切都死亡了,你明白吧,"他说,"啊,一切都死亡了,我想要一个活的东西,能动的东西,你明白吗?"

随后他又摇卡伊萨。

"不过你不能哭叫,闭嘴,我说过了!"

卡伊萨不习惯别人这样摇,这时候她哭得更厉害了。

"卡伊萨,乖乖,你难道不能静一会儿吗?"马迪根想,

"啊，我该怎么办呢？"

这时候她看见那几只小猫在她眼前玩。它们是活的、能动的，一点儿不假！想想看，如果她能……不管怎么样她一定得尝试一下。

她用颤抖的手抱起那只小黑猫，迈着同样颤抖的腿走向林德奎斯特。

"请看这个，"她说，"它是活的、能动的，它不哭叫。我们换吧？"

"啊，不。"林德奎斯特说。他用一只胳膊夹着卡伊萨，就像夹着一捆草。卡伊萨不同意，她通过拼命喊叫说明这一点。林德奎斯特生气地看着她，然后看了看马迪根怀里抱的猫，是一只健壮的小猫。它挣扎着，因为它想在马迪根的面颊上试一试自己的爪子，它当然不能试。

"那就拿过来吧，"林德奎斯特最后说，"把小猫给我，你抱走这个哭叫的孩子！"

马迪根把小猫塞到林德奎斯特伸出的手掌里。但是他已经后悔了，他不想放弃卡伊萨。

"两个我都想要，知道吧！"

"啊，这可不行，"马迪根说，"我一定得要那个哭叫的孩子。世界必须得公平。"

这一点林德奎斯特明白，这也是他的观点。这时候他把卡

伊萨扔给马迪根,好像她是随便可以扔的垃圾一样。小猫开始抓他的胡子,他挺高兴。

"这回我可有事做了。"他说。

他根本没有注意马迪根已经抱着孩子走了。此时林德奎斯特很幸福。他的家有了一只自己的猫。

但是此时的洗衣房里,阿尔娃坐在上下摇晃的洗衣桶上,怀里抱着两个孩子。马迪根号啕大哭,而卡伊萨咿呀咿呀地叫着,非常满意,她觉得本来就应该这样。

"痛痛快快地哭吧，"阿尔娃说，"把委屈都哭出来，然后忘掉，不然老是做噩梦。"

马迪根哭了很长时间。但是最后已经没有眼泪了，那种空旷的感觉很美。

这时候马迪根从阿尔娃的膝盖上下来。

"可别让妈妈知道。"她说。

阿尔娃保证不说。

"告诉她只会引起神经紧张，不会有任何益处。而林德奎斯特还是得看管起来，这个可怜的坏蛋。"

马迪根帮助阿尔娃往桦树之间的晾衣绳上晾衣服。卡伊萨躺在附近的婴儿车里，看着伸向天空光秃秃的桦树枝，她高兴地咿呀着。至少她已经把林德奎斯特全忘了。

古山和它周围的三只小猫坐在厨房前的台阶上。可怜的林德奎斯特，他连一只小猫也没留住，尽管他的手掌很大！马迪根认为，他好可怜，她问阿尔娃：

"你和我能往医院给他寄鼻烟吗？"

"我们当然可以，"阿尔娃肯定地说，"有了鼻烟他会把鼻子塞得满满的，我敢肯定。"

马迪根显得心事重重。

"啊，因为我不相信他会永远得不到什么活的东西、能动的东西。"

阿尔娃也不相信。她在晾衣绳上晾上最后一条毛巾，用怀疑的目光看了看已经不像刚才那么明亮的太阳。

"这些衣服得赶快晒干，天黑之前可能要下雨，我看我们得带伞去参加五朔节篝火晚会。"

夜晚悄悄地来了，这是一个凉爽的晚上，于尼巴根的人全体出动去迎接春天的到来。马迪根和丽莎贝特自豪地推着婴儿车里的卡伊萨去参加她第一个五朔节篝火晚会。这时候马迪根几乎已经忘记可怕的早晨，好像根本就没发生什么事。此时她急切地等待着向别人介绍卡伊萨。所有头上长着眼睛的人，都

会看到婴儿车里的"小人儿",赞叹她是多么美。

这些笨蛋,他们没有注意到!他们只是等待烟囱工点燃篝火,等待男声合唱团唱歌。他们没有时间欣赏卡伊萨!

"哎呀,谁都知道一个小孩子是什么样子。"米娅说。她和马蒂丝是唯一看了一下卡伊萨的人。但是连米娅也不知道,她是一个奇迹。

这时候阿贝来了。他喜欢小孩,他好奇地看着婴儿车。他长时间站在那里聚精会神地看,马迪根很满意,卡伊萨也很满意。她笑呀,高兴地咿呀叫着。

"看呀,她很喜欢我,"阿贝说,"随便说一句,所有的小姑娘都喜欢我,至少那些住在于尼巴根的小姑娘是这样。啊,当然我就是不知道阿尔娃怎么样!"

说到阿尔娃,她正目不转睛地看着烟囱工。烟囱工对她飞眼,马迪根看到了。他还是别这样,因为他的五个孩子在他周围转来转去,等着看他点燃篝火,他还是适可而止吧!

"我还是有点儿喜欢他,没办法。"阿尔娃说。

尼尔松叔叔醉醺醺地来了。他穿得很讲究,黑色大衣,头上戴着高筒帽子,手持文明棍,嘴里叼着香烟。尼尔松阿姨走在他后边一两步的地方,穿得不怎么讲究,她还是披着平时那件灰披肩。

"这样的一个晚上人们应该尽情地享受生活,"尼尔松叔

叔一边说一边吐着烟圈,"春天的晚上有些不寻常,我已经注意到了。"

马迪根也注意到了,啊,春天的晚上多么美!尽管阴天、漆黑,人们还是可以感受到春天,空气中散发着春天的气息。这是春天,想想看,如果每一天都是这么美该多好啊!"愿意下雨就下吧,因为下的也是春雨。"马迪根想。春雨,这个词听起来就那么美好,啊,快来吧,春雨!当然会带来一点儿麻烦,双脚在篝火旁边会沾上一些泥,但是马迪根认为这不算什么。她穿着自己的旧皮凉鞋,她满意地看着它们。

"我不知道它们还记得不记得,去年它们有多么漂亮?"她问丽莎贝特。

丽莎贝特不知道马迪根在讲什么。

"它们是谁?"

"我的皮凉鞋!看我多大方,我让我的皮凉鞋两次来看篝火晚会。"

这时候丽莎贝特笑了。

"不过你要对米娅加点儿小心,不然你又要用一条腿跳着往家里走。"

"我用不着加小心了。"马迪根说。

现在她已经和米娅成了朋友,她们已经决定围着篝火赛跑。就等着烟囱工点燃篝火!

他终于点着了篝火。这是一个伟大的时刻,大家欢呼起来。马迪根从婴儿车里抱起卡伊萨。

"看见火了吗,卡伊萨?这叫五朔节篝火。是为了迎接春天,知道吧!"

熊熊的篝火在漆黑的天空下燃烧,火花噼噼啪啪地四处飞溅。男声合唱队高唱:

啊,五月的太阳笑得多么灿烂多么灿烂!

突然又春雨绵绵。

~译者后记~

我完成了瑞典著名儿童文学作家林格伦作品系列的第八卷《我们都是吵闹村的孩子》的翻译工作后，心里特别高兴，回想起翻译林格伦的作品完全出于偶然。1981年我去瑞典斯德哥尔摩大学留学，主要是研究斯特林堡。斯氏作品的格调阴郁、沉闷，男女人物生死搏斗、爱憎交织，读完以后心情总是很郁闷，再加上远离祖国、想念亲人，情绪非常低落。我吃不好饭，睡不好觉，每天不知道想干什么，想要什么，有时候故意在大雨中走几个小时。几位瑞典朋友发现我经常有意无意地重复斯特林堡作品中的一些话。斯特林堡产生过精神危机，他们对我也有些担心，因为一个人整天埋在斯特林堡的有着多种矛盾和神秘主义色彩的作品中很容易受影响。他们建议我读一些儿童文学作品，换一换心情。我跑到书店，买了一本林格伦的《长袜子皮皮》，我一下子被崭新的艺术风格和极富人物个性的描写所吸引。我一边读一边笑，觉得自己浑身充满了力量。我好像跟皮皮一样，能战胜马戏团的大力士，比世界上最强壮的警察还有力量，愤怒的公牛和咬人的鲨鱼肯定不在话下。由于

职业的关系，我读完一遍以后开始翻译这本书，一个暑假就完成了。从此，翻译林格伦的书几乎成了我的主业。

我第一次见到林格伦是在1981年秋天，是由给我奖学金的瑞典学会安排的。她的家在达拉大街46号，对面是运动场，旁边有森林和草地。当时女作家还算年轻（74岁），亲自给我煮咖啡。我们谈了儿童文学和儿童教育问题。1984年我从瑞典回国，她表示希望到中国看看。这个消息传出以后，瑞典—中国友好协会和瑞典驻中国大使馆立即表示，什么时候都可以安排。但是医生认为，路途太遥远，不宜来华访问，因此未能成行。但是她对我说，由于她的作品被译成中文，她开始关注中国的事情。1997年她已经90岁高龄，并且双目失明，在一般情况下她已经不再接待来访者，但当她听说我到了斯德哥尔摩以后，一定要见一见。当时我和我的夫人都很感动，在友人的帮助下，我们一起合影留念。2000年秋我去斯德哥尔摩的时候，朋友告诉我，她的身体已经很不好，大部分记忆消失，已经认不出人了。但是圣诞节的时候，我仍然收到了以她的名义寄来的贺卡。

不知什么原因，我和林格伦女士一见如故。她曾开玩笑说，可能是我们都出生在农民家庭。1984年我回国以后一直与她保持联系，有时候她还把我写给她的信寄到报社去发表。1994年，当她得知我翻译时还用手写的时候，立即给我寄来

10000克朗，让我买一台电脑。我和她虽然相隔几千公里，但我和我的家人时刻惦记着她，希望她健康长寿。

我已经把林格伦的主要作品和一部分由她的作品改编成的电影译成中文，断断续续用了20年的时间。作品中的故事大都发生在20世纪上半叶，作家笔下的风俗、习惯、传统、民谣、器物等，现代人都比较陌生了。我在翻译中遇到的问题，除了作家本人亲自给我讲解以外，还得到很多瑞典朋友的帮助，如罗多弼和列娜夫妇、林西莉女士、韩安娜小姐、史安佳女士和隆德贝父女等，在此对他们表示深深的感谢。希望我的拙译能给小读者们和他们的父母带来愉悦，并增加对这个北欧国家儿童生活的了解。

永远的皮皮
永远的林格伦

中国少年儿童新闻出版总社隆重推出——

国际安徒生奖获得者
瑞典童话大师林格伦儿童文学全集

长袜子皮皮　淘气包埃米尔　小飞人卡尔松　大侦探小卡莱　米欧、我的米欧

狮心兄弟　吵闹村的孩子　疯丫头马迪根　绿林女儿罗妮娅　海滨乌鸦岛

叮当响的大街　铁哥们儿擒贼记　小小流浪汉　姐妹花

中国最著名的瑞典文学翻译家李之义先生，曾荣获瑞典国王颁发的"北极星勋章"。他用近30年的时间完成了林格伦儿童文学全集的翻译，其译作准确生动、风趣幽默，深受中国孩子喜欢。